Trix Ramseier

Glück im Gesicht

AF211439

Trix Ramseier

Glück im Gesicht

Roman

Bibliografische Information der
Deutschen Nationalbibliothek:
Die Deutsche Nationalbibliothek verzeichnet diese
Publikation in der Deutschen Nationalbibliografie;
detaillierte bibliografische Daten sind im Internet
über http://dnb.dnb.de abrufbar.

Herstellung und Verlag:
BoD – Books on Demand, Norderstedt

ISBN: 978-3-8370-1292-7

Für Alessandro

Alles wird gut

Seine weichen und warmen Hände umfassen mein Gesicht und ich blicke in die wahrscheinlich zärtlichsten Augen auf dieser Erde. Seine Lippen berühren die meinen und ich schwebe auf einer samtenen Wolke dahin. Nie soll er aufhören mich so zu berühren. Nie soll er aufhören mich so zu küssen. Nie sollen seine Augen aufhören zu leuchten, wenn sie in die meinen schauen. Nie ...

Rrrriiiiiinnnngggg – rrrriiiiiinnnngggg ...

Ich öffne meine Augen, schliesse sie aber sofort wieder, um dieses Gefühl nicht zu verlieren. Ich will es für immer behalten!

Rrrriiiiiinnnngggg – rrrriiiiiinnnngggg ...

Erneut öffne ich die Augen und – scheisse, jetzt bin ich wach! Es war alles nur ein Traum.

Ich spüre, wie mir in Sekundenschnelle Tränen in die Augen schiessen. Das darf nicht wahr sein! Kaum wach, wird schon geflucht und geweint. Das kann nicht mein Leben sein. Es ist sicher ein Irrtum. Träume ich doch noch?

Rrrriiiiiinnnngggg – rrrriiiiiinnnngggg ...

Schon wieder. Also träume ich definitiv nicht mehr. Es ist auch nicht mein Wecker, denn dieser macht nicht Rrrrriiiiiinnnnnggggg, sondern dieses nervige PiiiepPiiiepPiiiep. Wer um Himmels willen klingelt in dieser Herrgottsfrühe an meiner Tür? Kann man nicht mehr in Ruhe träumen? In Ruhe fluchen? In Ruhe weinen?

Geflennt habe ich die letzten drei Wochen täglich. Ein Auf und Ab der Gefühle. Und meine Tränen spielen mir täglich vor, dass sie meine besten Freunde sind, weil sie IMMER für mich da sind. Halloooo! Tränen sind nur Freunde, wenn sie NICHT da sind. Meine Tränen versauen mir nämlich schon am frühen Morgen den Tag, was echte Freunde niemals tun würden.

Täglich weinen ist doof?

Ich danke Ihnen für diese Bemerkung, aber das weiss ich bereits. Hier der Grund meiner Tränen, welcher wahrscheinlich gar kein echter Grund ist:

MANN läuft nach acht Jahren Beziehung ganz easy zur Tür hinaus, beendet ohne Wenn und Aber die Partnerschaft, dreht sich nicht mehr um und bricht den Kontakt von einer Sekunde auf die andere ab.

Das ist der Anlass meiner Weinkrämpfe, und es fühlt sich echt verschissen an.

Sie denken, dass sich meine Gefühle getäuscht haben und ich noch mal nachspüren soll? Spüren, ob es sich wirklich so schlecht anfühlt? Hmm, ich probier's mal.

Spür… Spür… Spür…

Bringt nichts, immer noch beschissen. Ist doch ein riesiges Theater, dieses Gefühls-Chaos. Aber was soll's, ich möchte einfach nur reden!

Mit wem?

Mit ihm.

Wirklich?

Ja.

Wieso das nicht geht?

Er sträubt sich und sieht keinen Sinn in einem Gespräch.

Wieso?

Charakterlos.

Echt?

JA, und jetzt ist gut mit der Fragerei. Er will einfach nicht und lässt mich nun die ganzen Scherben alleine aufwischen.

Bitte? Ich muss nicht aufwischen? Hmm, da könnte etwas Wahres dran sein. Ich sollte einfach mit schwerem Schuhwerk auf den Scherben herum trampeln und mir eintrichtern, dass diese tausend Teilchen mir ja wieder einmal Glück bringen werden.

Und überhaupt war er eh ein Arsch! Dass muss einfach mal gesagt sein. Und wenn MANN einen solchen Abgang hinlegt –ach was soll's! Vorbei ist vorbei.

Schmerzen tut's trotzdem und am liebsten möchte ich in einen tiefen Winterschlaf fallen. Zuerst vollfuttern, dann abtauchen und im Frühling glücklich, zufrieden UND SCHLANK wieder ins Leben treten.

Wieso schlank?

Na ja, schlank im Schlaf. Kennen Sie nicht? Es gibt unzählige Bücher darüber. Und mein Schlaf würde mehrere Monate dauern. Ich hätte anschliessend grosse Chancen, den ersten Preis bei einem Schlankheitswettbewerb einzustecken. Das wäre mal was!

Wieder klingelt es.

»Ist ja gut, ich komme schon!«

Mühsam steige ich aus dem Bett und öffne die Tür. Es ist Angie, meine beste Freundin.

Sie fuchtelt mit einem Briefumschlag um sich, umarmt mich, küsst mich auf beide Wangen und scheint gerade im Lotto gewonnen zu haben.

»Alles wird gut!«, ruft sie laut. »Alles wird so etwas von gut!«

Ich verstehe nicht einmal Bahnhof und befreie mich aus ihrer nicht enden wollenden Umarmung.

»Nur die Ruhe, liebe Angie!«

Die Geschichte fängt ja toll an. Sollten Geschichten nicht mit Spannung anfangen? Sollte die erste Seite nicht mitreissend und fesselnd sein? Eine so grosse Spannung aufbauen, dass man es sich nicht vorstellen kann, das Buch jemals wieder aus den Händen zu legen? Sollte nicht jeder Satz die Neugierde auf den nächsten wecken? Sollten die Nerven nicht bereits nach dem ersten Abschnitt blank liegen und man möchte vor lauter Begeisterung durchdrehen?

Wer hier durchdreht sind wahrscheinlich nur ich und meine hysterische Freundin, die einen ominösen Briefumschlag direkt vor meinem Gesicht hin und her schwenkt.

Angie und ich haben zusammen schon viel erlebt und mit meinen vierzig Jahren habe ich bereits sehr viele Fehler gemacht, habe aber immer etwas dazugelernt. Im schlimmsten Fall habe ich diverse Fehler dann aber leider wiederholt, weil ich eben doch nichts gelernt habe. Wow, es scheint, als oute ich mich da gerade als Vollidiotin. Dieses Risiko gehe ich aber ein!

Angie ist dieses Jahr übrigens zweiundvierzig Jahre jung geworden.

Ob sie verheiratet ist?

Gott, sind Sie neugierig. Nein, sie ist nicht verheiratet. Sie ist seit drei Jahren Single und hat nach der Trennung von ihrem Verlobten eine eigene Werbeagentur gegründet. Eine super Agentur und Arbeit ohne Ende. Ich beneide sie um ihre Ideen und ihre Kreativität. In den letzten drei Jahren ist ihre Agentur sehr bekannt geworden und sie beschäftigt momentan sechs Mitarbeiter – Tendenz steigend.

Wieso Trennung? Ihr Verlobter hat sie verlassen, weil er sich seiner Liebe zu ihr nicht mehr sicher war und er keine Kinder wollte. Angie hätte so gerne Kinder gehabt, aber ihr Partner wollte keine Bastarde (so nannte er alle Kinder), und er würde keine Sekunde seines Lebens auf so eine Rotzgöre aufpassen. Als Angie nicht aufgegeben und ihn immer wieder um Audienz gebeten hat, war er sich dann eben seiner Liebe nicht mehr sicher und hat innerhalb von zehn Stunden die gemeinsame Wohnung verlassen.

Sorry, aber auch in diesem Fall muss ich das Wort Arsch einbringen!

Sie war zwar völlig down, aber nicht lange. Sie liess sich ihr Leben nicht durch einen Nichtsnutz verderben. Angie hat nämlich eine ganz besondere Begabung! Sie kann Schicksalsschläge sehr gut verarbeiten. Sie bündelt dafür ihre ganze Trauer, ihr Unverständnis und ihre Angst zu einem Kraftpaket zusammen, mit welchem sie dann tapfer auf dem neuen Weg weiterschreitet und sofort neue Ziele ansteuert! Tja, und kurze Zeit später sieht es so aus, als hätte sie diese Richtung selber gewählt! Ich bewundere ihren nicht aufhörenden Optimismus. Ich glaube, dass die Opossums, das sind so kleine braune Viecher, ebenfalls diesen Optimismus besitzen. Im Film »Ice Age« ist es jedenfalls so.

Angie kommt aus einer sehr reichen Familie. Leider hat sie aber ihre Eltern viel zu früh verloren. Vielleicht hat sie durch dieses Erlebnis diese unglaubliche Kraft entwickelt, sich immer wieder aufzurichten, egal was passiert. Ich glaube, sie hätte seit dem Tod ihrer Eltern gar nie mehr arbeiten müssen, denn ihr Erbe ist riesig. Aber seit ich sie kenne, bringt sie ununterbrochen Höchstleistungen, denn sie liebt ihre Arbeit von ganzem Herzen.

Es wäre toll, wenn ich wenigstens etwas von ihrem Optimismus haben könnte. Leider habe ich diesen weder in die Wiege gelegt bekommen noch als Weihnachtsgeschenk erhalten. Vieles wäre einfacher.

Bitte? Ich habe andere Charakterzüge?

Ja, das habe ich! Ich zähle diese gerne auf:

Manisch depressiv (Selbstdiagnose)

Fremdbestimmt und ohne Geduld (ebenfalls Selbstdiagnose)

Das Optimisten-Zertifikat wurde mir niemals ausgehändigt (schade)

Ich habe keinen, aber wirklich gar keinen Durchhaltewillen (nochmals schade)

Bin sportlich nicht wirklich auf der Höhe (meine Laufschuhe strotzen vor Sauberkeit)

UND ...

Ich habe keinen Mann. Das ist aber keine Charaktereigenschaft, sondern die nackte Wahrheit.

Das war sie, die Beschreibung meiner Wesensart. Sieht nicht gerade rosig aus, oder? Mit mir würde wahrscheinlich sogar ein Psychiater ins Bodenlose stürzen oder wäre zu einem Selbstmord bereit. Wahrscheinlich bereits nach der ersten Sitzung oder besser ausgedrückt Liegung.

Oder ist das veraltet? Darf man heute beim Psychiater auch sitzen, oder muss man sich immer noch in die horizontale Lage begeben? Kapiere nicht, dass man sich für diese Gespräche hinlegen muss, während der andere in einem Stuhl sitzt und alles, was er wichtig findet, auf ein Blatt Papier kritzelt. Diese Kritzeleien, auch Notizen genannt, bekommt man ja meines Wissens nie zu Gesicht. Und genau deshalb werfen diese geheimen Kugelschreiberzeichen bei mir ein paar Fragen auf.

Wer kann nämlich beweisen, dass die arbeitende Person (in diesem Fall der Psychiater) nicht Skizzen seines nächsten Hausumbaus skizziert? Oder seinen nächsten Urlaub plant? Oder sich bereits Gedanken über die Weihnachtskarte oder das Weihnachtsessen macht? Ich lasse jedenfalls solche Besuche sein, da ich keine teure Fragestunde bezahlen will, wenn sich mein Gegenüber bereits in der Weihnachtszeit befindet oder den Einkaufszettel für den Wochenendeinkauf vorbereitet.

Aber nun weiter mit der Geschichte.

»Also, meine Liebe«, beruhige ich Angie, »jetzt atme tief ein und wieder aus. Genau so, durch die Nase ein und durch den Mund aus. Hast du im Lotto gewonnen? Hat dir George Clooney geschrieben?«

Wobei mich ein Brief oder eine SMS von Roger Federer ja viel mehr begeistern würde. Er ist mein heimlicher Star, meine heimliche grosse Liebe. Das kann ich hier ruhig schreiben, denn Roger-Liebling, wie ich ihn nenne (und das auch heimlich), wird sich wahrscheinlich in seiner Freizeit nicht mit Bücher lesen beschäftigen, also wird er es nie erfahren. Und wenn er lesen würde, dann sicher Kinderbücher, was ich ausserordentlich toll finde. Es lebe Roger Federer und seine ganze Familie!

»Lea, jetzt wirst du gleich durchdrehen!«

»Wohl kaum, denn ich sehe hier nur eine Person, die spinnt. Sag endlich, was los ist!«

»Halte dich fest, ich habe einen Brief von meinem Grossvater erhalten! Du weisst schon, der aus Italien. Erinnerst du dich? Wir waren doch vor drei Jahren dort im Urlaub. Weisst du noch?«

»Nur ruhig, Angie. Sicher weiss ich es noch, wie könnte ich diesen Urlaub vergessen! In diesem Urlaub hast du drei Männern das Herz gebrochen, weil dein Typ dich verlassen hat. Soll ich weitererzählen?«

»Ach, hab dich nicht so«, erwidert sie mit einer unglaublich echten Unschuldsmiene. »Erstens waren es gar keine richtigen Männer, und zweitens – who cares? Sind doch selber schuld, wenn sie meine Einladung angenommen haben.«

»Angie, das ist nicht fair«, entgegne ich ihr und hebe fast noch meinen Zeigefinger. Wäre aber sehr unpassend, ich bin ja nicht ihre Mutter.

»Du hast dem Maler deines Grossvaters ewige Liebe zugesichert, genauso wie dem netten jungen Herrn in der Metzgerei. Und als wäre das noch nicht genug, hast du dem umwerfend gutaussehenden Inhaber der Bibliothek ebenfalls dein Herz versprochen.«

»Ja, aber nur, weil ich diese Trennung verkraften wollte und da blieb mir nur diese Lösung. Weisst du noch, wie alle drei an Vollmond um Mitternacht mit einer roten Rose im Hof erschienen sind? Ich lache mich jetzt noch schief! Diese Gesichter vergesse ich nie!«

»Ich auch nicht, aber es war nicht nett, denn sie waren ja alle unschuldig!«, schimpfe ich mit tiefen Falten auf der Stirn. Diese Falten sind übrigens auch sichtbar, wenn ich mich nicht ärgere.

»Na und? Ich war an der Trennung meines Ex auch unschuldig. Dieser Mistkerl lässt mich eine Woche vor der Verlobung sitzen, da musste ich einfach Dampf ablassen. Der Urlaub bei meinem Grossvater war perfekt dafür geeignet.«

»Wir beenden dieses Thema«, sage ich mit entschlossener und verärgerter Stimme, »es war trotzdem nicht toll. Oder denkst du, dass auch ich jetzt jedes männliche Wesen bis aufs Äusserste reizen und dann mit schwenkendem Arsch den Tatort verlassen soll?«

»Wäre keine schlechte Idee.«

»Angie, jetzt ist Schluss!«

»Ist ja gut, Lea, aber jetzt pass auf! Mein Grossvater hat uns beide eingeladen, zu ihm nach Italien zu kommen. Und weisst du, was wir dort machen können?«

»Trinken und essen«, beantworte ich ihre Frage.

»Du meinst saufen und fressen.«

»Du bist unmöglich!«, lache ich.

Ihre Wortwahl finde ich nicht immer passend. Aber ich glaube, dass sie den Unterschied zwischen Privat- und Geschäftsgesprächen im Griff hat. Ich versuche immer, mich trotz der eben erfahrenen Verletzung gewählt auszudrücken. Nur ein Wort benutze ich des Letzteren öfters: Arschloch.

Angie schwärmt weiter: »Wir können bei der Olivenernte mithelfen. Ist das nicht toll? Das muss unglaublich viel Spass machen! Da hat es sicher viele Leute, viele Getränke und auch viel Pasta. Und diese Oliven von den Bäumen zu schütteln kann ja nicht so schwer sein!«

»Wie kommt dein Nonno denn dazu, uns für diese Ernte einzuladen? Einfach so?«

»Natürlich nicht! Er hat mich gebeten, ihm bei der Werbung für sein Hotel zu helfen. Ich glaube, es läuft nicht sehr gut.«

»Werbung wäre wirklich nicht das Verkehrteste, was dein Nonno machen könnte. Vor drei Jahren waren wir die einzigen Gäste. Unser Zimmer war, um es gelinde auszudrücken, bewohnbar, aber sonst sah die Sache wirklich nicht so gemütlich aus. Das Hotel, dieses burgähnliche Anwesen, hätte dringend eine Renovation nötig. Ausser, dein Grossvater möchte dort einen unglaublich grusligen Film drehen, bei dem die Leute nach den ersten fünf Minuten vor lauter Panik aus den Kinos abhauen, weil die Gemäuer so unheimlich sind und sie die darin verborgenen Kreaturen gar nicht erst sehen wollen!«

»Du übertreibst masslos, auch wenn du mit dem Aussehen des Hotels recht hast. Aber seit dem Tod meiner Grossmutter hat Nonno es einfach nicht mehr auf die Reihe gekriegt. Er hat zwar alles versucht, aber ohne Nonna sah er keinen Sinn mehr. Du musst dir vorstellen, er war seit der Schulzeit mit ihr zusammen und sie liebten sich so sehr. Du hättest sie sehen sollen! Solange sie zusammen sein konnten, war die Welt für sie in Ordnung. Ihre Blicke, ihre Gesten und ihr Respekt dem anderen gegenüber waren so unglaublich schön. So muss Liebe sein! Genau so!«

»Ich weiss, Angie, Liebe sollte so sein. Habe ich mir ja auch gewünscht – und was ist passiert?«

Angie steht auf, ignoriert meinen Satz und teilt mir strahlend mit: »Am 4. Oktober geht's ab nach Italien. Ich weiss, dass du ab diesem Datum vier Wochen Urlaub hast. Und ja, es tut mir sehr leid, dass dein Ex mit seiner Neuen in DEINEN Urlaub fährt. Ist echt zum Kotzen und sollte verboten sein, dass man eine Frau verlässt, sie einfach so austauscht und dann noch die Frechheit besitzt, den vorher gebuchten Urlaub mit der neuen anzutreten. Da bleibt mir die Spucke weg und ich könnte glatt durchdrehen!«

Weinkrampf ahoi! Super! Es überfällt mich und ich schluchze wie ein Schlosshund oder sonst ein Tier auf vier Pfoten.

»Nein Lea, das wollte ich nicht! Nicht weinen, bitte nicht weinen. Es tut mir leid, ich ärgere mich einfach so über diese Frechheit.«

Sie nimmt mich fest in ihre Arme, was die ganze Sache nur noch schlimmer macht.

Auch ich kann nicht fassen, wie er sich aus dem Staub gemacht hat. Nachdem er die Frechheit hatte, mir eine SMS zu schreiben, dass ich die wichtigste Person in seinem Leben sei, unsere Wege sich aber nun trennen, hat er noch einen draufgelegt. Für ein Gespräch mit mir hatte er kein Gehör, aber nach ein paar Tagen schrieb er eine weitere SMS mit folgender Mitteilung: Ich werde den von uns gebuchten Urlaub mit meiner neuen Liebe verbringen, habe schon alles veranlasst.

Und nun soll noch einer sagen, Männer sind NICHT SCHEISSE.

Angie merkt, dass ich knapp vor dem Hyperventilieren bin und nimmt mich bei den Schultern:

»Lea, schau mich an, nun mach schon, schau mir in die Augen! Auch wenn du es nicht glaubst. Sein Abgang war feige, das bestreitet niemand. Aber weisst du, er hat zwar deine Hand losgelassen, dir aber dafür deinen Käfig geöffnet. Verstehst du?«

»Nein«, schluchze ich, »verstehe gar nichts.«

»Ich erkläre es dir. Er hat dich verlassen und du warst am Tiefpunkt. Dieser Schnösel hat dir nicht eine einzige Chance gegeben, mit ihm zu sprechen. Im Gegenteil, er schubste dich mit seinem niveaulosen Abgang direkt ins schwarze Loch hinunter. ABER jetzt kommt's, meine Liebe. Er hat dich zwar sitzengelassen, hat aber nicht gemerkt, dass er dir damit deine Freiheit und dein

Leben zurückgibt und dir dazu noch Flügel schenkt.«

»Angie«, weine ich weiter, »was redest du für einen Scheiss. Was für ein Leben hat er mir gegeben? Und komm mir nicht mit Flügeln. Hier geht's doch nicht um Engel. Dein Geschwafel macht doch gar keinen Sinn. Stehst du jetzt auf seiner Seite? Und überhaupt, hast du diesen Quatsch aus einem Fernkurs Selbsthilfegruppe-für-verarschte-Frauen?«

»Nein. Du hast es nie bemerkt, aber du warst die ganze Zeit völlig unter Stress. Du wolltest ihm zeigen, dass die zehn Jahre Altersunterschied nichts ausmachen und du locker mit den jungen Tussis mithalten kannst. Konntest du aber nicht. Weil du eben zehn Jahre älter bist und du irgendwie – wie soll ich sagen – angekommen bist. Bei ihm kann davon keine Rede sein.«

»Nirgends bin ich angekommen. Doch, in einem grossen schwarzen Loch.«

»Hör auf, du weisst genau, was ich meine. Lea, das ist deine grosse Chance. Fang noch mal an, ich helfe dir. Es wird alles gut, glaube mir. Keine einzige Träne ist er wert! Keine einzige. Überleg doch mal. Weil er deine Hand losgelassen hat, kannst du nun mit beiden Händen den Käfig öffnen, in dem du die ganze Zeit gelebt hast. Lea, flieg zu den Sternen und noch viel weiter. Es ist dein Leben!«

»Käfig, Flügel, Hand loslassen«, schluchze ich weiter, »du hast doch keine Ahnung. Ist doch alles Schwachsinn.«

»Das ist jetzt unfair, Lea. Du weisst, dass ich dir helfen will. Aber du lässt es ja gar nicht zu. Du musst nicht gegen mich kämpfen, liebe Freundin. Ich bin nicht diejenige, die Mist gebaut hat. Das war ganz alleine dein EX.«

»Sorry, du hast recht. Tut mir leid. Ich weiss einfach nicht, wie ich das alles begreifen soll.«

»Das wirst du. Aber du musst geduldig sein. Ich weiss, dass dir genau das sehr schwer fällt, aber du hast keine andere Wahl. Es ist einfach so!«

Ich weine immer noch, aber die Moralpredigt von Angie macht mich doch etwas stutzig. Was, wenn es die Wahrheit ist? War ich wirklich so fremdbestimmt? Habe ich mich wirklich aufgegeben und deshalb nicht gemerkt, was für ein abgekartetes Spiel er spielte? Und stimmt es, dass ich noch mal von vorne anfangen und fliegen kann? Fliegen möchte ich ja sehr gerne, aber nicht mehr auf die Schnauze.

»Lea", Angie nimmt mich noch einmal bei den Schultern und schaut mir in die Augen, »er hat womöglich mit der Neuen sein Happy End gefunden, aber weisst du was? Am Schluss wirst auch du dein Happy End haben. Ich bin ganz sicher. Am Schluss bist du die Siegerin.«

»Was würde ich nur ohne dich tun?"

»Weiter weinen«, tröstet sie mich, lächelt und nimmt mich nochmals in den Arm.

Meine Angie. Sie ist ein herzensguter Mensch und ich liebe sie sehr. Und ja, ein Altersunterschied von zehn Jahren ist nicht zu unterschätzen. Schade, dass ich nicht auf meinen Verstand gehört habe. Aber was soll's, ich kann es nicht mehr rückgängig machen.

»Also«, unterbricht Angie meine Gedanken, »ich muss jetzt zur Arbeit. Ich habe vorhin mit Mia, meiner Stellvertreterin, gesprochen und ihr alles erklärt. Du weisst, ich kann meinen Job auch im Urlaub ausführen und meine Leute im Büro werden in diesen vier Wochen alles perfekt machen. Ich habe ja keine Deppen angestellt.«

»Angie, ich denke nicht, dass das ein toller Urlaub wäre. Weisst du, auch in Italien werde ich ihn vermissen. Du kennst mich ja, ich bin sehr gerne für mich alleine. Fahr du nach Italien und ich werde hier nach dem Rechten schauen.«

»Bitte? Du willst hier zu was schauen?« Sie sieht mich mit grossen Augen an. »Zum Rechten? So ein Quatsch. Du wirst mit mir nach Italien kommen und dann ...«

»Wirst du wieder Herzen brechen. Wer wird es dieses Mal sein? Das Dorf, unweit des Hotels ist recht klein. Ich weiss nicht, ob es da noch Männer gibt, welche du verarschen kannst.«

Sie lächelt mich an und ich weiss, dass sie niemanden verarschen will. Und ich auch nicht, obwohl das Leben auf dieser Kugel manchmal echt verschissen ist. Ab und zu ertappe ich mich sogar dabei, dass ich mir die Frage der Fragen stelle!

Nein, nicht -Willst du mich heiraten-. Es ist die andere Frage! Was denn genau der Sinn des Lebens ist!

Wenn man sich diese Frage stellt, hat man wahrscheinlich schon verloren, oder? Ist ja voll depressiv, was ich da von mir gebe. Und das in meinem Alter. Muss echt an mir arbeiten und sollte dringend einen Kurs besuchen, z.B., Das Leben hat einen Sinn, weil wir sind. Wobei sich bei einem solchen Kursnamen sicher niemand anmelden würde, denn schon der Titel wirft viele Fragen auf. Scheisskurs. Ich lasse es sein.

»Angie, ich kann nicht wie du einfach auf und davon.«

»Doch Lea, genau DU kannst das! Oder was genau hält dich hier? Dein EX? Ist ja lächerlich. Jetzt wird's Zeit, dass du diesen arroganten Muskelprotz aus deinen Gedanken verdrängst. Ich habe immer gesagt, je mehr Muskeln, desto weniger da oben!«

Sie tippt sich dabei an ihre Schläfe und lächelt.

Angie hat recht, er war wirklich oberflächlich und seine Muskeln waren ihm heilig. Sein Spitzname war übrigens Mucki. Er hat sich dauernd Protein-Shakes gemixt und mir damit sehr viel Spass bereitet. Nein, nicht wegen seiner Muskeln, eher wegen seiner übertriebenen Sorgen.

»Weisst du noch, Angie, als er sich ein falsches Protein-Geschlabber anrührte? Der Shake hätte am frühen Morgen getrunken werden müssen und Mucki hat ihn versehentlich am Abend gemixt! Und er wusste einfach nicht, ob dieser Shake am nächsten Morgen noch geniessbar ist!«

»Ja, kann mich daran erinnern. Du hast ihm doch vorgeschlagen, sich in einem Forum Hilfe zu suchen, oder?«

»Genau, ich war kurz vor einem der grössten Lachanfälle meines Lebens, weil er fast in Panik ausbrach und so hilflos vor mir stand! Und das alles nur wegen einem Shake!«

»Lea, ich habe dir immer gesagt, dass du Mucki abservieren sollst. Du wolltest ja nicht hören.«

»Stimmt, denn ich muss mir halt oft den Kopf stossen, bevor ...«

»Bevor jemand anderes dir eine Entscheidung aufbrummt.«

»Ich bekenne mich schuldig.«

»Also, meine Liebe«, sagt Angie, »ich muss mich jetzt wirklich auf den Weg machen, es gibt eine Menge zu besprechen. In drei Tagen ist Dienstag und dann fahren wir zu Sonne, Oliven, Rotwein und Lasagne. Ich freue mich so sehr und du wirst sehen, es wird dir gefallen.«

»Ich weiss nicht – können wir das nicht noch einmal besprechen?«, werfe ich leise ein, lasse dazu theatralisch meinen Kopf hängen und setze sogar noch meinen Ich-bin-so-hilflos-Blick auf.

»Nein, kommt überhaupt nicht in Frage! Wir fahren nach Italien. Es wird bombastisch.«

Angie gibt mir einen Kuss auf die Wange, hechtet zur Wohnung hinaus und ruft mir aus dem Treppenhaus noch ein -Alles wird gut- zu.

Da bin ich mal gespannt. Bin gar nicht begeistert. Wieso kann ich nicht mehr mit ihm Zusammensein? Ach ja, weil er meinen Käfig geöffnet hat. Wie Angie immer auf solche Ideen kommt?

Trotz viel Arbeit ruft Angie mich oft an und fragt nach meinem Befinden. Es geht mir nicht wirklich gut. Ich kann das alles einfach nicht verstehen, dieses Lebewohl du dummes, altes Ding, habe eine Jüngere gefunden.

Ich kenne übrigens jede einzelne Homepage im Internet, welche sich mit dem Ende einer Beziehung befasst. Alles gute Vorschläge und irre gute Motivation. Die Zitate und Motivationssprüche sind wahrscheinlich nur für mich gemacht worden. Denn sie passen alle in mein Leben! Ich fühle mich so etwas von toll, wenn ich meinen Ordner mit hunderten von Zitaten gelesen habe! Dann lösche ich das Licht, lege mich zufrieden und volle Kanne überzeugt, dass alles so sein muss wie es ist, ins Bett und dann kann sich mein Gehirn bereits nicht mehr an diese tollen Ideen zur Bewältigung des Problems erinnern. Aus und vorbei und mich übermannt die Traurigkeit, und dann finde ich alle Sprüche zum Kotzen und nicht der Wahrheit entsprechend. Echt verschissen!

Herzlich willkommen als Single im realen Leben! Das kann ja heiter werden.

Am Montagabend kommt Angie vorbei. Sie will schauen, ob ich wirklich alle Sachen zusammengepackt habe, welche ich in Italien zum Überleben brauche. Wie immer, wenn ich verreise, liegt ein riesiger Haufen Klamotten auf meinem Bett, welche in den Koffer gequetscht werden müssen.

Angie verdreht die Augen, lacht aber: »Hey, Liebe, wir wandern nicht aus, wir gehen nur vier Wochen nach Italien. Du brauchst nicht so viele Sachen mitzunehmen, auch dort kann man sich etwas kaufen.«

Ich gehe nicht darauf ein. Es geht mir immer noch nicht gut, weil ich immer an Mucki und seine Neue denken muss, welche morgen in MEINEN Urlaub fliegen. Ich kann es immer noch nicht glauben!

Angie merkt, dass ich eine kleine Depression schiebe und hilft mir schweigend, alles in den Koffer zu verstauen. Sie ist ein Schatz.

Nach dem Koffergequetsche (ich weiss, dass es dieses Wort nicht gibt, aber Sie wissen sicher, was ich damit sagen möchte), trinken wir noch einen Chai Latte mit viel leckerem Milchschaum und ich kann ihn sogar ein wenig geniessen. Wirklich ein sehr feines Getränk. Angie hat wie üblich den ganzen Schaum zwischen Oberlippe und Nase. Sieht voll bescheuert aus, aber das passiert ihr immer, und wenn ich sie nicht darauf aufmerksam mache, plappert sie fröhlich weiter und der Schaum blubbert vor sich hin.

Angie hat wegen eines Reitunfalls, welcher in ihrer Kindheit passiert ist, kein Gefühl mehr zwischen der Oberlippe und der Nase. Ich muss Reitunfall vielleicht ein wenig genauer definieren: Sie sass bei ihrem Onkel auf den Knien und sie spielten hoppe, hoppe Reiter. Aus unerklärlichen Gründen fiel sie hinunter und schlug mit der Oberlippe und Nase auf eines der Bauklötzchen, mit welchen sie vorher einen Stall gebaut hatten. Da sieht man es deutlich. Sport ist eine gefährliche Sache! Und wenn man sich während des Bauens eines Bauklötzchen-Pferdestalls nicht gemäss Suva Vorschriften kleidet, kann das, wie man gerade gelesen hat, voll danebengehen.

Zum Glück hat sie diese Taubheit oben im Gesicht und nicht 75 Zentimeter weiter unten.

Sie dürfen ruhig schnell nachmessen!

»Ich hole dich morgen um 03.00 Uhr ab, ist das okay?«, fragt sie, als sie sich den Schaum mit ihrem Handrücken abgewischt hat. Manchmal benimmt sie sich wie ein alter Bauer. Fehlt nur noch, dass sie mit der Faust auf den Tisch haut und herzhaft flucht.

»Um 03.00 Uhr? Spinnst du?«

»Wir haben, Pausen mit einberechnet, sicher an die dreizehn Stunden Fahrt vor uns. Habe ich dir doch gesagt, oder?«

»Ja, hast du, aber 03.00 Uhr?«

»Das schaffst du, meine Jammertante, das schaffst du!«

Bevor Angie nach Hause geht, um ihren Koffer ebenfalls zu packen, haucht sie mit einem verführerischen Blick: »Vergiss Sir Max nicht.«

Ich muss lachen und antworte: »Keine Sorge, Sir Max kommt mit, er ist der Einzige, der zu mir hält. Egal was passiert. Sir Max ist der Beste und wird mich ganz sicher begleiten.

Und ja, ich verrate sofort, wer Sir Max ist: Mein Vibrator. Ein Goldstück. Wirklich ein toller und treuer Freund. Und wenn er mal einen schlechten Tag hat, legt man einfach neue Batterien rein und das Vergnügen kann erneut losgehen. Muss mir aber ein neueres und vor allem leiseres Modell anschaffen. Kann ja nicht sein, dass die Nachbarn wegen des grossen Lärms aufwachen und denken, dass ich in meiner Wohnung eine Kernbohrung durchführe. Mal schauen, in Italien gibt es vielleicht ein paar Neuigkeiten betreffend Thema Vibrator.

Ich liege im Bett und kann nicht einschlafen. Wie meistens. Meine Gedanken machen gerade einen auf Hurrikan. Da wirbelt es die Gedanken so stark durcheinander, dass man das Gefühl hat, nicht mehr atmen zu können. Ich kann mich da so was von reinsteigern. Das habe ich voll drauf. Nein, ich bin nicht stolz deswegen, denn dieser Gedankenwirrwarr ist zum Durchdrehen. Ich habe nur noch keinen Weg gefunden, den Hurrikan zu stoppen. Wie könnte ich auch – oder kennen

Sie jemanden, der einen richtigen Orkan schon mal zum Stillstand bringen konnte? Es bringt nämlich nichts, wenn sich ein tapferer Bulle breitbeinig vor den Wirbelsturm stellt und die Kelle mit STOP aufleuchten lässt. Innert Sekunden wäre der optimistische Polizist nämlich weg vom Fenster, oder besser gesagt von der Polizeistation, und würde beim nächsten Frühstück garantiert fehlen. Da müsste man schon hinterhältiger vorgehen!

Haben Sie's bemerkt?

Nein?

Ich schlafe immer noch nicht.

Ich habe übrigens mal versucht, den Schlaf mit Schlaftabletten zu überlisten. Null Chance. Es hat kein bisschen geholfen. Wollte mich dann in der Apotheke über die mir verordneten Pillen beschweren, aber zum Glück habe ich in meinem Medikamenten-Durcheinander noch feststellen können, dass ich anstelle der Schlaftabletten Magentabletten eingenommen hatte. Mein Schlaf hat sich darüber totgelacht und ich war jede Nacht bis in die Morgenstunden wach.

Peinlich?

Ja. Definitiv.

Punkt 03.00 Uhr klingelt es an der Tür. Ich bin hundemüde, aber dennoch um 02.00 Uhr aufgestanden und habe schon circa einen Liter Kaffee getrunken. Bin bereit für diese Italienreise, obwohl ich gerade sehr viel an Mucki denke. Heute würden wir zusammen in Urlaub fliegen.

Ich habe mich so darauf gefreut und dieser Vollpfosten haut einfach ab, als wäre er auf der Flucht. Und ja, jetzt bin ich wütend. Wirklich wütend. Wie nur prügle ich diese Gedanken aus meinem Kopf?

Mit einer Bratpfanne? Bin sehr schmerzempfindlich, also lasse ich das sein. Aber danke trotzdem für den Tipp.

Angie und ich umarmen uns. Sie ist völlig aufgeregt und freut sich wie ein kleines Kind. Ich verstehe sie. Das Hotel ist zwar alt, liegt aber an einer wunderschönen Lage und strahlt trotz notwendiger Renovation eine grosse Ruhe aus. Die Ruhe vor dem grusligsten Filmdreh aller Zeiten, aber das sage ich Angie nicht noch einmal. Ich glaube nämlich, dass sie sich als Kind dort wirklich wohlgefühlt hat.

»Hast du Sir Max im Gepäck?« fragt sie, bevor wir losfahren.

»Sicher habe ich ihn dabei, er freut sich auf ein paar heisse Nächte in Italien. Und nun fahr schon los, jetzt bin ich auch nervös.«

Aufgeregt, wütend, verletzt und traurig setze ich mich ins Auto und wir reisen ab. Ich reisse mich zusammen, will Angie nicht die Fahrt verderben. Es ist nicht ganz einfach, meine Gefühle unter Kontrolle zu halten, gehört aber zum Verarbeitungsprozess. Doofes Wort. Ich habe es im Internet gelesen. Man ist übrigens mit keinem Problem alleine auf der Welt! Im Netz findet man für jedes Problem ein Forum und tausend Menschen, die wissen, wie man alles wieder hinbiegen kann. Das ist doch ein sehr beruhigender Gedanke, finden Sie nicht auch?

Wir kommen gut voran. Angie weiss, dass ich immer noch traurig bin und erzählt deshalb eine Geschichte nach der anderen. Es ist unglaublich, was sie so alles aus ihrem hübschen Köpfchen zaubert. Eigentlich hätte sie einen Eintrag ins Guinnessbuch der Rekorde verdient. Als Weltmeisterin im Aufmuntern. Sie kann das so gut, dass sie viel Geld damit verdienen könnte. Das Geschäft könnte folgendermassen heissen: Kummer? Ruf an. Hier die Nummer.

Toll oder?

»Habe ich dir die Geschichte mit dem Strampler schon mal erzählt?«, fragt Angie, obwohl ich mich von ihrer letzten Geschichte noch gar nicht erholt habe.

»Ich weiss nicht genau. Um was ging's und vor allem, mit wem?«

»Es geht um den Strampler.«

»Den Strampler?«

»Ja, den Strampler für den Mann. Sieht aus wie ein Babystrampler. Diese Anzüge mit Füsschen und Kapüzchen. Babys sehen in diesen Teilen so niedlich aus und man möchte ewig mit ihnen knuddeln. Nun hat so eine Intelligenzbestie solche Strampler für den Mann und die Frau erfunden. Echt, ich lüge nicht. Hast du das noch nie gesehen?«

»Doch, ich habe das letzthin im Internet entdeckt. Die sollen ja unglaublich bequem sein, damit man vor dem Fernseher so richtig abhängen kann.«

»Genau die meine ich«, bestätigt Angie. »Die Herren-Strampler haben zwar keine Füsschen, sind aber ebenfalls mit Reissverschluss und Kapuze ausgerüstet.«

Sie fängt an zu lachen: »Also Lea, du versprichst mir, dass du niemandem davon erzählst.«

»Ich verspreche nie etwas«, gebe ich zur Antwort. Ich verspreche nämlich nie etwas und halte das auch.

»Das weiss ich, habe es aber trotzdem versucht.«

»Sorry, hab's bemerkt.«

»Also, ich hatte an diesem Abend so richtig Lust auf Sex. Es musste also etwas unternommen werden. Die Toilette war nach einer zweistündigen WC-Session endlich frei und ich konnte unter die Dusche. Mein Ex machte es sich vor dem Fernseher gemütlich und ich sagte ihm, dass ich nach der Dusche zu ihm kuscheln käme.

»Kuscheln? Ich dachte, du wolltest Sex«, lache ich.

»Wollte ich auch. Im Eiltempo stieg ich unter die Dusche, rasierte alles, was es zu rasieren gab und versiegelte meine Haut mit einer herrlich duftenden Bodylotion. Die Haare wurden toll hergerichtet, das Makeup aufgefrischt, Minzbonbons eingeworfen und vor dem Spiegel noch schnell ein paar umwerfende Augenaufschläge geübt. Es soll MANN ja umhauen.«

»Angie, hör auf, ich glaub nicht, dass ich das alles wissen will!«

»Mir egal, ich erzähle es trotzdem, und warte, es kommt noch viiiiiel besser. Jetzt kommt nämlich erst das Wesentliche. Ich schlüpfte in meinen Bodystocking.«

»In was bist du geschlüpft?«

»Bodystocking. Warst du noch nie in einem Erotikmarkt? Wobei ich die Dinger ja immer online kaufe, das ist mega praktisch. Ein Bodystocking ist ein hammermässiges Dessous, das jeden Mann wahnsinnig macht. Es ist eine Art Catsuit oder Overall, welcher aus Spitze besteht. Dieser ist an allen Stellen offen, auf welche man direkten Zugriff haben muss, um die Bodystocking-Trägerin zu befriedigen. Kommst du noch mit?«

»Ja, nein!«, pruste ich.

»Ich zog mir noch schwarze, hochhackige Stiefel an und dann ging's baucheinziehend und arschschwenkend ins Wohnzimmer.«

»Und dann? Was war dann? Hat es ihm die Sprache verschlagen?«

»Eher mir.«

»Wieso? Bitte fahr weiter.«

»Die folgende Szene musst du dir jetzt bildlich vorstellen. Ich kam in diesem unglaublich erotischen Teil im Wohnzimmer an. Mein Ex lag in einem Strampler auf dem Sofa und kratzte sich am Sa..., ist ja egal, wo er sich gerade gekratzt hat.«

Ich kriege mich nicht mehr ein und stelle mir Angie gerade vor. Ich kann vor lauter Lachen kaum mehr atmen. Tränen laufen mir die Wangen hinunter. Lachanfall-Tränen, die liebe ich!

Angie fährt weiter: »Dieses Bild war einfach zu krass. Und abrupt hatte ich gar keinen Bock mehr auf erotische Abenteuer. Nicht mit einem Mann in einem Strampler. Es ging gar nichts mehr, denn ich lachte mich fast zu Tode. Und die Lust, die war verschwunden.«

»Und dein Ex?«

»Seine Augen waren so gross wie noch nie und eine Wölbung unter dem Strampler war deutlich zu erkennen. Bei mir war aber alle Erotik gewichen. Und weisst du, was der Clou war?«

»Nein, was denn?«

»Ich wollte ihn mit meinem neuen Dessous ja überraschen und verführen. Und ER wollte mich mit seinem neuen Strampler ebenfalls verführen. Die Überraschung war ihm jedenfalls gelungen und meine Lust auf Sex war von der einen Sekunde auf die andere erloschen.«

Angie und ich können kaum aufhören zu lachen. Ist es nicht wundervoll, das Leben? Wenigstens manchmal?

Und nebenbei bemerkt: Wenn man jemals ein Baby im Strampler geknuddelt hat, speichert man dieses Kleidungsstück inklusive Baby als niedlich ab. Und niedlich ist ja alles andere, als das, was wir mit einem Partner in Verbindung bringen wollen. Da fallen mir viel bessere Worte ein. Diese werde ich aber nicht verraten.

Nach vierzehn Stunden Autofahrt, etlichen Kaffee-WC-Stopps, tausend Gesprächen und weiteren Top-Storys von Angie sind wir fast am Ziel. Angie freut sich sehr, ihren Grossvater wieder zu treffen.

Wieso sie ihn seit drei Jahren nicht mehr besucht hat?

Sie hat doch diese Werbeagentur gegründet und war einfach zu beschäftigt. Sie hat wirklich geschuftet wie ein Ochse. Ich weiss, dass dies für Angie eine Flucht war. Die Flucht vor dem Alleinsein, die Flucht vor der eigenen Angst.

Wieso haben Frauen eigentlich diese saudoofe Angst, wenn sie verlassen werden? Wovor genau hat man denn eigentlich Angst? Ist es wirklich das Alleinsein? Ist es das Neue? Ist es das Unbekannte, welches uns nach einer Trennung erwartet?

Eigentlich sollte man sich nicht fürchten. Im Gegenteil, man sollte die Flügel ausbreiten und bis zu den Sternen fliegen. Natürlich muss man sich neu orientieren, aber ist es nicht genau das, was auch spannend sein kann? Was uns neue Perspektiven eröffnet und wir uns auf das besinnen, was wir wirklich möchten? Denn auch wenn das Verlassen werden uns nicht passt, jeder kann das Ganze als Chance anschauen. Man muss sich nur getrauen!

Das habe ich jetzt aber sehr schön beschrieben. Wow! Fast glaubwürdig, oder? Dabei habe ich weder meine Flügel ausgebreitet noch eine neue Perspektive gesichtet. Ich finde immer noch alles zum Kotzen. Und wenn ich schon dabei bin, Angst vor dem Alleinsein habe ich auch.

Italien

»Schau, Lea, das Dorf ist schon dort vorne, siehst du?«

»Ja, ich sehe es. Hoffentlich sieht der Bibliothekar dich nicht ankommen. Der würde dir glatt die Autoreifen kaputt stechen oder dir ein paar Bücher an den Kopf werfen. Haben wir einen Helm dabei? Den solltest du vorsichtshalber aufsetzen. Oder noch besser. Ich fahre selber weiter und du legst dich hinten auf die Rückbank.«

»So ein Quatsch! Der und die anderen zwei haben mich schon lange vergessen«, gibt sie mir zur Antwort.

Kann schon sein, denke ich. Muss aber nicht.

Nach weiteren zehn Minuten biegen wir in die Allee ein, welche zum Hotel führt. Angie stoppt das Auto und wir beide sitzen da und schauen die Strasse entlang. Rechts und links stehen haushohe Pappeln. Die Sonne scheint durch die Bäume und es sieht aus, als wenn wir in diesem Moment in eine Fantasiewelt eintauchen würden. Es ist unbeschreiblich schön.

Ohne ein Wort über diese Pracht zu verlieren, fährt Angie langsam die Allee entlang. Nach circa zweihundert Metern sehen wir es, das Hotel. Mein Kiefer läuft Fuss, denn ich kann mich nicht daran erinnern, dass es so gross und so imposant gewesen ist. Mir verschlägt es die Sprache und ich muss meinen Kiefer von Hand wieder an die richtige Stelle rücken.

Habe ich eben imposant gesagt? Gibt es noch eine Steigerung? Dann würde ich lieber dieses Wort wählen, habe aber gerade keine Zeit, ein Synonym zu suchen.

Könnten Sie das vielleicht für mich erledigen? Sie haben auch keine Zeit? Okay, dann lassen wir dieses imposant einfach stehen!

Angies Augen leuchten. Wir halten an und steigen aus. Dann stehen wir still und staunend vor diesem wunderschönen Gebäude. Angies Grossvater muss in den letzten drei Jahren eine Renovation durchgeführt haben.

Das Hotel wurde neu gestrichen und die gewählte, gelbe Farbe verleiht dem ganzen Gebäude eine unglaubliche Wärme. Neben dem Eingang stehen wunderschöne Palmen und auf dem ganzen Vorplatz sind terracottafarbene Tongefässe verteilt. Diese beinhalten Pflanzen, von denen ich die meisten noch gar nie gesehen habe. Ich kann mich gar nicht sattsehen an dieser Farbenpracht.

Plötzlich ertönt ein lautes Ciao und wir sehen Grossvater durch die grosse und schwere Holztüre heraustreten. Angie nimmt Anlauf und springt ihrem Grossvater direkt in die Arme. Am liebsten möchte ich das auch tun, aber mein Mut will da gerade nicht mitmachen. Ich lasse die beiden lieber ein paar Minuten alleine. Stehe zwar wie ein Holzpfosten in der Sonne, aber wen interessiert das schon.

Die beiden lassen mich nicht lange warten und kommen auf mich zu. Nonno Sergio nimmt auch mich in die Arme. Shit, wieso weine ich jetzt? Wieso bringt mich diese Umarmung so völlig aus dem Konzept? Ich fasse es nicht! Ich muss direkt an oder sogar IN den Niagarafällen geboren sein. Scheiss Sensibilität.

Nonno Sergio schaut mich an: »Ciao Lea, lass dich drücken! Ich bin so froh, seid ihr da.«

Ich bringe nur ein klägliches Ciao Nonno heraus. Dann umarmt er uns beide erneut und führt uns durch die mit aufwendiger Schnitzerei verzierte dunkle Eichentüre.

Wieso Eiche? Keine Ahnung, ist mir spontan eingefallen. Ob es stimmt? Weiss ich nicht, kann Nonno dann mal fragen, aber ich finde das jetzt nicht das Wichtigste im Leben.

Die italienische Sprache ist mir übrigens bestens vertraut, denn ich habe eine lange Zeit in Italien gearbeitet. In einem kleinen, aber zauberhaften Hotel. Leider musste das Hotel aus finanziellen Gründen (sprich Differenzen des Hotelbesitzers mit der Bank) geschlossen werden. Man weiss doch genau, dass man es sich mit der Bank nicht verscherzen soll, aber mein Chef wollte ja nicht auf mich hören. Ich ging nach diesem Desaster zurück in die Schweiz und arbeite seitdem in einer kleinen Pension, wo ich sogar meine Italienischkenntnisse ab und zu einsetzen kann.

Ich liebe sie einfach, diese italienische Sprache! Sie ist irgendwie so männlich, so forsch und sehr impulsiv. Schade, ich hatte noch nie einen italienischen Buongiorno-Typen in meinem Bett, es wird also höchste Zeit. Ich glaube, die gehen so richtig zur Sache und können sicher unglaublich zupacken.

Wenn ich schnell ins benachbarte Land (Frankreich) abschweifen darf. Da stelle ich mir Sex nicht ganz so tollkühn vor. Ich habe das Gefühl, dass die Franzosen da eher vorsichtig und irgendwie gediegen vorgehen. Irgendwie so zart und so doucement. Natürlich nur eine Vermutung, denn auch die französische Flagge wehte noch nie an meiner Bettkante. Aber Bock auf so einen Bonjour-Typen habe ich nicht. Bei mir liegt Italien ganz vorne.

Spanien? Wahrscheinlich ähnlich wie Italien mit dem Unterschied, dass sich die Spanier nach dem Sex keine Zigarre anzünden, sondern ihren geliebten Carachillo saufen. Prost!

Aber jetzt fertig mit Plappern, das bringt sonst die Geschichte völlig durcheinander.

Wir stehen in der Eingangshalle und mir bleibt die Spucke weg. Was wir sehen, haut uns fast um. Ein moderner und wahrscheinlich vor gerade zwei Minuten polierter Marmorboden glänzt uns entgegen. Wo ist der schmuddelige Steinboden geblieben? Und die alten Steintreppen? Rechts und links führen nämlich zwei neue Marmortreppen in die obere Etage. Das Treppengeländer findet seinen Halt auf weissen Marmorsäulen. Es stehen überall Pflanzen und es riecht richtig italienisch.

Ich weiss gerade nicht, wie ich diesen italienischen Geruch richtig beschreiben soll, aber falls Sie in nächster Zeit nach Italien fahren, riechen Sie einfach mal. Sie werden dann wissen, was ich meine.

»Hey« sagt Nonno, »wieso seid ihr so still? Gefällt es euch nicht?«

»Es ist wunderschön«, murmelt Angie, »ich fühle mich wie in einem Märchenschloss. Wehe du hast im oberen Stockwerk noch einen Prinzen versteckt!«

»Hättest du gerne«, lächelt Nonno, »aber ich muss dich enttäuschen, einen Prinzen habe ich nicht gefunden. Hast du denn seit deiner Trennung keinen mehr abgekriegt?«

Ich finde diese Frage jetzt sehr direkt, aber haben Sie es bemerkt? Dieses Forsche, von dem ich vorhin gesprochen habe. Die Italiener reden da nicht lange um den heissen Teig, eh Brei herum. Wenn eine Frage gestellt werden muss, wird sie einfach gestellt. Und dies nicht etwa mit Bedacht. NEIN. Da wird volle Kanne gefragt.

»Nein, Nonno, und das wird auch so bleiben.«

Nonno reagiert nicht auf ihre Antwort und gibt ihr einen Kuss auf die Stirn. Ich glaube er weiss, dass Angie liebend gerne wieder jemanden hätte, obwohl sie als Single ja sehr glücklich ist. Aber das Risiko, eine neue Beziehung einzugehen, ist ihr immer noch zu gross. Schade.

Von der Eingangshalle aus führt uns Nonno durch das Hotel zum Innenhof. Er öffnet eine grosse Glastüre und wir kommen aus dem Staunen nicht mehr heraus.

Der Gärtner, der dieses Wunder vollbracht hat, muss Zauberkräfte in sich tragen oder sonst überirdisch besaitet sein.

Ich erinnere mich, dass hier vor drei Jahren der Teufel gehaust hat. Alles war überwuchert und ein grosser Olivenbaum musste um sein Überleben kämpfen. Er hat es geschafft und steht tapfer und stolz inmitten eines wunderschön angelegten Gartens. Hier müssen Engel ihr Zuhause haben. Anders kann es nicht sein.

Der ganze Innenhof wird von einer Laube umkreist. Alte Steinsäulen stützen die darüber liegenden Balkone und werden von unzähligen Kletterpflanzen umarmt. Es blühen tausend verschiedene Blumen und hier sind nicht nur Engel zu Hause, sondern auch Liebe. Ich spüre es, auch wenn sich das jetzt kitschig anhört. Aber Liebe ist hier. Es ist wirklich wahr, denn an gewissen Orten spürt man diese Liebe (wie man eben auch Italien riechen kann). Auch wenn es mir momentan schwer fällt, an Liebe zu glauben, ist sie doch allgegenwärtig. Und ich bin froh, dass ich es genau jetzt spüre. Ich will hier nie wieder weg.

»Nonno«, fragt Angie nach langem Staunen, »wann hast du das gemacht?«

Nonno lächelt, antwortet aber nicht sofort und lässt der Frage Raum (falls man dies draussen überhaupt tun kann). Es macht nichts, dass er nicht sofort antwortet, denn in diesem Garten verliert man jegliches Zeitgefühl.

»Ich bin seit zwei Jahren daran, das Hotel wieder auf Vordermann zu bringen. Wieso, erzähle ich dir später.«

»Nein, Nonno, nicht später, ich will es jetzt wissen.«

»Nur Geduld«, antwortet der Grossvater, »nur Geduld.«

Ich begreife gerade gar nichts, aber das stört mich nicht. Ich möchte mich hier einfach hinsetzen und nie mehr aus diesem Garten gehen. Es ist das Schönste, was ich jemals gesehen habe. Und nun schäme ich mich, weil ich auf dem Hotel herumgehackt habe. Pfui, Lea, das nächste Mal hältst du deine Zunge im Zaum oder Zaun.

Heisst das so? Ach egal, weiss doch jeder, was ich damit meine.

Weisse, verschnörkelte Bänke, mit der gleichen Verschnörkelung verzierte Stühle und sogar verschnörkelte Liegestühle mit nicht verschnörkelten Kissen sind im ganzen Garten Eden platziert worden.

Und es ist mir gerade sonnenklar aber so etwas von egal, dass dieser Satz sehr schwierig ist. War auch für mich eine sehr grosse Herausforderung. Ich habe ihn bereits zehn Mal gelesen und bringe es immer noch nicht fertig, ihn fliessend aufzusagen. Ich hoffe, dass Sie sich dieser Herausforderung auch stellen. Und das Wort Verschnörkelung habe ich so oft geschrieben, weil ich es unglaublich toll finde.

Nonno bringt uns an einen wunderschönen Marmortisch und fordert uns auf, Platz zu nehmen. Es ist fast so, als ob wir hier an einem verzauberten, geheimen Ort sind und ich hoffe, dass in der nächsten Sekunde ein Zauberer mit langem Gewand vorbeifliegt und uns einen Wunsch erfüllt.

Auch nach mehrmaligem hin und her gucken kommt natürlich niemand geflogen. Schade, dabei hat es so gut angefangen, aber ich gebe die Hoffnung nicht auf.

Der Tisch ist liebevoll gedeckt. Die weissen Kaffee- und Untertassen sind mit einem feinen Blumenmuster verziert (wieder so eine Art Verschnörkelung. Dieses Wort ist sicher in Italien erfunden worden). In vielen kleinen Schüsselchen hat es feines, italienisches Gebäck. Gerade jetzt merke ich, dass ich einem Hungertod nahe bin. Typisch, da sehe ich etwas zu Essen und schon denkt mein Gehirn nur noch essen, essen, essen. Es kann mir durchaus passieren, dass ich mich bis kurz vor dem Zerplatzen vollstopfe, dies aber nach einer halben Stunde bereits vergessen habe und erneut zuschlage. Habe da wahrscheinlich ein kleines Nahrungsaufnahme-Problem, aber das gehört nicht in diesen Garten, sondern in eine psychiatrische Klinik, wo die Kritzelhelden zu Hause sind.

Sie wissen noch, oder? Die Psychologen und Psychiater meine ich.

Es ist heute übrigens das erste Mal, dass ich so richtig Hunger habe. Nach der Trennung konnte ich wochenlang nichts essen. Vorteil dieses Problems später in diesem Buch.

»Ich hole den Kaffee, meine Damen«, sagt Nonno mit einer eleganten Verbeugung und einem Lächeln auf den Lippen, »bin gleich wieder da.«

»Angie, kneif mich mal! Das kann doch nicht wahr sein. Weisst du noch vor drei Jahren? Alles sah so anders aus! So furchtbar hässlich und es herrschte ein riesiges Durcheinander in diesem Garten! Was ist hier los?«

»Ich weiss es nicht, Lea. Es ist alles so traumhaft und ich finde gerade keine Worte dafür.«

Man muss nicht immer Worte finden, um etwas zu beschreiben. Manchmal reicht der Blick in ein paar Augen aus, um herauszufinden, dass dem Gegenüber genauso wohl ist wie einem selber. Das war bei Mucki und mir sehr oft so.

Sorry, habe gelogen, wollte mir schnell meine Ex-Beziehung schönreden. Doof von mir, ich weiss. Aber in diesem Liebesgarten muss einem ja der Ex einfallen. Was man hier so alles anstellen könnte. Mir wird ganz anders! Shit, ein Gedankenstopp muss her, aber schnell!

Zum Glück kommt Nonno mit dem versprochenen Kaffee zurück. Ich schaue ihm zu, wie er den Espresso hingebungsvoll in die hübschen

Tassen giesst. Einen richtig guten, italienischen Espresso. Ich liebe Kaffee und in Italien schmeckt er ja viel besser als zu Hause. Wir sind nämlich in einem Land, in welchem Kaffee trinken zum Glück beiträgt. Davon bin ich überzeugt.

Gerade jetzt denke ich, dass es kein grösseres Glück gibt, als hier zu sitzen und ich vergesse sogar, mein Selbstmitleid aufrecht zu erhalten.

Nonno fängt an zu erzählen. Er hat eine so schöne und liebe Stimme, dass man sich wünscht, er würde nie mehr aufhören zu reden.

»Nach eurer Abreise vor drei Jahren habe ich das Hotel ganz geschlossen«, erzählt er. »Sehr lange habe ich mir überlegt, was ich tun soll und es kam nach vielem Hin und Her nur eine Lösung in Frage.«

»Und? Welche?«, fragt Angie.

»Später, meine Liebe, später.«

Später ist ein Wort, welches mit sofortiger Wirkung aus dem Duden geschmissen werden und unter keinen Umständen an Frauen gerichtet werden sollte. Da werde ich wahnsinnig. Ich bin einfach ZU neugierig, um mich mit diesem doofen Wort vertrösten zu lassen. Und da bin ich garantiert nicht die einzige Person. Es macht die ganze Sache auch nicht spannender. Im Gegenteil!

Nun sind die Dorf-Storys an der Reihe. Die mag ich am liebsten. Geschichten aus dem Leben eben. Ob alles wahr ist, weiss ich nicht, aber das ist irrelevant. Denn Männer, ob italienischer, spanischer, amerikanischer oder der bonjour-doucement Herkunft, schweifen ja des Öfteren ein wenig von der Wahrheit ab. Und wir Frauen haben uns diesem Nicht-ganz-die-Wahrheit-sagen nun auch angeschlossen. Gleichberechtigung halt.

Es sind lustige Geschichten, und immer lächelt Nonno uns an, schenkt Kaffee nach und schaut, dass wir auch genug von den süssen Leckereien zu uns nehmen. Ich glaube nicht, dass er eine Ahnung hat, wie viele Kalorien in diesen Teilchen stecken. Ich weiss es, aber es ist mir egal, denn sie schmecken einfach köstlich. Und es ist ja wissenschaftlich bewiesen, dass Süsses der Seele gut tut. Besser ich nehme noch ein paar, dann wirkt es ganz sicher!

»Seid ihr beiden schon einmal bei einer Olivenernte dabei gewesen?«, fragt Nonno?

Wir schütteln synchron unsere Köpfe: »Nein, sind wir nicht.«

Ich habe davon echt gar keine Ahnung. Ich weiss nur, dass man so ein Extra Vergine kaufen soll. Was das genau heisst, weiss ich nicht. Etwas **Extra** halt. Kann man ja aus dem Namen schliessen. Was ich auch noch weiss, ist, dass man Oliven nicht mit einer Maschine ernten kann und alles von Hand gemacht werden muss. Gibt noch mehrere Dinge und Situationen, bei welchen man selber Hand anlegen muss, aber davon ist hier jetzt nicht die Rede, wollte es nur kurz erwähnen.

»Das ist ja perfekt«, strahlt Nonno. »Dann könnt ihr von einem alten Greis tatsächlich noch etwas lernen. Ihr werdet riesigen Spass haben. Ich freue mich so sehr, dass ihr da seid!«

Und sein strahlendes, von echtem Herzen kommendes Lachen tut mir bis in die Seele gut! Schnell noch ein paar von den süssen Teilchen essen, ich glaube, es wirkt schon!

Ich bin übrigens sicher, dass alle Italiener mit einem Lachen auf die Welt kommen. Es gibt zwar auch hier die eine oder andere Ausnahme. Einige Italiener müssen berufsmässig das Lächeln nämlich einfrieren. Denke da gerade an die gefürchteten Mafia-Bosse. Die können sich in ihrem Job kein Lächeln leisten. Wie würde das auch aussehen? Ein dicker, in einem schwarzen Anzug steckender Bösewicht mit einem grossen Grinsen im Gesicht! Das geht einfach nicht. Es würde nämlich sehr lächerlich und unglaubwürdig aussehen. Dazu käme die Gefahr, dass ihnen die zur Berufsbekleidung gehörende dicke Zigarre sicher aus dem Mund fallen würde.

»So, meine Lieben, jetzt zeige ich euch, wo ihr schlafen könnt. Habe mir erlaubt, dasselbe Zimmer wie letztes Mal bereitzumachen und hoffe, dass alles okay ist.«

Meine Mundwinkel wollen sich gerade auf den Weg zum Kinn machen. Und das nur wegen eines Zimmers? Vielleicht ist es ja gar nicht mehr so schlimm wie vor drei Jahren und eventuell hat Nonno sogar neue Bettwäsche gekauft. Ach, was soll's. Ich darf nicht jammern. Ich darf mich hier schliesslich von meinem Schicksalsschlag erholen.

Ist kein echter Schicksalsschlag?

Ich weiss, aber ein bisschen Mitleid würde mir trotzdem gut tun. Nur so ganz wenig.

Wir gehen zurück in die Eingangshalle und steigen die rechte Marmortreppe hinauf. Meine Hände streichen über das feine, weisse Marmorgeländer und ich komme mir gerade vor wie Sissi oder sonst eine Prinzessin. Leider fehlen mir aber ein wunderschönes, glitzerndes Kleid, lange, gewellte Haare und – der Franzl ist auch nirgends. Egal, es ist trotzdem ein schönes Gefühl, eine so edle Treppe hinaufzusteigen.

»Hier ist euer Zimmer mit Bad, Dusche und Toilette. Ich hoffe, dass ihr euch wohlfühlt. Das Zimmer ist noch nicht ganz so, wie ich es mir vorstelle, aber dazu komme ich später.«

Später, später, später. Schon wieder dieses unnütze Wort, aber ich ignoriere es jetzt einfach.

Wir staunen erneut. Zwei grosse Betten stehen rechts und links an den Wänden. Sie sind mit schneeweisser Bettwäsche bezogen, welche mit einer zarten Stickerei versehen ist. Romantik pur. In der Mitte steht ein Tischchen mit zwei Stühlen und auch in unserem Zimmer durfte der glänzende Marmorboden Einzug halten. Die Wände sind mit einer warmen, gelben Farbe von ihrer Tristigkeit erlöst worden. Vor drei Jahren hatten diese nämlich eine braun-braune Blumentapete als Kleidungsstück getragen. Depression willkommen. Nun aber dürfen auch sie am Leben teilhaben. Eine Früchteschale, eine Flasche Prosecco, zwei wunderschöne, wahrscheinlich mundgeblasene Kelche und eine kleine Karte mit Benvenuti in Italia, stehen auf dem runden Holztisch. Romantik pur zum Zweiten.

»Es ist toll, Nonno!«, ergreift Angie das Wort und fällt ihm um den Hals.

Auch ich bedanke mich mit einer langen Umarmung. Er hat sich so grosse Mühe gegeben und ich bin schon jetzt froh, dass Angie mir diese Auszeit aufgezwungen hat. Man muss mir ab und zu wirklich einen Schubs geben, damit ich trotz allen Widrigkeiten auf dem Weg bleibe und mich nicht in eine finstere Ecke verkrieche.

»In zwei Stunden gibt es Abendessen«, sagt Nonno.

»Wir helfen dir.«

»Nicht nötig, mein Koch hat das schon erledigt. Er ist immer noch hier, auch wenn das Hotel geschlossen ist. Ich gebe ihn nicht mehr her. Wieso sollte ich diesen Spitzenkoch auch entlassen, er kocht göttlich.«

»Ist es Mario?«, frage ich.

»Genau«, antwortet Nonno, »er war vor drei Jahren ja auch schon da. Wie die Zeit doch vergeht.«

Nonno lässt uns alleine. Wir legen uns vorsichtig auf eines der grossen Betten und geniessen einen Moment die Stille, die uns umgibt. Die Bettwäsche riecht nach Blumen, oder kommt dieser Geruch aus dem Wunschgarten? Egal woher er kommt, ich liebe und geniesse den Duft und die Ruhe.

»Na, Lea, habe ich dir zuviel versprochen? Ich habe dir ja gesagt, dass du hier abschalten und dich neu orientieren kannst.«

»Hast du seine Augen gesehen, als er erzählt hat?«, frage ich Angie. »Sie strahlten nicht nur, sie funkelten regelrecht. Ich glaube, er ist sehr glücklich, dass du seiner Einladung gefolgt bist. Angie, es ist ein Traum hier.«

»Ja, Nonnos Augen haben wirklich geleuchtet. Und auf die Olivenernte freue ich mich ganz besonders. Ich denke, dass uns das grossen Spass machen wird.«

»Angie, da könntest du recht haben.«

»Ich habe immer recht.«

»Nein, hast du nicht!«

»Doch!«

»Nicht immer!«

»Doch!«

Ich hasse dieses Spiel. Angie gewinnt immer, denn sie gibt niemals auf. Wenn ich keinen Halt bei dieser doofen Hin- und Herkommunikation machen würde, gäbe sie bis Ostern keine Ruhe, und wir haben noch nicht einmal Weihnachten.

Wir packen unsere Koffer noch nicht aus und gehen erneut in den Garten, um uns von der Sonne verwöhnen zu lassen. Meiner weissen Haut wird das guttun. Obwohl sie immer weiss bleibt, egal, wie viel Sonne ich ihr zumute. Sie bleibt weiss! Nicht so bei Angie. Zwei Minuten an der Sonne und man verwechselt sie bereits mit einem Uhrenverkäufer am Strand von Kuala Lumpur (oder einfach dort, wo es dunkelhäutige Menschen gibt). Wo Kuala Lumpur genau liegt, weiss ich nicht, ist mir aber als Erstes eingefallen. Und die ersten Einfälle sind ja immer - Ach, egal.

Im Garten nehmen wir die Liegestühle in Beschlag und unsere Blicke schweifen durch die ganze Pracht. An diesem Ort könnte man einen Film drehen. Einen richtig romantischen, sentimentalen und überhaupt nicht der Wahrheit entsprechenden Film. Von diesen gibt es ja etliche. Ich mag solche Filme momentan gar nicht. Da sind mir Filme mit viel Action und fiesen Psychofritzen viel lieber. Das mit der Liebe belastet mich also auch hier.

»Weisst du, Angie, gerade jetzt denke ich an Mucki, dabei will ich doch gar nicht.«

»Lea, du wirst noch oft an ihn denken, das war bei mir genauso. Aber weisst du was? Seit du ihn nicht mehr hast, bist du irgendwie anders.«

»Anders? Wie meinst du das?«

»Na, eben anders. Irgendwie ruhiger.«

Ich und ruhig. Die spinnt ja. In mir herrscht nämlich seit längerer Zeit ein Hurrikan der Windstärke 280 ka-em-ha. Ist ein sogenannter Wut-Hurrikan, der mich in letzter Zeit öfters heimsucht. Bei der Trennung muss mein Gehirn einen Totalschaden erlitten haben. Ich glaube nicht, dass es reichen würde, mir ein paar Einzelteile auszuwechseln. Da müsste schon eine Totalrevision gemacht werden. Oder direkt auf den Schrottplatz!

Zu übertrieben?

Okay, dann doch nur eine Teilrevision.

»Ich finde mich aber gar nicht so ruhig«, antworte ich.

»Doch, doch. Du warst oft so gestresst und so ruhelos. Du wolltest alles perfekt machen, hast dich aber aussen vor gelassen.«

»Aussen vor noch ein Tor?«

»Hör auf, ich meine es ehrlich! Und ich weiss, dass dir nichts Besseres hätte passieren können, als dass dieser Typ aus deinem Leben verschwunden ist.«

»Danke! Du bist ja heute unglaublich nett zu mir. Was meinst du, gibt es irgendwo da draussen noch einen Typen für mich?«

»,Natürlich. Aber keinen Mucki-Boy.«

»Wahrscheinlich hast du recht, aber ich vermisse ihn einfach. Gibt aber auch Momente, in denen ich richtig wütend bin. Einfach, weil er auf eine so fiese Art abgehauen ist. Scheisskerl! Das macht doch keinen Sinn. Abhauen und ...«.

»Hör auf, Lea, vieles im Leben macht keinen Sinn. Denk nicht mehr darüber nach, denn genau DAS macht wirklich KEINEN Sinn. So viele Menschen machen Dinge, welche man nicht nachvollziehen kann. Aber es sind ihre Fehler, nicht deine. Lea, mal ehrlich, so einen hättest du wirklich behalten wollen? Freundin beim Nullpunkt und er verreist mit seiner neuen Flamme in Urlaub. Vergiss diesen Charakterlump!«

»Das ist ein doofes Wort, Charakterlump, aber wenn du meinst.«

»Du bist in ein Loch gefallen, weil dir eine Entscheidung aufgebrummt wurde, die du nicht selber getroffen hast. Aber genau diese Entscheidung hat dir Flügel geschenkt. Das habe ich dir ja schon gesagt!«

»Genau, diese Flügelgeschichte wolltest du mir schon einmal unter die Nase binden!«

»Lea, stell dir mal Folgendes vor: Du fliegst zu den Sternen und schaust auf die Erde hinunter. Du wirst sehen wie sie sich dreht und niemand sie aufhalten kann. Und genau so kann auch dich niemand mehr aufhalten. Mach deine Träume zur Wirklichkeit. Sonst gehst du eines Tages ins Jenseits und nimmst ganz viele verlorene Träume mit.«

»Angie, wieso schreibst du eigentlich kein Buch?«, frage ich.

»Weil ich kein Talent habe, deshalb.«

»Das ist völliger Quatsch. Du arbeitest in der Werbebranche und da können doch alle ein Buch schreiben. Aber du hast ja noch Zeit.«

Plötzlich stehen Nonno und Mario vor uns. Wir haben es zuerst nicht bemerkt, weil wir unsere Augen der Sonne wegen geschlossen hatten. Wir Frauen können nämlich auch mit geschlossenen Augen sprechen.

»Darf ich vorstellen«, sagt Nonno, »mein Koch und bester Freund Mario.«

»Wie könnten wir dich vergessen, Mario! Der Koch, der vom Himmel fiel«, schwärme ich.

Wir stehen auf und umarmen ihn.

»Hoch erfreut, euch hübsche Damen wiederzusehen«, lächelt Mario.

Hier in Italien gibt es ganz sicher eine Schule, in der man lernt, wie man Frauen anlächeln muss, um sie um den Finger zu wickeln. Dieses italienische Lächeln ist einfach umwerfend.

Mario sieht Nonno übrigens ähnlich. Ob sie Brüder sind und es nicht wissen? Auch Mario hat schwarze Haare und diese dunkelbraunen Augen, in denen man sich verlieren könnte.

Haben Sie es bemerkt? Wieder zwei Punkte, wieso viele Frauen auf Italiener stehen. Das äusserliche Gesamtpaket ist mit Haaren, Augen und dem anziehenden Lächeln nahezu perfekt!

Nein, ich verliebe mich sicher nicht in Mario. Er ist doch ein wenig zu alt für mich. Mucki war zehn Jahre jünger, aber deswegen muss ich mich ja nun nicht auf einen Grossvater stürzen. Und überhaupt, ich habe ja nur erwähnt, dass er wunderschöne Augen hat. Wenn übrigens die Sonne in dunkelbraune Augen scheint, meint man, man könne in ihnen versinken. Ich liebe diese Augen. Und von diesen hat es in Italien ja mehr als genug. Super!

Es scheint, dass dieses Buch gerade zu einer Liebeserklärung an Italien mutiert. Auch gut. Ich hoffe, dass dies für Sie auch stimmt!

Mario teilt uns mit, dass das Essen bald fertig ist und er den Apéro nach draussen bringen wird. Gute Idee, denn die Sonne scheint noch lange nicht Feierabend machen zu wollen.

Zehn Minuten später sitzen wir alle unter dem uralten Olivenbaum an einem verschnörkelten Tisch und geniessen einen italienischen Apéro. Es gibt Prosecco, grüne und schwarze Oliven, Parmaschinken und Parmesanstückchen, welche wir in sehr edlen Balsamico-Essig tunken. Kleine, ganz frisch zubereitete Bruschette mit viel Knoblauch und frischen Tomaten sind auch noch zu haben. Ein Gedicht.

»Es ist herrlich«, schmatze ich und bin froh, dass ich die mit viel Knoblauch hergestellten Bruschette so richtig geniessen kann. Ist ja keiner da, welchen ich küssen könnte, da darf es schon ein wenig Knoblauch sein.

»Und?«, fragt Nonno, »wie war die Reise? Sehr anstrengend?«

»Ach was«, antwortet Angie, »es hatte kaum Verkehr und wir kamen wirklich sehr gut vorwärts. Wir hatten ja genug Zeit eingerechnet und es hat wirklich alles sehr gut geklappt. Oder was meinst du, Lea?«

»Eh, Moment«!

»Lea, es nimmt dir niemand etwas weg und es hat genug von allem. Du kannst ganz ruhig essen, nur keine Hetze!«

Wir lachen, denn ich habe mich gerade wie ein ausgehungerter Wolf benommen. Habe zwar noch nie einen gesehen, aber so muss er ungefähr sein Mahl verzehren, wenn er nach stundenlanger Jagd endlich etwas totbeissen konnte.

»Die Fahrt war wirklich angenehm«, werfe ich ein wenig später ein. »Ihr kennt ja Angies Fahrstil. Sehr gemütlich, aber auch sehr sicher.«

»Danke für die Blumen, Freundin. Höre ich da einen kleinen Unterton in deiner Stimme?«

»Ach was, es war wirklich toll und du hast das ganz prima gemacht!«

»Danke.«

Angie fährt wirklich gut Auto. Sie sitzt zwar quasi auf dem Lenkrad, fährt immer so an die 5 km/h langsamer als gestattet und überlässt den Vortritt oft den anderen Autofahrern, obwohl SIE diesen Vortritt hätte. Sie ist für meinen Geschmack ZU freundlich unterwegs und es ist ein Wunder, dass sie noch nie ausgestiegen ist und den Verkehr gerade selbst geregelt hat. Einfach nur, damit die Menschen sicher von A nach B kommen. Ich gestehe, manchmal möchte ich mein Bein ebenfalls aufs Gas legen und einen Zacken schneller fahren. Aber was soll's. Angie ist Angie und ich bin ich.

Vor dem Hauptgang führt uns Nonno durch das Hotel. Wir sind sehr gespannt, aber komischerweise fängt er plötzlich an, sich zu entschuldigen: »Die Gästezimmer haben wir noch nicht renoviert. Beim Garten wusste ich ganz genau, wie ich ihn haben wollte, aber bei den Räumen war dann sozusagen Sackgasse. Irgendwie fehlten mir und Mario die Ideen und deshalb haben wir nur euer Zimmer renovieren lassen.«

»Nonno, das macht doch nichts!« Angie nimmt ihn in den Arm. »Wir können dir ja helfen.«

»Ja, Bella, genau aus diesem Grund habe ich euch eingeladen.«

»Nonno, nun komm schon, erzähl!«, drängt Angie.

Wieder verstehe ich nur Bahnhof, obwohl ich Brünette und nicht Blondine bin. Eigentlich bin ich ja eine Graunette, denn wenn es die tollen Mittel fürs Haare färben nicht geben würde, hätte ich grau-weisse Haare auf meinem Kopf. Und genau das werde ich nie zulassen. Das ist die Wahrheit.

»Ich erzähle euch alles beim Abendessen«, beruhigt uns Nonno.

Er führt uns von einem Zimmer zum anderen. Sie sehen wirklich nicht sehr toll aus. Es ist alles ziemlich veraltet und ich bin froh, dass er wenigstens aus unserem Zimmer eine Wohlfühloase gemacht hat.

Der Speisesaal, in welchem wir uns nun befinden, sieht auch noch so aus wie vor drei Jahren. Ich muss aber zugeben, dass ich ihn schlimmer in Erinnerung hatte. Die antiken Holztische und die dazu passenden Stühle könnten lediglich eine Auffrischung vertragen. Ob Nonno das Hotel wieder öffnen will? Er hat sich ja mächtig ins Zeug gelegt.

Er führt uns nach der Besichtigung zu einem wundervoll gedeckten Tisch mit weissem Tischtuch, silbernen Platztellern, weissen Servietten und Silberbesteck. Als Dekoration hat er kleine, grüne Tontöpfchen mit verschiedenen Kräutern aufgestellt. Es riecht nach Basilikum, Rosmarin und Thymian. Er hat sich wirklich die grösste Mühe gegeben. Ich bin gerührt von so viel Liebe. Denn genau das sagen dieser Tisch, die Eingangshalle und der Garten aus. Nonno ist mit Liebe und Herzblut dabei.

Wir setzen uns und ich fühle mich gut. Ich fühle mich sogar sehr gut. Dies kann sich aber von einer Sekunde auf die andere ändern. So bin ich leider. Aber jetzt freue ich mich richtig auf das leckere Essen.

Eigentlich stört mich gerade nicht, dass Mucki weg ist. Er würde mir eh nach jedem Happen, der in meinem Mund verschwindet, SEINEN Blick zuwerfen. Zuerst einen Blick in die Augen und anschliessend direkt auf mein Bäuchlein. Das heisst, dass ich mich ein wenig am Riemen reissen soll. Solche Blicke habe ich oft geerntet.

Und es waren nicht nur die Blicke, die mich gestört und verletzt haben. Seine Bemerkungen ebenso: Schatz, solltest du nicht deine Haare färben? Schatz, deine Augenbrauen sind heute aber buschig, hat deine Kosmetikerin Urlaub? Schatz, wie geht es eigentlich mit deiner Diät und treibst du eigentlich noch Sport? Schatz, du könntest doch mit dem Fahrrad zur Arbeit fahren. Schatz, hast du aber heute Appetit, du isst doch sonst nie soviel. Schatz, du nimmst ja sicher keinen Nachtisch, oder?

Können Sie sich das vorstellen? Das ist voll der Stress. Man hätte meinen können, ich sei die Schwester des Glöckners von Notre Dame. Eigentlich hatte ich von ihm zum letzten Geburtstag einen Gutschein für eine Totalrevision erwartet. Also einen Gutschein für mindestens 20 Schönheits-OPs. Denn so viele hätten es seinen Bemerkungen nach schon sein müssen, um mich attraktiver zu gestalten. Aber nein, ich erhielt eine Orchidee. Eine zum halben Preis.

Ich hasse Orchideen!

Nonno und Mario servieren das Abendessen. Sie strahlen dabei eine Ruhe und eine Weisheit aus, dass es einem ganz warm wird ums Herz. Gerne würde ich in diesem Moment mit ihnen tauschen. Ich glaube, sie haben mehr vom Leben als ich. Ob es an Italien liegt oder am Alter der beiden Freunde? Wahrscheinlich trifft beides zu. Wenn ich nur eine solche Ruhe ausstrahlen könnte! Aber davon bin ich meilenweit entfernt.

Zuerst servieren die beiden Herren Focaccia mit Paprika, Büffelmozzarella und Parmaschinken. Ein Traum. Anschliessend gibt es einen sehr fein geschnittenen Salat mit Lachsstreifen an einer Zitronen-Limetten-Sauce. Ein Traum. Dann werden wir mit einem Pastagericht verwöhnt. Penne mit Lauch- und Karottenstreifen an einer Safransauce mit knusprigem Speck. Ein Traum.

Ich muss mich wiederholen und immer wieder Traum erwähnen, sonst ist der Effekt nicht so gross. Sie können also wirklich davon ausgehen, dass dieses Essen ein absoluter Traum ist! Die Rezepte hat ganz sicher ein Engel vom Himmel fallen lassen. Wobei der Teufel auf seinem Grill ja auch heisse Köstlichkeiten zubereiten kann. Nehme ich mal an.

Bis die Hauptspeise fertig ist (in Italien isst man bis mitten in der Nacht), machen wir eine kleine Ess-Pause. Ich bin froh, denn ich platze bereits aus allen Nähten. Trage heute eine Jeans in Grösse 34. Es waren früher meine Lieblingsjeans. Na ja, ich habe mich da etwas überschätzt und gedacht, dass ich mit meinem Gewichtsverlust locker in diese Hose passe. Gar nicht gut, denn die Jeans in Grösse 36 hätte wenigstens noch etwas Kapazität gehabt, damit man trotz italienischem Festessen noch hätte atmen können. Aber ich musste ja wieder einmal mit dem Kopf durch die Wand. Was soll's. Jetzt kneifts halt!

Und ja, ich habe den obersten Knopf und bereits die Hälfte des Reissverschlusses bereits geöffnet.

Hier kommt übrigens noch die versprochene Erklärung, wieso die Unlust am Essen nach einer

Trennung Vorteile bringt. Ich habe nämlich nach diesem Schlag ins Gesicht oder Stich ins Herz oder was auch immer die Lösung aller Gewichtsprobleme gefunden. Eine Trennung ist es. Echt wahr! Da speckt man nämlich innert kürzester Zeit sechs Kilo ab. Danke, Mucki.

Nonno räuspert sich und klirrt theatralisch mit einem kleinen Silberlöffel an ein wunderschönes Rotweinglas. Auch der Rotwein ist übrigens ein Traum.

»Liebe Angie«, eröffnet er die Rede mit seiner lieben Nonno-Stimme. »Als Erstes danke ich dir von Herzen, dass du meine Einladung angenommen hast und du Lea davon überzeugen konntest, auch mitzukommen.«

Ein Lächeln huscht über unsere Gesichter. Wir schauen einander an und sind glücklich. Glücklich, weil hier jemand ist, der uns liebt und froh ist, dass wir da sind.

»Ihr habt bereits gesehen, dass ich ein paar Kleinigkeiten im Hotel verändert habe. Der Garten war für mich der wichtigste Punkt und hatte absolute Priorität. Du weisst, Angie, das ich mich für mein Leben gerne draussen aufhalte. Ich liebe es, wenn im Frühling die Sträucher anfangen zu blühen und die Bäume ihre hellgrünen Blätter zum Vorschein bringen. Jeden Frühling denke ich dasselbe, dass sogar unser Leben wieder neu erwacht und farbiger wird. Ich kann mich jeweils kaum sattsehen an diesem Welterwachen.«

Seine Augen glänzen und man spürt, wie er in sein eigenes Leben, in die Natur und in die ganze Welt verliebt ist. Ich wünschte, ich könnte von seiner Lebensfreude etwas abkriegen.

»Ich weiss«, fährt Nonno fort, »dass du vor drei Jahren enttäuscht warst, weil du das Hotel anders in Erinnerung hattest. Du liebtest dieses Gebäude und wolltest als Kind gar nie weg. Leider hatten deine Eltern andere Pläne und schweren Herzens mussten wir euch ziehen lassen. Als deine Nonna starb, es sind nun dreieinhalb Jahre her, hatte ich lange Zeit keinen Boden mehr unter den Füssen. Ich habe sie sehr geliebt und wir wollten noch so viel gemeinsam unternehmen. Leider war die Krankheit stärker und für mich brach eine Welt zusammen. Ich habe sehr lange gebraucht, bis ich gemerkt habe, dass ich sie zwar nie wiedersehen werde, sie aber dennoch bei mir ist.«

Ein paar Tränen kullern aus seinen Augen, aber das stört ihn nicht. Vor lauter Rührung fange ich selber an zu weinen.

Das Problem mit meinen Tränen ist ja bereits bekannt. Niagarafälle! Noch gewusst?

Nonno fährt fort mit seiner Rede: »In dieser schweren Zeit habe ich den Gedanken gehegt, das ganze Anwesen zu verkaufen und ins Dorf zu ziehen. Als ihr beiden vor drei Jahren hier wart, wurde mir aber bewusst, wie sehr meine Angie dieses Zuhause liebt. Ich habe aber das Hotel nach eurer Abreise trotzdem geschlossen. Ich hatte einfach keine Kraft mehr für diese Aufgabe!«

»Nonno, hast du wegen mir mit der Renovation begonnen?« fragt Angie mit grossen Augen.

»Ja, meine Liebe, für dich und deine Grossmutter.«

Angie steht auf und umarmt ihren Grossvater.

Nonno hält Angie an beiden Händen fest und schaut ihr tief in die Augen. Mein Gott, will er ihr jetzt einen Heiratsantrag machen? In der eigenen Familie? Das darf nicht wahr sein. Sorry, meine Fantasie geht wieder mal eigene Wege. Aber genau so habe ich mir immer vorgestellt, einen Antrag zu kriegen. Kam leider nie dazu. Scheiss Romantik. Scheiss Hochzeit.

»Cara Angie, es hat natürlich einen Grund, wieso ich dich hierher gebeten habe, denn ich muss dir etwas Wichtiges mitteilen. Das konnte ich weder mit einem Brief noch mit einem Telefongespräch erledigen.«

»Nun mach es nicht so spannend, ich drehe gleich durch!«

Und ich auch.

»Bin ja schon dabei! Allora, du weisst, dass ich in diesem Hotel aufgewachsen bin. Es ist mein Zuhause. Ich hätte mir nicht vorstellen können, von hier wegzuziehen, ausser nach dem Tod deiner Grossmutter. Da habe ich es fast nicht mehr ausgehalten. Alles erinnerte mich an sie und

64

ich hätte das ganze Grundstück am liebsten verschenkt.«

»Das wolltest du wirklich tun?«, fragt Angie ungläubig.

»Ich war kurz davor. Aber dank Mario habe ich es nicht getan. Mario und ich haben in den zwei Jahren Ideen gesponnen, Möglichkeiten gesucht, Träume miteinbezogen und stundenlange Diskussionen geführt. Wir sind am Schluss auf eine einzige Lösung gekommen.«

»Und Nonno? Welche?«

»Ich möchte, dass mein Zuhause dein Zuhause wird und zwar solange ich noch lebe. Sag jetzt nichts, Angie. Ich weiss, dass dies sehr plötzlich kommt, aber du wirst das Hotel sowieso erben und ich kann es nicht mehr selber führen und muss einen oder sogar zwei Gänge runterschalten.«

»Bist du krank, Nonno?«, fragt Angie ängstlich.

»Nein, das bin ich nicht. Ich habe einfach nicht mehr die Energie, welche ich früher hatte.«

Stille.

Totale Stille.

Ich schaue zu Angie, die ihre Augen zwar offen hat, aber irgendwie apathisch wirkt. Ich schaue zu Nonno, welcher Angie immer noch tief in die Augen sieht. Bin ich froh, dass er ihr keinen Antrag gemacht hat!

Was ich selber gerade denke?

Ich bin auch erstaunt, würde aber keine Sekunde lang überlegen, was ich tun soll. Ich würde dieses kostbare Erbe nicht ausschliessen und direkt nach Italien ziehen. Was hält mich denn zu Hause? Meine Eltern wohnen in England, meine beste Freundin steht hier wie eine Figur aus dem Wachsfigurenkabinett und meinen Job würde ich auch sofort kündigen. Aber leider bin nicht ich die Glückliche. Schade!

Plötzlich umarmt Angie ihren Grossvater und weint. Meine Güte, ich habe Angie das letzte Mal vor drei Jahren weinen sehen. Nonno hat ihr Herz berührt und irgendwie habe ich das Gefühl, dass es Angie gerade sehr gut tut, das sie weinen kann. Auch bei Nonno sehe ich Tränen.

Was dies jetzt alles bedeutet? Keine Ahnung, ich bin ja keine Hellseherin. Ich sitze eh etwas abseits. Ist alles so eine Familiengeschichte und da komme ich mir gerade sehr unnötig vor. Aber die beiden scheint das nicht zu stören. Gut, dann sitze ich einfach brav auf meinem Stuhl und beobachte das weitere Geschehen.

»Nonno, wieso ich und wieso jetzt?«

»Weil du die Alleinerbin bist und ich das alles nicht mehr schaffe. Weisst du Angie, ich befehle dir nicht, dass du hierher ziehen sollst. Du kannst das Anwesen vermieten oder auch verkaufen, was mir natürlich sehr leid tun würde. Aber ich werde deine Entscheidung akzeptieren. Ich konnte aber nicht mehr warten, verstehst du?«

»Natürlich begreife ich es, bin nur gerade etwas von der Rolle!«

»Das ist verständlich. Aber du hast alle Zeit der Welt, dir zu überlegen, was das Beste für dich ist. Ich weiss, dass du immer voller Ideen steckst, das hast du schon als Kind gehabt. Dir ist immer etwas eingefallen und jede Situation hast du mit Bravour gemeistert. Wirklich jede. Ich war schon immer sehr stolz auf dich und werde dich immer unterstützen, egal was du tust.«

»Danke Nonno, vielen Dank!«

Plötzlich steht Mario in der Türe und fragt, ob wir nicht Hunger hätten. Das Essen wäre bereit und ob er servieren dürfe. Ach ja, essen können wir ja auch noch.

Angie hat sich bereits wieder gefasst, küsst Nonno auf die Wange und bedankt sich nochmals: »Grazie, Nonno. Wir werden eine Lösung finden, ich weiss es.«

»Ich weiss es auch«, strahlt Nonno, »und nun wollen wir essen und feiern! Seid ihr dabei?«

Wow, ich werde angesehen, man hat Notiz von mir genommen, sie haben bemerkt, dass ich auch noch da bin. Yeah! Und natürlich bin ich beim Essen und Feiern dabei.

Alle sind zwar ein bisschen verwirrt, aber die Mahlzeit lenkt unsere Gedanken von dem eben geführten Gespräch ab. Mario hat sich wieder selber übertroffen. Ich behaupte ja, dass ich gut kochen kann, aber beim Anblick und dem Geruch dieser von Zauberhand gekochten Köstlichkeiten bin ich mir nicht mehr ganz sicher.

Rindssteak mit Pfeffersauce, Zucchini-Gemüse und Rosmarinkartoffeln ergeben eine totale Geschmacksexplosion auf der Zunge. Ein Traum. Ich finde keine Worte mehr.

Es macht grossen Spass, mit den beiden Herren zu essen. Sie wechseln sich ab mit Erzählen und jeder will den anderen mit seinen Geschichten übertrumpfen. Und ich weine schon wieder, aber vor Lachen. Ja, der Wein tut sicher auch das seine dazu. Die zweite Flasche ist leer und Mario holt Nachschub. Den Weinkeller würde ich gerne sehen, ich denke, dass die beiden Freunde noch einige Überraschungen im Weinregal horten.

Es ist schon spät und Mario entfernt sich plötzlich vom Tisch. Ob er noch mehr Wein holen will?

Nein, er kommt schon wieder zurück.

»Und hier die Nachspeise, meine Lieben!«

Ob wir heute jemals ins Bett kommen oder uns durch die ganze Nacht futtern? Ach, wen interessiert es? Im Bett liegen und grübeln kann ich ja jeden Abend. Heute wird weder gegrübelt noch an Mucki gedacht. Leichter gesagt als getan, denn er schleicht sich immer wieder in meine Gedanken.

Aber nun Ende der Durchsage, denn vor mir steht eine weitere Zauberei von Mario. Ob er noch einen Bruder hat? Einen jüngeren? Eventuell noch Single? Einer, der auch so fantastisch kochen kann wie er? Einer, der ebenfalls so dunkle Augen hat und mit dem man am liebsten Pferde oder sonst ein Tier stehlen würde? Einer, der keine Frau und drei Kinder mit Alimenten unterstützen muss und die Zeit lieber mit mir verbringt als mit all den verschwitzten Möchtegern-Muskelmännern, welche stöhnend ihre Hanteln stemmen und dazu im Spiegel beobachten, ob sie die richtigen Muskeln trainieren?

Bruder hin oder her. Die Nachspeise sieht nicht nur zauberhaft aus, sie schmeckt auch so. Mango-Mascarpone-Creme mit frischen Mangostückchen und dazu einen kleinen Klecks Sahne. Ein Traum.

»Mario, es ist göttlich!«, schmatze ich mit vollem Mund. Er lacht und geniesst.

Langsam werden wir müde und ein grosses Gähnen breitet sich aus. Gegen dieses Problem will Nonno ankämpfen. Er bringt uns allen einen feinen Espresso mit einem leckeren Cantucci. Wo nur soll ich diesen Keks noch unterbringen? Könnte mich erwürgen, dass ich heute Morgen diese doofe Jeans angezogen habe. Aber ich werde durchhalten, egal was noch alles kommt.

»So«, sagt Nonno später, »ich bin müde und muss mich hinlegen. Es war doch ein sehr turbulenter Tag und meine alten Knochen sagen mir, dass die horizontale Lage jetzt angemessen wäre.«

Aber Mario hat noch einen Einwand und bittet uns, noch schnell sitzen zu bleiben. NEIN! Ich kriege nichts mehr runter. Holt er jetzt bereits das Frühstück? Ich platze gleich!

Es ist kein Frühstück, sondern Limoncello Crema. Ich liebe Limoncello, aber in »Baileys-Konsistenz« habe ich ihn noch nie getrunken. Er ist eiskalt, und nach dem Anstossen rinnt mir diese süsse, zitronencremige Flüssigkeit den Hals hinunter. Ein Traum!

»Mario, dieser Limoncello. Er ist fantastisch. Ich muss mir unbedingt welchen besorgen, bevor wir wieder nach Hause fahren!«

»Kein Problem, ich habe etliche Flaschen gekauft. Ich dachte mir, dass er euch schmecken würde.«

»Du bist ein Schatz!«, jubelt Angie und ich bestätige dies.

Wir verabschieden uns und die beiden Herren wünschen uns eine Gute Nacht und süsse Träume. Ich werde ganz sicher von Marios Bruder träumen, ob er nun einen hat oder nicht. Es wäre eine Schande, wenn es von Mario nur ein Exemplar geben würde. Ich hoffe, dass seine Mutter das auch festgestellt und noch ein paar von dieser Sorte geboren hat.

»Angie, danke, dass du mich mitgenommen hast. Es geht mir gut und ich bin glücklich, dass ich dich habe und du für mich da bist. Danke.«

»Hey, ist doch klar. Weisst du noch? Vor drei Jahren habe ich deine Hilfe gebraucht. Ich bin immer für dich da!«

Wir umarmen uns und steigen mit einem leicht schwindligen Gefühl in unsere Betten. Sie riechen herrlich frisch und ich ziehe die Bettdecke bis zu den Ohren.

Ein tiefer Seufzer noch und dann schlafen wir ein. Bruder von Mario, ich will dich!

Der erste Morgen in Italien

Warme Sonnenstrahlen wecken mich ganz sanft aus meinem Schlaf. Habe natürlich nicht von Marios Bruder geträumt, sondern von einem Kaminfeger, mit welchem ich wilden Sex hatte. Schön und gut, aber wieso mit einem Kaminfeger? Ich kenne zwar ein solches Glücksbringer-Exemplar, aber mit dem kann ich mir Sex nicht vorstellen. Die Grösse macht es so unwahrscheinlich. Nein! Nicht die Grösse seines Heiligtums. Die Körpergrösse meine ich natürlich. Wie gross sein Teil ist, weiss ich nicht und will es auch gar nicht wissen. Aber manchmal kommen mir meine Träume schon sehr dämlich vor.

Ob man als Single andere Träume hat, als wenn man in einer Beziehung lebt? Ich könnte meine Träume ja aufschreiben und analysieren lassen. Ob das etwas bringen würde? Weiss nicht genau. Müsste mal ein Medium fragen. Vielleicht könnte ich so erfahren, ob ich mein Leben wieder einmal in den Griff bekomme oder ob ich direkt den Himmel ansteuern soll.

Bitte? Die Hölle ist auch noch eine Variante?

Stimmt! Ich stelle mir sogar vor, dass der Tod dort unten viel mehr Spass machen würde. Die haben doch dauernd die heissesten Partys. Im Himmel muss man sich wahrscheinlich ganz still hinsetzen und den Klängen von Harfen lauschen. So klassischen Stuss oder so. Gar nicht mein Ding. Da würde ich eine Techno-Party im Grillraum des Teufels bevorzugen. Aber im Moment habe ich gerade keine Zeit zum Sterben. Bin ja schliesslich in Italien. Im Land der Sonne und des Glücks.

»Angie, bist du schon wach?«, frage ich vorsichtig.

»Klar!«, schreit sie aus dem angrenzenden Badezimmer. »Geduscht, Haare geföhnt, Lidschatten aufgeschmiert, Lidstrich gezogen und Lippengloss aufgetragen.«

Wo hat sie nur diese Energie her? Ach ja, sie ist Italienerin. Schade konnte ich ihre Eltern nie kennenlernen.

Angie springt auf mein Bett, umarmt und küsst mich und der süssliche Duft ihres Parfums steigt in meine Nase.

»Neues Parfum?«, frage ich.

»Ja«, lacht sie, »und sehr günstig. Ehrlich.«

»Erzähl nicht bereits am Morgen solchen Quatsch, meine Liebe. Du kaufst nie günstige Parfums. Zum Glück hast auch DU eine Macke, sonst würde ich mich sehr einsam fühlen.«

Wir lachen und ihre Energie und ihre Freude am Leben stecken mich an. Ich glaube, ich muss sie heiraten. Nein, geht nicht, ich will ja bereits Marios Bruder heiraten und eine Beziehung so unter Frauen? Ich weiss nicht recht. Ich brauche einfach den Geruch und den Körper eines echten Mannes im Bett.

Altmodisch? Nein, einfach nicht lesbisch – Punkt!

»Komm, zieh dich an. Nonno und Mario warten sicher schon mit dem Frühstück auf uns. Und du weisst, wie man hier frühstückt. Freue mich so sehr auf die Croissants mit Schokoladen- oder Vanillefüllung. Kannst du dich noch erinnern?«

»Natürlich. Habe mir damals ein Croissant genommen, dieses dick mit Butter und Waldbeerenmarmelade bestrichen und volle Kanne reingebissen. Konnte ich ahnen, dass diesem Croissant bereits eine Schokoladencreme verpasst wurde? Diese Waldbeerenmarmelade in Verbindung mit dieser Creme war nicht toll.«

Aber woher sollte ich wissen, dass die Italiener ihre Croissants mit Schokocreme tunen. War ja nirgends angeschrieben. Egal, jetzt weiss ich es und werde diesen Fehler sicher nicht noch einmal machen.

Bitte? Ich habe bereits erwähnt, dass ich Fehler mehrmals mache?

Stimmt. Aber nur in der Kategorie Männer, Unterkategorie Arschlöcher. Da ist mir bisher doch der eine oder andere Missgriff passiert. Ansonsten bin ich recht lernfähig.

Tatsächlich warten Nonno und Mario bereits auf uns. Sie haben einen Frühstücksbrunch der Extraklasse zubereitet. Es gibt alles, was mein Herz begehrt. Und noch viel mehr.

Ich bin übrigens eine richtige Brot-Fanatikerin.

Wie sich das äussert? Ich könnte von morgens bis abends Brot essen, oder besser, in mich hineinstopfen. Ich liebe Brot in allen Variationen. Mit Nüssen, ohne Nüsse, mit Vollkorn, Leinsamen, Sesam, Haferflocken, Quark, Roggen, Weizen, Dinkel, Sonnenblumenkernen und Kürbiskernen. Meine Augen strahlen, weil in dem riesigen Brotkorb so viele Köstlichkeiten parkiert sind. Ich will sie alle. Natürlich fehlen auch die scheinheiligen Croissants nicht. Diese lasse ich aber garantiert liegen!

»Guten Morgen, ihr zwei Hübschen«, begrüssen uns Nonno und Mario, »gut geschlafen?«

»Natürlich, wie im Himmel«, antwortet Angie und ich kann nur nicken. Erstens, weil ich wirklich gut geschlafen habe, und zweitens, weil mir beim Anblick des Brotkorbes das Wasser im Mund zusammenläuft. Attacke auf das Buffet, schreit es innerlich. Los, schnapp dir die Brote, bevor es ein anderer tut!

Wir füllen unsere Teller beim wirklich sehr grosszügigen Buffet. Früchte, Joghurt, Müsli in allen Variationen, Speck, Eier, Waffeln, BROTE, Croissants☺, verschiedene Säfte, Käse (von dem lasse ich die Finger. Ich hasse Käse – ausser sie haben die Namen Mozzarella und Parmesan). Ebenfalls vorhanden ist Prosecco, frisch gepresster Orangensaft, eiskaltes Wasser und Kaffee. Es ist herrlich, den Tag so zu beginnen. Bei mir zu Hause sah es in letzter Zeit nie so aus. Ich trank höchstens einen traurigen schwarzen Kaffee und war dazu auch noch sehr traurig. Momentan geht es mir aber gut und ich bin gespannt, was uns am heutigen Tag erwartet. Vielleicht lerne ich ja heute Marios Bruder kennen, das wäre toll.

»Mario und ich machen heute ein paar Einkäufe, wollt ihr mitkommen?« fragt Nonno.

»Ja, das wäre wunderbar«, antworten wir beide gleichzeitig, »wohin geht's denn?«

»Ins Dorf. Dort hat es alles, was wir brauchen.«

»Prima, wir freuen uns, wann geht es los?«

»Ich denke, dass wir gegen 11.00 Uhr starten können, dann sind wir für die Siesta wieder zu Hause. Aber jetzt wollen wir erst noch in aller Ruhe frühstücken. Möchte jemand noch ein Glas Prosecco?«

Alle nicken. Und ich steche nochmals zum Brotkorb, bin noch lange nicht fertig mit Ausprobieren. Wo haben die beiden nur diese Brote her? In Italien kriegt man doch meistens nur Weiss-, Schneeweiss- oder Superschneeweissbrot. Da muss in der Nähe ein unglaublich flexibler Bäcker wohnen, der seine Lehre NICHT in Italien gemacht hat. Sorry Italien, aber das mit dem Brot ist in diesem wunderschönen Land wirklich ein kleines Problem. Dafür habt ihr aber Männer mit dunklen Haaren und fast schwarzen Augen. Das gibt Pluspunkte!

Wir essen gemütlich weiter und es wird viel erzählt und gelacht. Gerne möchte ich Mario fragen, ob er Geschwister hat. Wieso mach ich das nicht? Ich bin doch eine sehr kommunikative Frau. Ach, ich tu's einfach.

»Mario«, frage ich, »hast du eigentlich Geschwister?«

Er lacht, schluckt noch schnell das Stück Croissant (mit Schokoladenfüllung) herunter und teilt voller Stolz mit: »Ja, das habe ich, fünf Stück.«

Mein Herz jubelt und will mir gerade aus der Brust springen. Ich sehe mich bereits vor dem Traualtar mit Marios Bruder (welcher ist egal), himmle ihn an und er steckt mir zärtlich einen Hochzeitsring in Form eines Brotes oder Croissants an den Ringfinger. Mir echt egal, was der Ring für eine Form hat. Hauptsache, der Bruder bekocht und verführt mich anschliessend so richtig!

»Fünf Schwestern!«, ruft Nonno plötzlich.

»Was?« schreie ich.

Mario und Nonno können sich kaum mehr erholen und auch Angie kriegt einen Lachanfall. Ob sie meine Gedanken haben lesen können? Ich weiss selber nicht, wieso ich plötzlich so scharf drauf bin und heiraten möchte. Vor ein paar Tagen fand ich doch alle Männer noch doof?!

»Ist das so schlimm?« fragt der Spitzenkoch.

»Nein, absolut nicht. Ist doch wunderbar, so viele Schwestern zu haben«, sage ich ein sichtlich enttäuscht.

Und meine Träumerei hat ein Ende. Wie ein riesiger Ballon, der vor meinen Augen zerplatzt und in tausend kleinen Teilchen zu Boden schwebt. So schnell kann es gehen und weg ist der Traum oder Albtraum. Aber das kenne ich ja bereits von Mucki. Ich könnte eigentlich ein Buch schreiben mit dem Titel: Flutsch und weg – Wie MANN es schafft, innert 30 Sekunden eine Beziehung zu beenden und für immer verschollen bleibt. Aber ob das jemand kaufen würde? Ich bin mir nicht ganz sicher. Also lasse ich das Schreiben lieber und geniesse einfach meinen Aufenthalt im schönsten Land der Welt.

Angie muss natürlich noch erklären, weshalb ich ein wenig enttäuscht bin: »Weisst du, Mario, sie hätte gerne einen Bruder von dir kennengelernt, damit er sie mit seinen Kochkünsten verführen kann.«

»Danke, liebe Angie, vielen lieben Dank für deine ehrlichen Worte«, sage ich und lache ebenfalls. Wieso muss ich auch von einem Bruder träumen, welchen es überhaupt nicht gibt. Wieder heisst es: Willkommen im Singleleben – Willkommen in der Fantasie – und ein ganz herzliches Willkommen in der Realität!

Pünktlich um elf Uhr starten wir unseren Ausflug mit Nonnos Auto. Es ist ein eher älteres Modell. Wahrscheinlich noch älter als Nonno.

Schwarz ist er.

Klein ist er.

Niedlich ist er.

Laut ist er.

Ein Fiat ist er.

Angie und ich quetschen uns auf den Rücksitz und los geht's. Die Karre holpert ganz doll, so

muss es in einem Schüttelbecher zu- und herge-
hen. Früher gab es in Ischia (das gehört auch zu
Italien) Taxis, welche man Schüttelbecher nannte.
Keine Ahnung, ob es die noch gibt. Die waren
wirklich sehr klein und schüttelten einen so richtig durch. Da konnte man vor dem Start einen
Schluck Martini in den Mund schütten und am
Ende der Fahrt hatte man dann Martini geschüt-
telt – nicht gerührt. Einen Barkeeper konnte man
sich dort sparen. James Bond lässt grüssen.

Die Holperei dauert nicht lange und wir sind
im Dorf angelangt, respektive wir haben das erste
von insgesamt zwanzig Häusern erreicht.

Wir steigen mit etwas steifen Beinen aus dem
kultigen Fahrzeug. Für grosse Menschen ist dieses Auto sicher nicht gemacht worden, ausser sie
haben Gummi-Gelenke. So wie diese Schlan-
genmenschen, die ihren Körper immer wieder neu
formen können. Ob Sex mit solchen Menschen
anders ist? Die können ja jede, aber auch wirklich
jede Stellung einnehmen.

Wieso mir solche Gedanken kommen?

Bin auf einer Sex-Durststrecke, deshalb.

Nonno und Mario wollen uns das ganze Dorf
zeigen. Da wollen wir mal loslegen, dass wir es
vor Einbruch der Dunkelheit schaffen! Spass gewesen. Wir haben für diese Vorstellungsrunde
sicher nur vier Minuten.

Dieser Ort wäre ein toller Ausflugspunkt für
Chinesen und Japaner. Die müssten nur aussteig-
gen, sich an Ort und Stelle einmal um sich selber

drehen, ihre Tablets nach oben halten, filmen und fotografieren und dann sofort wieder in den Car zurückspringen und zum nächsten Weltwunder fahren. Die haben ja wirklich einen Stress, wenn sie auf Reisen sind, aber hier könnten sie Zeit einsparen, weil man von einer einzigen Stelle aus das ganze Dorf anschauen kann!

Wir betreten ein altes Steinhaus, welches von Kletterpflanzen in Beschlag genommen worden ist. Die kleinen Fenster hat man von den Pflanzen befreit, sonst würde im Innern des Hauses wohl ewige Nacht herrschen. Neben dem Eingang steht eine schöne Holzbank, welche zum Verweilen einlädt. Italienische Häuser sind meistens mit einem grossen Touch Romantik versehen. Was ich zwar momentan ablehne, aber tief im Herzen doch sehr gerne mag.

Ein himmlischer Duft kommt uns beim Betreten des Hauses entgegen und ich könnte den ganzen Laden aufessen, Frühstück hin oder her. Wir sind nämlich in der Bäckerei gelandet. Hinter dem Tresen lächelt uns ein älterer und sehr sympathischer Bäcker an. Angelo sein Name. Engel! Da haben wir's. Er hat seinen Beruf im Himmel erlernt. Was er alles in der Theke ausgestellt hat! Ich sabbere wahrscheinlich bereits aus dem Mund. Wie ein alter Boxerhund, welcher seinen Sabber stundenlang aus dem Maul hängen lässt und beim nächsten Schütteln fliegen dann diese Sabberteile im ganzen Raum umher. Wenn man da nicht sofort in Deckung geht, kann es passieren, dass einem so ein weisses Geschlabber ins Gesicht fliegt. Ekelhaft. Wirklich ekelhaft.

Angelo hat eine riesige Auswahl an Kuchen, Torten und italienischem Gebäck. Die vielen Brotsorten kenne ich ja bereits. Sie erinnern mich an das heutige Frühstück. Was mich extrem fasziniert, aber auch sehr erstaunt, ist die Menge, welche Angelo anbietet. Getraue mich aber nicht zu fragen, ob er heute doch noch zwei mit Chinesen und Japanern vollgestopfte Reisebusse erwartet. Wer sonst soll das alles essen!?

Nonno und Mario machen Einkäufe bei der Lehrtochter. Angie und ich plaudern mit dem Bäckermeister und erfahren, dass er seine Ausbildung zum Bäcker in der Schweiz gemacht hat, weil seine Eltern beruflich dort tätig waren. Er erzählt, dass er bereits als kleines Kind immer mithelfen wollte, wenn seine Mama gebacken hat.

Gut gemacht, Mama. Ein Mann, der kochen und backen kann, das gibt tausend Pluspunkte. Wenn er auch noch bügelt und einen kleinen Touch Romantik zu bieten hat, sind auf seinem Konto bereits zweitausend Pluspunkte. Falls er dann noch die Gabe besitzt, Klavier zu spielen, muss man ihn in Ketten legen und nie mehr loslassen. Himmel noch mal, wo sind diese Kerle?

Angelo erzählt, dass er nach seiner Ausbildung wieder nach Italien zurückgekehrt ist: »Hier ist mein Zuhause und das wird sich nie ändern.«

Ich kann ihn verstehen, auch ich könnte mir vorstellen, hier zu leben.

»War das Frühstück heute lecker?«, fragt Angelo dann.

»Mehr als lecker«, antworte ich, »ich hoffe, dass ich die ganzen vier Wochen in den Genuss deiner Kreationen komme.«

»Da kannst du sicher sein«, antwortet Angelo, »denn es gibt ausser mir keinen Bäcker im Dorf.«

»Und Mario?«, hake ich nach.

»Angelo und ich haben eine Vereinbarung«, sagt Mario, der plötzlich hinter uns steht. »Ich koche und er backt.«

Tolle Vereinbarung. Diese Italiener. Die sind wirklich zum Fressen.

Und jetzt kaufe ich mir noch ein Stück Schokoladenkuchen. Dieses Kalorienteil werde ich in unser Zimmer nehmen. Kann ja sein, dass ich in der Nacht plötzlich aufwache und einem Hungertod gegenüberstehe. Diesem würde ich dann ganz frech in die Augen schauen und dazu genüsslich und langsam meinen Kuchen essen. Adieu Hungertod - Willkommen Übergewicht.

Der nächste Punkt unserer Sightseeing-Tour ist die Metzgerei. Sie ist klein und sehr gepflegt. Auch bei Massimo wird eingekauft und noch ein bisschen geplaudert. Zum Glück ist sein Sohn nicht zu Hause. Sonst wären Angies Wangen jetzt sicher mit roter Farbe überzogen. Ob er überhaupt noch hier ist? Ach, das werden wir sicher noch erfahren.

Nonno und Mario kaufen Salami, Mortadella, Prosciutto und weitere Köstlichkeiten. Alles wird vorher degustiert und da helfen Angie und ich sehr gerne mit.

Frühstück?

Ja, ich weiss, das hatten wir bereits. Aber diese Leckerbissen müssen wir einfach probieren. Und nach unserer Schüttelreise im Mini-Shuttle-Fiat können wir eine kleine Stärkung gebrauchen.

Anschliessend besuchen wir noch einen Shop-in-Shop. Jeder Millimeter ist mit Ware überstellt und man weiss gar nicht, wohin man sein Auge richten soll. Hier kann man wirklich alles kaufen, aber der Laden irritiert mich sehr. Da steht das WC-Papier nämlich nicht neben dem Haushaltpapier, sondern neben den Raviolibüchsen. Die Zahnpasta steht nicht neben den Zahnbürsten, sondern neben den Keksen, und die Nudeln befinden sich nicht neben der Tomatensauce, sondern beim Verbandsmaterial!

Wer diesen Laden eingerichtet hat, wollte auffallen und die Menschen hier jeden Tag auf die Probe stellen oder sie an den Rand eines Nervenzusammenbruchs bringen. Einfacher ausgedrückt, der Ladeneinrichter hat sicher nicht alle Tassen im Schrank und definitiv einen an der Meise.

Frech von mir?

Finde ich nicht. Ich behaupte sogar, dass auch Sie sich beim Anblick dieses Durcheinanders dieselben Gedanken machen würden! Einkaufen ist hier kein Vergnügen, sondern eine riesige Herausforderung!

Angie und ich stehen vor einer grossen Kühltheke. Hinter dem Tresen ein netter Verkäufer, welcher uns in Sachen Käse weiterbilden will. Ich fühle mich gar nicht gut, denn ich kann Käse nicht ausstehen. Und jetzt wird von mir verlangt, dass ich mir alle Käsesorten erklären lasse und noch Spass daran haben soll. Super! Schlimmer kann es nicht werden.

Kann es aber doch.

Nun kommt nämlich der Inhaber mit einer riesigen Käseplatte angesaust und bietet uns an, die eben definierten Sorten zu probieren. Ich verschwinde an die frische Luft. Was zu weit geht, geht zu weit.

»Angie, kannst du ihnen das erklären? Ich muss schnell raus, du weisst schon. Aber erkläre es bitte so, dass ich mich anschliessend nicht für den restlichen Urlaub verstecken muss.«

Ich sprinte aus dem Laden, atme tief ein und rieche wieder einmal Italien. Italien zu riechen ist tausend Mal besser als die Nase in Käse zu stecken, geschweige denn, ihn zu essen. Ich setze mich auf eine grüne Bank, direkt neben der Eingangstüre.

In Italien stehen ja neben den meisten Eingängen die sogenannten Siesta-Plauder-Bänke. Diese Bänke könnten uns wahrscheinlich bis an unser Lebensende mit Geschichten versorgen. Geschichten, welche man sich auf diesen Plauderbänken eben erzählt. Nonnas und Nonnos sind ganz bestimmt die besten Geschichtenerzähler der Welt. Sie haben diese Ruhe und diese angenehmen Stimmen. Die Nonna- und Nonnostimmen. Herrlich.

Nach circa fünfzehn Minuten erscheinen meine Käsefans und wollen mir klar machen, dass ich gerade etwas unglaublich Leckeres verpasst habe.

Ich schüttle den Kopf: »Vergesst es. Ich mag keinen Käse, auch wenn er einen noch so exotischen Namen trägt. Und es ist mir auch egal, mit welchen Gewürzen oder sonstigen Zutaten er gedopt wurde.«

Nonno schleckt sich die Finger, verdreht die Augen und schickt ein Dankesgebet gen Himmel. Wieso schickt er seinen Dank hinauf zu Gott? Der hat den Käse ja nicht gemacht. Hier schickt man wohl alle Stunde einmal ein Dankeschön nach oben. Habe da echt kein Problem, aber ich würde mich wohl eher beim Hersteller des Käses bedanken. Aber ich bin ja nicht massgebend und vor allem keine Italienerin – und überhaupt, für Käse muss ich mich ganz sicher bei niemandem bedanken.

»Die anderen Gebäude sind Wohnhäuser«, erklärt uns Nonno. »Die Bewohner werdet ihr an der Olivenernte kennenlernen. Hier packen immer alle mit an, und darauf sind wir sehr stolz.«

Genau, Oliven können wir ja auch noch von den Bäumen schütteln. Bin mal gespannt ob das gut kommt. Zum Glück sind die Bäume nicht sehr hoch. Ich habe nämlich extreme Höhenangst, und bereits nach zwei Tritten auf einer Leiter fängt mein Herz an zu pochen und mein Atem steht praktisch still. Dieses Gefühl habe ich übrigens noch bei einer zweiten Aktion: Wenn ich mich verliebe. Da schlägt mein Herz unglaublich laut und schnell und ich vergesse fast zu atmen. Tolles Gefühl, aber ob ich das noch einmal erleben werde, sei dahingestellt.

Mario teilt uns mit, dass er noch in die Bibliothek muss: »Alessandro hat mir ein neues Buch bestellt, welches ich dringend brauche.«

Ich nehme an, dass es sich um den zweiten Teil des Kochbuchs der Engel handelt. Sind hier eigentlich alle ein bisschen Engel?

Heimlich zwinkere ich Angie zu, denn jetzt kommt die Wahrheit ans Licht.

Wie geht es Alessandro?!

Hat er die tragische Verarschung vor drei Jahren überwunden? Hat er bereits graue Haare, weil er sich jeden Tag Sorgen macht, ob er Angie jemals wiedersehen wird? Lässt er seine Schultern hängen und ist sein Blick traurig und verloren? Ist er ein gebrochener Mann oder sitzt er mit einem dicken Pasta-Bauch am Schreibtisch und sechs kleine Kinder schreien durch die ganze Bibliothek? Die Spannung ist kaum auszuhalten.

Wir betreten die Bibliothek und ich falle fast in Ohnmacht. Angie geht es genauso. Vor uns steht Alessandro, der Bibliothekar. Das glaub ich jetzt nicht. Ich schaue Angie an. Sie ist ganz blass.

Alessandro sieht noch umwerfender aus als vor drei Jahren. Er ist schlank und rank. Er hat kein einziges graues Haar (wobei ich graue Haare bei Männern extrem erotisch und sexy finde). Er hat auch keine Kinder im Schlepptau, wir sehen jedenfalls keine. Er ist einfach nur wunderschön und in seinem Gesicht ist Glück. Pures Glück.

Ich kriege meinen Mund nicht mehr zu. Vergessen ist der Bruder von Mario oder die fünf Schwestern. Ich glaube, ich habe einen Moment lang sogar vergessen zu atmen.

Angie ist schlimmer dran. Sie atmet wirklich nicht mehr und ich gebe ihr einen Schubs, damit die Sauerstoffzufuhr wieder gewährleistet ist.

Für mich ist klar: Alessandro ist der Engel, der die Engel-Kochbücher schreibt, einkauft oder was auch immer.

»Ciao«, haucht er in die Stille. Seine Haare sind genauso schwarz wie seine Augen. Seine Haut ist braungebrannt und seine Stimme ist erotischer als alle, die ich je gehört habe! ICII DREHE DURCH!

Mit einer sehr herzlichen Umarmung und zwei Küsschen auf die Wangen begrüsst uns dieses absolut geile Mannsbild und ich habe gerade nur einen Gedanken: SEX! Er riecht fantastisch und ich würde gerade alle Hüllen fallen lassen. Ist aber nicht nötig, denn er sieht nur Angie an!

»Ciao Angie, du bist in den vergangenen drei Jahren ja noch schöner geworden. Ich glaube, ich würde auch dieses Mal deine Einladung annehmen und bei Vollmond mit einer roten Rose zu dir kommen.«

»So...So...Sorry!«, stottert Angie.

Meine Fresse, ist diese Situation jetzt gerade unangenehm! Ich muss etwas unternehmen, Angie fällt sonst in Ohnmacht vor lauter Peinlichkeit.

Aber Alessandro unternimmt gerade selber etwas: »Angie, komm, lass dich drücken, ich finde dieses Date noch heute sehr amüsant. Wir standen wie Vollidioten mit roten Rosen in der Hand unter dem alten Olivenbaum. Wir mussten über uns selber lachen. Das war wirklich ein toller Scherz. Echt, Angie, wir fanden es wirklich nicht schlimm.«

»Es tut mir wirklich leid«, flüstert Angie.

In einer solch peinlichen Situation befindet sich Angie nur sehr selten. Eigentlich habe ich sie noch gar nie so sprachlos gesehen. Aber ich gestehe, wenn er sein Wort an mich gerichtet hätte, ich wäre sofort bewusstlos umgefallen.

Alessandro hakt sich bei uns beiden ein. Diese Berührung stellt mir sofort die Haare zu Berge! Gänsehaut pur. Meine Fresse! Was für ein Mann!

Zusammen folgen wir Nonno und Mario, welche schon lange in einem der beiden Säle verschwunden sind und in den Büchern herumstöbern.

»Hier ist dein Buch, Mario«, strahlt Alessandro. Sein Lächeln gilt Mario und mir! Dummerweise nur für zwei Sekunden, dann schaut er schon wieder zu Angie. Und sie, was macht sie? Sie lächelt mit immer noch leicht geröteten Wangen zurück. Shit, ich habe keine Chance.

Kein Bruder von Mario, kein Bibliothekar. Ich habe die Schnauze voll! Ich glaube, dass ich nicht einmal beim alten Bäcker ankommen würde. Ach, egal, ich will ja momentan eh nichts von Männern wissen. Sieht zwar gerade anders aus, aber ab und zu habe ich diese Torschlusspanik.

Wie ist dieses Wort eigentlich entstanden? Torschlusspanik. Oder heisst es Torschusspanik? Das wäre ja dann im Gebiet des Fussballs zu Hause. Könnte folgende Erklärung haben: Kurz vor Spielende muss unbedingt noch ein Tor geschossen werden. Wenn man dann wegen der zu Ende gehenden Spielzeit in Bedrängnis kommt, hat man dann wohl diese Torschusspanik.

Moment, das muss ich schnell googeln. Und da alle hier irgendwie beschäftigt sind, kann ich das ja schnell auf meinem Handy nachschauen.

»Alessandro?«, frage ich, »hast du hier auch WLAN?«

»Klar haben wir das, was denkst du denn? Der Code lautet 4 3 2 1.« Er lächelt mich schnell an und das tut mir gut.

Sehr intelligent übrigens, dieser Code. Hut ab! Der kommt direkt nach 1 2 3 4. Da muss erst mal einer draufkommen, oder? Ich schau jetzt schnell nach, was dieses Torschluss-Dingsbums bedeutet. Die beiden Herren halten ihre Nasen immer noch in die vielen Bücher und Alessandro frisst demnächst meine Freundin auf, und das wahrscheinlich gerade mit Haut und Haaren.

Also, das Wort heisst Torschlusspanik (mit l nach dem sch) und hat folgende Bedeutung: Man hat Angst, etwas zu verpassen. Das Wort tritt meist im Bereich der Partnerschaft auf. Weil man meist aus Altersgründen Angst hat, sein Ziel nicht zu erreichen. Ziele sind heiraten und Kinder kriegen.

So, jetzt wissen wir Bescheid. Das Ziel mit den Kindern habe ich ja bereits abgeschlossen, was aber nicht heissen muss, dass ich jetzt bis ans Ende meines Lebens einen auf Nonne machen muss. Max ist ja wirklich echt befriedigend, aber irgendeinmal sollte ich schon wieder in ein knackiges Stück Herrenarsch kneifen dürfen.

Bitte? Das machen nur Männer?

Was meinen Sie, in den Arsch kneifen?

Jetzt aber mal halblang. Auch Frauen dürfen kneifen. Man nennt das Gleichberechtigung.

Bin froh, dass ich das mit dieser Panik noch gegoogelt habe. Man sollte ja jeden Tag etwas Neues lernen. Das habe ich mal in einem »Immer-glücklich-Buch« gelesen. Der Titel war anders, aber es ging um das Prinzip, dass man immer glücklich sein kann. Super! Dann kann ich ja jetzt vor lauter Freude in der ganzen Bibliothek herumhüpfen und schreien: Mein Typ hat mich verlassen und jetzt bin ich so richtig glücklich. Wow!

Alessandro unterbricht meine Gedanken und ruft fröhlich: »Jetzt gehen wir noch einen trinken, ich lade euch alle ein!«

»Das ist eine tolle Idee«, bedankt sich Nonno, »dann können die beiden Damen noch unser Lieblingslokal kennenlernen!«

»Wie viele Restaurants hat es denn hier?« frage ich.

»Nur eines!«, lacht er.

Wir schlendern also zu diesem einzigen Restaurant, welches natürlich eine Pizzeria ist. Der Weg dorthin ist trotz unserem Bummeltempo nicht ungefährlich. Der Dorfboden ist nämlich, wie oft in Italien, mit kleinen viereckigen Steinen bestückt. Mit High Heels hat man hier keine Chance. Doch, die Chance, sich die Fussgelenke zu verrenken oder bei grossem Pech beide Beine zu brechen. Im Leben sieht zwar manches sehr toll aus, aber im WIRKLICHEN Leben kann dann doch so einiges zu einer grossen Gefahr mutieren. Dieser Boden gehört definitiv in die Kategorie ACHTUNG GEFAHR! Diese Kategorie gibt es bei Männern übrigens auch, aber leider ist das bei den Betreffenden nicht auf der Stirne eingraviert worden. Hätte man aber unbedingt machen müssen, denn das würde vieles erleichtern.

Die kleine Terrasse der Pizzeria ist sehr gemütlich und mit vielen Pflanzen versehen. In der

Mitte des schönen Platzes steht ein kleiner Steinbrunnen und sorgt mit seinem Plätschern für ein romantisches Ambiente.

Alessandro bestellt für alle Prosecco. Mein Lieblingsgetränk. Süss und eiskalt. Ich könnte die ganze Flasche austrinken. Habe beim Metzger wohl zuviel von der scharfen Salami degustiert. Das rächt sich jetzt, denn ich habe einen unglaublichen Durst! Und wenn kalter Prosecco auf meine Zunge trifft, bin ich eh hin und weg. Muss mich gerade sehr beherrschen, damit ich mir nicht die Flasche schnappe und diese in ungehobelter Art austrinke.

Nein, ich habe kein Alkoholproblem! Wirklich nicht!

Die Sonne wärmt unsere Haut. Ich bin sicher, dass sie mit Italien ein ganz spezielles Abkommen hat. Denn in Italien scheint die Sonne anders als sonst wo auf der Welt, auch schon mal bemerkt? Ich liebe dieses Land! Und ja, das war jetzt gerade eine erneute Liebeserklärung an Italien, den italienischen Wein, das leckere Essen und seine tollen Männer!

»Wie gefällt euch das Hotel?« will Alessandro wissen.

»Wundervoll«, schwärmt Angie und ich bestätige dies mit einem Kopfnicken. Hätte ich nicht tun müssen, denn Alessandro würdigt mich keines Blickes. War aber eine Instinkt-Bewegung von mir, mit der Hoffnung, schnell in seine dunklen Augen blicken zu können.

»Ist echt toll, was Nonno und Mario geschafft haben!«, erzählt er Angie weiter.

Ach, das scheisst mich an. Da treffe ich einen tollen Mann in meinem Alter, aber er ignoriert mich einfach. Bin ziemlich sensibel, was? Wird sich aber sicher wieder ändern. Ich hoffe es. Und wenn nicht, muss ich mich doch bei einem Ich-schreibe-meine-Wunschliste-auf-deinen-Therapie-Zettel-Typen anmelden.

Nonno spendiert noch eine Runde feinsten italienischen Espresso. Himmel nochmal, ist das schön hier! Ich werde wahnsinnig!

Der Kaffee schmeckt wunderbar und Angie hat sich vom Bibliotheken-Schock gut erholt. Ich glaube, dass ich sogar ihre Augen habe aufblitzen sehen.

Blitzen?

Na ja, dieses Leuchten und Strahlen, welches man in den Augen hat, wenn man von jemandem inspiriert ist. Inspiration ist vielleicht nicht das richtige Wort. Gefallen finden an jemandem ist der bessere Ausdruck. Frustricrend ist, dass er Angie sofort wiedererkannt hat. Mich leider nicht und nun finde ich seine Haare und Augen gar nicht mehr so schwarz und toll.

Kurz vor Siesta-Zeit tuckern wir im kleinen schwarzen Gefährt wieder zum Hotel zurück. Sogar die Einkaufstaschen konnten wir unterbringen. Knapp. Aber wir haben den Platz im Mini-Fahrzeug optimal ausgenutzt. Hat zwar ein wenig gedauert, bis wir die bestmögliche Lösung zur

Verstauung aller Taschen gefunden haben, aber Zeit spielt hier eh keine Rolle.

Zu Hause angekommen, entschuldigen sich die beiden Herren. Sie wollen sich ein wenig hinlegen. Angie und ich versorgen die Einkäufe in der Küche, schnappen uns einen Liegestuhl und platzieren uns mitten im zauberhaften Garten an die Sonne. Wir wollen keinen Sonnenstrahl verpassen. Wir sind beide Sommertypen und können mit dem Winter nicht wirklich viel anfangen. Ausser, dass wir jede Menge Kerzen brennen lassen.

»Angie«, frage ich in die Stille hinein, »weisst du schon, was du machen willst? Ich meine mit dem Hotel? Willst du es übernehmen, vermieten oder wirst du es verkaufen?«

»Ich überlege die ganze Zeit, was ich machen soll. Ich weiss aber ganz sicher, dass ich es nicht verkaufen werde. Es ist zwar sehr abgelegen, aber diesem Charme kann ich nicht widerstehen.«

»Also, welchen Charme meinst du jetzt? Den vom Hotel oder den von Alessandro?«

»Dumme Kuh!«, lacht sie, »ich rede hier vom Charme des Anwesens. Alessandros Charme interessiert mich nicht.«

Ich muss auch lachen, sage aber nichts mehr zu diesem Thema.

»Ich könnte es auch wegen Nonno nie verkaufen. Nie! Das hier ist sein Leben und das kann ich ihm doch nicht antun? Er gehört hierher, so wie Mario auch, ob mit oder ohne Schwestern.«

»Scherzkeks! Aber wie stellst du dir das denn vor? Hast du schon eine Idee, einen Plan? So wie ich dich kenne, reicht eine Nacht völlig aus und du kannst dein Leben von der einen auf die andere Sekunde ändern. Stimmt's?«

Angie lächelt und bestätigt damit meine Frage. Sie wird mich informieren, sobald der Plan fertig ist. Das macht sie immer.

Eine Weile später fragt sie mich: »Hast du schon einmal etwas beim Universum bestellt? Es gibt viele Menschen, die schwören darauf. Ich habe es letzte Nacht getan.«

»Was genau hast du getan?«

»Eine Bestellung beim Universum gemacht.«

»Ach Angie, das ist doch völliger Schwachsinn. Ich habe mal so ein Buch geschenkt bekommen. Ich fand das irrsinnig spannend und las es innert ein paar Stunden. Ich habe alle Ratschläge genau befolgt, wurde aber nie beliefert.

»Was hast du denn bestellt?«

»Das ist jetzt nicht relevant«, lache ich. »Die Lieferfristen dieses Geschäftes sind sehr schlecht. In der heutigen Zeit muss das doch Zackzack gehen. Heute bestellt und spätestens morgen geliefert. Ich gebe diesem ominösen Shop auf jeden Fall kein I like und übrigens haben die nicht mal einen Onlineshop. Wie also sollen die im Universum noch einen Überblick behalten?«

»Du bist echt doof«, lacht Angie, »eventuell hast du ja die Lieferung verpasst! Kann passieren, dass man etwas bestellt, dieses auch geliefert bekommt, aber gar nicht bemerkt, dass diese Lieferung direkt vor der eigenen Nase liegt. Du hast die Bestellung vielleicht auch gar nicht losgelassen.«

»Wie bitte?«, frage ich ungläubig, »ich muss die Bestellung loslassen?«

»Ja, bestellen und dann vergessen und schwupp, kommt die Lieferung.«

»Muss ich mir Sorgen um dich machen, Angie?«

»Nein, sicher nicht!«, prustet sie los, »alles okay mit mir. Habe gestern Abend im Bett nur so aus Spass eine Bestellung gemacht und heute Morgen, als ich aufgewacht bin, sah ich die Lösung vor mir.«

»Echt jetzt? Du erzählst doch bloss Quatsch! Ich glaube, der gestrige Alkoholkonsum hat dich ganz durcheinander gebracht. Oder war es doch Alessandro, der dir die Gedanken vernebelt hat?«

»Nein, alles i. O. Ich kann es dir nicht genau erklären, aber es ist einfach so passiert.«

Ich beende dieses Gespräch, indem ich nichts mehr sage und zusammen geniessen wir die Sonne und die Ruhe. Das Thema Hotel, Universum und Alessandro ist für den Moment abgeschlossen.

Ich denke an Mucki. Schade, dass er nicht hier ist. Schade, dass wir diesen traumhaften Platz nicht zusammen haben finden können. Er fehlt mir und eine einsame Träne läuft langsam meine Wange hinunter. Ich schliesse meine Augen, aber dennoch füllen sich diese mit Tränen. Wann werde ich endlich vergessen und die Wahrheit akzeptieren können?

Vielleicht bestelle ich heute Abend doch noch einmal bei diesem Universum-Shop. Könnte ja sein, dass es dieses Mal klappt.

Der Nachmittag ist schnell vorüber. Angie und ich sprechen noch über Gott und die Welt. Also mehr über die Welt als über Gott. Es tut gut, mit ihr über alles zu reden. Sie findet immer einen Weg und tröstende Worte. Sie entdeckt in allem irgendwie das Schöne und zieht wahrscheinlich mit ihrer positiven Art das Glück an. Wieso kann ich ihr in dieser Hinsicht nicht ein bisschen ähneln?

Das kann man lernen?

Kann schon sein, aber das ist mit einem Riesenaufwand verbunden. Und dann braucht es sicher Durchhaltewillen und diesen habe ich ja bekanntlich nicht.

Heute Abend essen wir im Garten und ich freue mich riesig darauf. Sitze bereits ungeduldig auf meinem verschnörkelten Stuhl und bin sehr gespannt, was Mario dieses Mal aus seinem Kochbuch gezaubert hat.

Elegant stellt Mario uns die Teller vor die Nase. Polentaschnitten mit Rohschinken ummantelt und in Rosmarinbutter knusprig gebraten. Ich weiss gar nicht, wann ich das letzte Mal Polenta gegessen habe. Muss Jahre her sein.

Wir können fast nicht genug kriegen von diesen Polentateilchen. Mario ist sichtlich zufrieden.

»Wisst ihr, was heute im Dorf so toll war?« frage ich.

»Alessandro?«, fragt Mario und schaut mich mit grossen Augen an.

»Alessandro ist wirklich ein Mann, welchen man ohne Wenn und Aber heiraten sollte. Leider ist er aber an Angie interessiert.«

Ich zwinkere ihr zu. Sie lächelt und ich glaube, ich sehe Schamesröte auf ihren Wangen. Nein, ist das niedlich, die selbstsichere Angie wird schon wieder rot!

»Nein, mir ist aufgefallen, wie glücklich die Menschen hier sind. In ihren Gesichtern sieht man so eine Ruhe und Zufriedenheit. Sie haben alle so ein Glück im Gesicht. Wisst ihr, was ich meine?«

»Sicher wissen wir das«, bestätigt Nonno. »Und weisst du, wieso das so ist?« fragt er mich.

»Nein, nicht genau.«

»Wir leben hier anders als in einer Grossstadt. Ihr könnt nun glauben, dass wir hier ein bisschen hinter dem Mond sind und wir von der grossen, weiten Welt keine Ahnung haben. Dem kann ich zu einem Teil zustimmen. Wir kennen nicht die ganze Welt, aber für uns ist DAS HIER die Welt. Hier gehören wir hin und hier werden wir auch sterben. Die jungen Leute gehen zwar von hier weg, aber es gibt auch welche, die wieder zurückkommen. Wir nehmen wahrscheinlich alles ein wenig gelassener als an anderen Orten. Jede Situation ist immer so wie sie im Moment gerade ist. Und das nehmen wir uns zu Herzen. Aus diesem Grund haben wir dieses Glück im Gesicht. Versteht ihr?«

»Ja, das verstehen wir«, bestätigen wir gleichzeitig und sind berührt von Nonnos Erzählung und von diesem Ort. In diesem Moment weiss ich, was Angie tun wird. Ich schaue ihr in die Augen und auch sie weiss es. Jetzt ist alles klar.

Mario kommt aus der Küche und serviert weitere köstliche Speisen.

Ich muss unbedingt den Reissverschluss meiner Hose öffnen. NEIN, ich will keinen Sex! Ich will nur wieder atmen können. Uff, Hose offen, ich atme wieder. Angie schielt zu mir rüber und deutet auf ihre Hose. NEIN, auch sie will keinen Sex, hat aber dasselbe Problem mit der Atmung. Morgen ziehe ich mir eine Jogginghose an. Basta.

»Meine Damen«, fragt Mario, »seid ihr schon bereit fürs Dessert?«

»NEIN!«, rufen wir beide gleichzeitig.

»Und du, Nonno?«

»Ach, ich denke, dass ich auch noch etwas warten kann.«

Angie räuspert sich, schaut uns alle an und teilt uns Folgendes mit: »Ich weiss, dass ich erst gestern erfahren habe, dass du, Nonno, mir dieses Anwesen vererbt hast. Meine Gedanken überschlagen sich noch heute und doch weiss ich bereits, was ich tun werde. Es kommt zwar auch für mich sehr überraschend, aber ich bin ganz sicher, dass dies die einzige und richtige Lösung ist.«

Nonno schaut Angie ein wenig ängstlich an.

Sie lächelt: »Lieber Nonno, ich bin dir unendlich dankbar, dass du mir diese grosse Ehre erweist, und ich das Hotel als Vorerbe erhalte. Das ganze Gebäude wie auch der Garten und die Umgebung sind mir in den letzten Stunden so ans Herz gewachsen, dass ich mir nicht vorstellen kann, hier jemals wieder wegzugehen.«

Ich hab's gewusst! Ich habe es genau gewusst!

»In den letzten Stunden habe ich mir einen ersten Plan ausgedacht. Dieser ist stark ausbaufähig, aber ich weiss bereits, in welche Richtung ich gehen möchte.«

Ich juble, fange an zu klatschen und umarme meine beste Freundin. Ich habe echt geahnt, dass sie bereits eine Vorstellung davon hat, was sie hier auf die Beine stellen will.

Auch Nonno und Mario klatschen vor Freude in die Hände und ich weiss, dass es auf Nonnos Schultern viel leichter geworden ist. Seine Augen strahlen mit denen von Angie um die Wette. Keine Ahnung, wer von beiden die grössere Freude verspürt. Denke, es hält sich die Wiege, eh die Waage.

»Komm schon, Angie«, fordere ich sie auf, »sag, was du geplant hast! Ich bin so gespannt!«

»Es ist folgendermassen«, spricht sie geheimnisvoll, »ich möchte das Hotel neu eröffnen und den Menschen etwas von der Lebensfreude Italiens mit auf den Weg geben.

»Guter Plan!«, werfe ich ein.

»Der Garten bleibt genau so wie er ist, weil Nonno und du, Mario, diesen nach euren Ideen und Wünschen angelegt habt. Ich hätte es nicht anders gemacht und fühle mich in diesem Innenhof sehr geborgen. Es ist, als würde man in eine andere Welt eintauchen. Eine Welt, in der es nur Rosa und Hellblau gibt. Eine Welt, die man nicht mehr verlassen möchte, weil sie so perfekt und ruhig ist. Überall diese Farben und die verschiedenen Düfte. All dies soll auch unseren Gästen nie mehr aus dem Sinn gehen.«

Angie hat recht. Diesem Garten wohnt ein Zauber inne, den man gar nicht beschreiben kann. Und genau so eine Welt hätte ich gerne um mich herum. Eine Welt mit Rosa und Hellblau. Eine Welt zum Wohlfühlen und vor nichts Angst haben müssen. Eine Welt, in der Herzen nicht gebrochen, sondern berührt und mit Liebe gefüllt werden. Eine Welt, wie es sie in der richtigen Welt eben nicht gibt.

Ich muss aufhören mit diesen Gedanken. Kann diesen Schnulze-Shit selber nicht mehr hören. Meine Wunschwelt gibt es nicht und überhaupt wäre das ja alles ein wenig französisches Doucement. Und das habe ich ja bereits abgelehnt. Die Welt gleicht nämlich eher der italienischen Buongiorno-Mentalität. Sprich: Dramatik, Wein, Lebensfreude, Dramatik, Wein, Lebensfreude und zum Schluss noch ein wenig Dramatik und Wein. Und nicht zu vergessen die Lebensfreude. Wenigstens in Italien ist es so.

»Und was wird aus deiner Agentur?«, fragt Nonno vorsichtig.

»Keine Angst! Weisst du, die Agentur behalte ich, da ich ohne Probleme auch von hier aus arbeiten kann. Meine Idee geht nämlich noch weiter. Ich werde die Agentur meiner jetzigen Stellvertreterin Mia anvertrauen und mache sie zur Geschäftsleiterin, und ich werde hier eine Filiale eröffnen. Oder noch besser, ich verlege den Hauptsitz hierher. Und die Filiale ist in der Schweiz. Ich denke, dass auch die Italiener ab und zu Marketing-Hilfe brauchen. Und die Ideen werden mir hier sicher nie ausgehen. Im Gegenteil. Die Sonne und der Duft Italiens werden meine Fantasie beflügeln. Ich spüre es.«

In ihren Augen hat sich ein richtiges Feuer entfacht. Angie ist voll in Fahrt. Euphorie pur nennt sich das. Ich weiss, dass dieses Feuer in ihren Augen so lange brennt, bis sie das Projekt fertig gestellt hat. Und bevor es ganz beendet ist, kann sie bereits ein neues aus dem Ärmel schütteln. Sie ist einfach perfekt. Wieso sieht das kein Mann? Wieso sieht niemand, dass sie »Frau Perfekt« ist?

Angie spricht weiter: »Bereits morgen werde ich mit dem Projekt beginnen. Ich habe schon so viele Ideen und hoffe, dass sie euch gefallen werden.«

»Bitte, verrate schon etwas«, bettle ich.

»Wartet noch einen Moment, bin gleich wieder da!«, ruft Mario und verschwindet im Haus.

Er kommt mit Espresso, kleinen Gläsern und Limoncello zurück.

»Genau den brauchen wir jetzt«, sagt er lachend.

»Hauptprojekt ist«, spricht Angie weiter und ich sehe, dass das Feuer in ihren Augen noch stärker wird, »das Hotel in ein Erlebnishotel zu verwandeln. Alle Zimmer werden wir nach Städten benennen und diese auch so ausstatten. Die Zimmer hier im Hotel sind ja alle riesig und sehr hoch. Somit haben wir sehr viel Platz, um tolle Sehenswürdigkeiten der Städte in Mini-Form darin unterzubringen. Ich habe mir bereits ein paar Städte überlegt, welche unbedingt mit von der Partie sein müssen.«

»Rom!«, schreit Nonno.

»Venedig!« schreie ich.

»Genau«, strahlt Angie, sie ist nicht mehr aufzuhalten.

»Es werden sieben Zimmer umgebaut. Die Leute werden uns die Bude einrennen, ich bin ganz sicher.«

»Wieso sieben?«, frage ich.

»Weil acht meine Lieblingszahl ist.«

»Verstehe ich nicht.«

»Kannst du auch nicht.«

»Angiiiiiieee, nicht schon wieder dieses Spiel. Wieso sieben?«

Sie lacht: »Habe letzthin einen tollen Spruch im Internet gefunden.«

»Von deiner Lieblingszahl?«

»Nein. Es hiess, dass wenn man immer das tut, was man schon immer getan hat, man auch immer das erhalten wird, was man schon immer erhalten hat.«

»Kapiere ich immer noch nicht!«, und ich sehe in den Augen der beiden Herren, dass es ihnen ähnlich geht.

Angie lacht: »Ganz einfach. Meine Lieblingszahl war bis heute die Acht. Sie hat mir aber irgendwie noch nie so richtig Glück gebracht. Deshalb habe ich nun die Sieben ausgewählt. Dieser Spruch hat mich nämlich sehr fasziniert und mich darauf hingewiesen, dass man im Leben immer etwas ändern kann und dadurch vielleicht auch das erhält, was man möchte. Und wenn man eben nichts ändert, dann kriegt man mit grosser Sicherheit auch nichts!«

»Hmm, sehr klug, Angie. Vielleicht schliesse ich mich diesem Spruch auch noch an. Einen Versuch ist es wert.«

Nonno und Mario nicken zustimmend mit den Köpfen.

»Aber wie genau sollen diese Zimmer denn aussehen?«, frage ich. Meine Fantasie kann mit der von Angie manchmal nicht mithalten. Sie trifft in rasender Geschwindigkeit Entscheidungen und sieht sicher das ganze Hotel schon fix und fertig vor ihren Augen.

»Ich weiss noch nicht genau, aber im Venedig-Zimmer könnte zum Beispiel die Badewanne aus einer Gondel gebaut werden. Von dieser Gondel aus könnte man dann über die Rialtobrücke auf den Markusplatz schlendern oder so etwas ähnliches.«

Wir können uns kaum erholen und die Euphorie ist nun in uns allen ausgebrochen.

»Erzähl weiter, Angie«. Nonno hat sich als Erster wieder im Griff. »Wenn wir das schaffen, wird unser Hotel auf der ganzen Welt bekannt werden.«

»Da kannst du sicher sein. Im Zimmer Rom könnte zum Beispiel das Bett auf einem aufgebauten Teil des Colosseo liegen und irgendetwas mit dem Fontana di Trevi wäre auch noch toll. Da gibt's ja diese Sache mit den Münzen, welche man hineinschmeisst, sich etwas wünschen darf und dann vom Glück gefunden wird.«

»Da könnte ich tausend Münzen reinschmeissen«, sage ich, »und trotzdem würde sich niemand für mich interessieren.«

»Kommt schon noch«, beruhigt mich Mario und entschuldigt sich nochmals lachend dafür, dass er keinen Bruder hat.«

»Ich könnte glatt die ganze Welt umarmen!«, jubelt Nonno.

»Na, dann fangen wir doch gleich damit an«, sagt Mario.

Wir umarmen uns und jeder strahlt vor sich hin. Gerade jetzt ist das Leben schön. Menschen im Arm zu halten, welche man liebt und mit welchen man alle Hürden des Lebens meistern kann. Genau das empfinde ich nämlich jetzt. Und es fühlt sich sehr schön an!

Spät gehen wir in unser Zimmer und setzen uns auf mein Bett.

»Wie geht es dir, Lea?« will Angie wissen.

»Ich bin glücklich, hier zu sein. Ich kann zwar Mucki noch nicht aus meinen Gedanken verbannen, aber ich spüre hier so viel Wärme und Liebe. Der ganze Ort kommt mir so einzigartig und irgendwie magisch vor. Wie wenn man hier von jemandem beschützt wird. Nicht von einem Menschen, ich denke da mehr an Engel, welche einen festhalten und bewachen wollen und der grösste sitzt ja neben mir. Wie soll es mir da schlecht gehen?«

»Es wird immer wieder Zeiten geben, an denen du das Ganze nicht verstehen kannst und auch wenn es dir mal schlecht geht, lass diese Gefühle zu, spüre diese Gefühle, auch wenn sie dir nicht passen. Sie gehören im Moment in dein Leben und versuche nicht, sie zu ignorieren. Weisst du, wie ich das damals überwunden habe?«

»Hmm, mit deinem unsterblichen Optimismus!«

»Nein, du Dummerchen, ich habe diese Gefühle einfach zugelassen, ihnen aber keine grosse

Beachtung geschenkt. Ich habe diesen Schmerz gespürt, habe aber gewusst, dass er nicht ewig dauern wird. Tönt schwierig, ich weiss, und es braucht in der Tat etwas Optimismus.«

»Danke Angie, du bist mein Engel.«

»Ach, wenn wir schon gerade so schön hier sitzen. Kann ich dich etwas Persönliches fragen?« Sie schaut mich verschmitzt an.

»Nein, Max leihe ich dir nicht aus«, lache ich.

»Will ich auch gar nicht. Nein, es geht um deinen Job. Ich weiss, dass dir dein Job nicht gefällt und du am liebsten aufhören möchtest.«

»Du hast recht, ich halte es mit dieser doofen Chefin kaum aus. Sie macht jeden zur Schnecke und das kann ich bald nicht mehr mit ansehen. Ich habe ja schon versucht, einen neuen Job zu kriegen. In meinem Alter ist das aber nicht mehr ganz so einfach.«

Und das ist in der Tat so. Wobei FRAU in jedem Alter etwas hat, was den lieben Arbeitgebern nicht passt. Ich liste mal schnell auf:

- Zu jung und keine Erfahrung, was aber tiefe Lohnkosten zur Folge hätte.
- Im Mittelalter mit viel Erfahrung, was aber hohe Lohnkosten verursachen würde.
- Zu jung, man könnte schwanger werden.
- Zu alt. Punkt!
- Zu wenig »Merchandising oder Engineering«, oder wie auch immer diese trendy Wörter alle heissen.

- Zu wenig Sprachkenntnisse, da muss man bald schon als Reinigungsfachfrau mindestens sieben Sprachen fliessend sprechen können, und damit ist jetzt nicht fluchen gemeint.
- Zu dominant, könnte dem Chef in die Quere kommen.
- Zu schön, da könnte man die Frau vom Chef eifersüchtig machen.
- Zu ungeschickt, auf die vielen doofen Fragen während des Vorstellungsgesprächs geantwortet.

Den letzten Punkt muss ich jetzt noch kommentieren. Heute sind diese Vorstellungsgespräche ja eher Gerichtsverhandlungen. Da sitzen mindestens vier Personen in Reih und Glied, das sind die Richter, hier die Arbeitgeber. Gegenüber sitzt die Angeklagte, in unserem Fall die Arbeitsuchende. Diese Person wird dann mit Fragen bombardiert. Es wird gefragt was das Zeug hält. Dazu wird sie beobachtet, bis sie selber nicht mehr weiss, wie sie sitzen soll. Sitzt sie gegen hinten, ist sie distanziert. Ist der Oberkörper zu fest nach vorne geneigt, ist sie arrogant. Verschränkt sie die Arme, ist sie unsicher und blinzelt sie mit den Augen, ist sie nervös. Und wenn dann langsam Schweisstropfen auf der Stirne erscheinen und die Bluse oder das Hemd unter den Armen Schweissflecken aufweisen, wird es sehr brenzlig. Dann hilft nur noch beten.

Eigentlich kann man machen wie man will, wenn die Chemie beim Eintreten nicht bei allen Richtern übereinstimmt, hat man keine Chance. Man muss diese Prozedur über sich ergehen lassen und tapfer sein.

Ich könnte die Liste übrigens noch verlängern. Aber ich lasse dies, sonst muss ich definitiv Antidepressiva einnehmen.

Wo waren wir stehengeblieben? Ach ja, Angie hat mir in Erinnerung gerufen, dass ich meinen Job Scheisse finde. Womit sie vollkommen Recht hat.

»Lea, ich habe da eine Idee«, meint sie und ihre Augen blitzen auf.

Wie macht sie das bloss, diesen Glanz in ihren Augen erscheinen zu lassen, wenn sie wieder etwas ausgeheckt hat?

»Wie wäre es, wenn du gemeinsam mit mir dieses Hotel führen würdest?«

Stille.

Immer noch Stille.

Ich warte, weiss aber nicht genau, worauf.

Ich warte immer noch.

Wann kommt ein Zeichen, von mir aus auch aus dem Universum?

Es kommt keines.

Angie sieht mich immer noch mit leuchtenden Augen an.

»Ehm.«

»Ehm was?« fragt Angie.

Das ist jetzt das Zeichen, jetzt muss ich reagieren.

»Ich weiss nicht was ich sagen soll.«

Super, Lea, das ist ja mal eine tolle Antwort. Richtig spontan. So richtig aus dem Bauch heraus!

»Was geht dir denn gerade durch den Kopf?« hakt Angie nach.

»Wie stellst du dir denn das vor? Ich kann doch nicht einfach meinen Job hinschmeissen. Wovon soll ich denn leben? Hallooo, ich verfüge nicht über die gleichen finanziellen Mittel wie du!«

»Lea, du hättest ja hier einen Job.«

»Bitte?« Ich verstehe gerade nur Bahnhof, Bushaltestelle, Flugplatz oder was auch immer.

»Du bist aber heute sehr schwer von Begriff, da muss ich es mir doch noch mal überlegen, ob ich dich anstellen will.«

»Anstellen? Du? Mich? Hier?«

»Ja, Lea, ich möchte, dass du mit mir dieses Hotel führst. Ich weiss, dass du immer den Gedanken gehegt hast, in einem richtigen Hotel zu arbeiten. Und dein Job gefällt dir ja eh nicht. Du sitzt jeden Tag in deinem Büro, machst Statistiken und Tabellen ohne Ende und kein Mensch weiss, dass du dort überhaupt angestellt bist, ausser die anderen Angestellten natürlich. Du findest deine Chefin zum Kotzen, da diese selber an der Rezeption arbeitet, was ja eigentlich dein Job wäre. Lea, du musst wieder an die Front, du musst Menschen um dich haben, du musst dich den Menschen zeigen. Und das mit den dunklen Augenringen werden wir einfach wegschminken. Oder noch besser, von jetzt an wird nicht mehr geweint!«

Ich schaue verlegen auf den Boden, denn ich weiss, dass ich das Weinen lassen sollte und ich weiss auch, dass ich momentan keinen Schönheitswettbewerb gewinnen würde. Doch, könnte ich! Wenn ich nämlich ein Kaninchen wäre, hätte ich momentan sehr grosse Chancen, Preise abzuräumen. Es gibt da nämlich eine englische Rasse, welche Schecken heisst. Und bei denen sind ausgeprägte Augenringe ein wichtiges Qualitätsmerkmal. Echt wahr. Bei uns Menschen hingegen bedeuten Augenringe meistens Stress, Überarbeitung, wilde, durchsoffene Partynächte oder eben eine Trennung.

»Lea, bei mir musst du nicht einmal ein Vorstellungsgespräch machen. Ich weiss schon alles, was ich über dich wissen muss. Dein Englisch wirst du sicher auch hier brauchen können und Italienisch ist ja eh deine zweite Muttersprache.«

Wieder Stille.

Angie schnippt mit dem Finger vor meinen Augen, um sicher zu gehen, dass ich nicht weggetreten bin.

»Das geht mir gerade ein wenig zu schnell«, flüstere ich.

»Du musst dich nicht jetzt entscheiden. Aber was hält dich zu Hause? Deine Eltern wohnen in

England, Geschwister hast du nicht und deine Freundinnen können dich auch hier besuchen kommen. Und in deiner Wohnung hast du eh zu viele Erinnerungen an Mucki. Du könntest ganz neu anfangen. In Italien, hier an diesem zauberhaften Ort. Sag, dass du es dir überlegen wirst. Sag nicht sofort Nein. Überlege es dir, bitte.«

»Ja, natürlich überlege ich es mir.«

Lange liege ich noch hellwach im Bett. Einen Job in Italien? An diesen mir bereits so sehr ans Herz gewachsenen Ort ziehen? Das alte Leben abschliessen und hier ein neues beginnen? Habe ich nicht vorher geprahlt, dass ich so ein Erbe sofort annehmen und ohne Wenn und Aber hierherziehen würde? Wieder einmal typisch für mich. Mit der grossen Kelle anrühren und dann, wenn es soweit ist, einen Rückzieher machen.

Meine Gedanken wollen nicht ruhen. Ob Angie da nicht ein zu grosses Risiko auf sich nimmt? Finanziell könnte sie 10 Hotels umbauen und neu eröffnen. Aber ist dieser Anfangsplan wirklich tauglich?

Ich stelle mir vor, jeden Tag an diesem zauberhaften Ort zu sein und plötzlich spüre ich eine angenehme Wärme und Ruhe in mir. Es ist, wie wenn mich jemand ganz fest im Arm halten würde. Ich weiss nicht wieso, aber ich spüre es ganz deutlich. Es scheint, als hätten mich gerade Engel aus meinem Sumpf geholt und mich hoch in den Himmel getragen um mir zu zeigen, dass die Erde trotz aller Widrigkeiten weiter ihre Runden um die Sonne dreht.

Jetzt weiss ich, dass alles gut ist, wie es gerade ist. Ich muss mir keine Gedanken mehr über meine gescheiterte Beziehung machen, in welcher ich mich immer sicher fühlen wollte, diese Sicherheit aber nie spürte. Ich selber muss mir diese Sicherheit geben. Ich weiss, dass es wieder Rückfälle geben wird. Aber ich werde es schaffen! Stehe nämlich mit beiden Beinen bereits auf der Leiter, welche zur Hilfe bereitsteht, damit ich aus dem dunklen Loch herauskomme. Hinter mir ein Psychiater. Dieser schaut mich an, bleibt aber unten.

Es ist wundervoll

Wir sitzen beim Frühstück und ich futtere mich wieder durch den Brotkorb hindurch. Dieser Schweizer Bäcker ist ein Engel. Nein, hier sind alle Engel! Aber auch ein wenig Obelix. Sind als Kinder wahrscheinlich auch in einen Zaubertrank gefallen, aber in einen, bei dem man zum Engel wird, egal was man macht.

Angie schaut die ganze Zeit zu mir rüber. Sie ist ganz zappelig. Sie will loslegen, anfangen und Gas geben. Dieses Zappeligsein übrigens habe auch ich des Öfteren, aber nicht aus demselben Grund wie Angie. Ich werde zappelig, wenn ich lange keinen Sex habe. Da werde ich echt so etwas von zappelig, wo habe ich eigentlich Max verstaut?

Nonno und Mario philosophieren über Gott und die Welt. Die beiden haben als Italiener ja schon sehr viel Temperament. Aber es hat sich seit dem Entscheid von Angie noch gesteigert. Um ein Vielfaches sogar.

»Angie, was möchtest du heute tun oder besser noch, wie können wir dir heute helfen? Die Olivenernte beginnt erst übermorgen. Wir haben also noch zwei lockere Tage vor uns.«

»Ist die Ernte so anstrengend?«, will ich wissen.

Nonno und Mario lachen: »Keine Panik, alles halb so schlimm. Es wird euch Spass machen!«

»Lea und ich werden uns heute mal ein paar Zimmer ansehen. Vielleicht können wir dem einen oder anderen Zimmer bereits eine Stadt zuordnen. Am Abend werden wir Damen dann den Kochlöffel schwingen.«

»Nein, Angie!«, schreie ich. »Wir können nicht so gut kochen.«

»Macht nichts«, antwortet Angie und schaut die beiden Freunde an, »ab und zu müssen auch Engel eine Pause machen.«

»Das ist wirklich nett von euch«, sagt Nonno, »aber können wir wirklich gar nichts helfen?«

Angie überlegt kurz: »Eine kleine Aufgabe hätte ich schon. Ich sollte ein paar Handwerker haben, welche bereit sind, in dieses Projekt mit einzusteigen. Einen Schreiner, einen Maler, einen Bodenleger, einen Elektriker und dann noch einen, der das Sanitäre erledigt.«

Nonno lacht.

»Ganz so viele Handwerker haben wir hier nicht. Wir können aber mit ein paar Alleskönnern auftrumpfen.«

»Alleskönner?«, hake ich nach. Muss auch mal wieder etwas in die Runde werfen, komme mir sonst ein wenig überflüssig vor.

»Ganz einfach«, erklärt Nonno. »Unser Dorfschreiner kümmert sich nicht nur um Schreiner- und Zimmermannsarbeiten. Er erledigt auch alle sanitären Angelegenheiten. Unser Maler ist ebenso ein Meister im Verlegen von Bodenbelägen. Und ja Angie, es ist derselbe Maler, welchen du hier im Garten mit einer roten Rose hast sitzen lassen.«

»Peinlich, gibt es keinen anderen? Reicht schon, wenn Alessandro sich über mich lustig macht.«

»Er hat sich nicht über dich lustig gemacht«, predige ich, »im Gegenteil, ich vermute, dass er seit drei Jahren in dich verliebt ist und gewusst hat, dass du irgendeinmal wieder zurückkommen wirst. Verheiratet ist er sicher nicht! Habe nämlich keinen Ring am Finger entdeckt.«

»Du hast geschaut, ob er einen Ring hat?« fragt Angie.

»Sicher. Das macht man als Single. Manchmal wäre es aber besser, nicht hinzuschauen.«

»Wieso?«, lacht Nonno.

»Na ja, wenn man sich zum Beispiel in einen Mann verguckt hat, mit diesem ohne Ende flirtet, man aber immer wieder den goldenen Ring am Finger aufblitzen sieht. Das macht die ganze Sache sehr kompliziert. In so einem Fall sollte man sich früher oder besser noch früherer aus dem Staub machen, das gibt nur Probleme.«

»Ich sehe«, staunt Nonno, »da redet jemand mit Erfahrung.«

»Danke«, lache ich, »wollte einfach mitteilen, dass ich halt bei Männern immer zuerst auf die Hände schaue, respektive auf etwas Metallenes am Ringfinger.«

Angie grölt: »Männer schauen den Frauen auf Arsch und Brüste und unsere Single-Frau sucht vorneweg nach goldenen oder silbernen Ringen. Ich glaub's kaum.«

Sie umarmt mich und ich teile ihr rasch mit, dass sie ja auch Single ist. Das hat sie nämlich für ein paar Sekunden vergessen!

»Einen anderen Maler kann ich leider nicht bieten«, erklärt Nonno. »Aber ich denke, dass auch er nicht nachtragend ist. Und zu deiner Beruhigung: Er hat letztes Jahr geheiratet und trägt sogar einen Ring!«

»Na dann ist ja gut!«, seufzt Angie mit einem kleinen Lächeln auf den Lippen.

»Wer war eigentlich der Dritte im Rosen-Bunde?« frage ich in die Runde.

Nonno gibt gerne Auskunft: »Der Dritte war der Sohn des Metzgers. Du hast Glück, Angie, er hat in Rom eine eigene Metzgerei eröffnet und hat sehr grossen Erfolg.«

Angie lacht und ist sichtlich erleichtert, dass nur zwei des Mitternacht-Vollmond-Rosen-Dates noch anwesend sind.

»Da brauchen wir nur noch den Elektriker«, stelle ich fest.

»Auch einfach«, triumphiert Nonno, »da habe ich auch ein Exemplar. Unser Gärtner hat seine erste Berufslehre als Elektriker gemacht. Quasi von einem Tag auf den anderen hat er den Job aber an den Nagel gehängt und die kleine Gärtnerei im Dorf eröffnet. Es war für ihn am Anfang eine schwierige Zeit, aber jetzt kommen die Leute von weit her, um seine Blumen-Kreationen zu bewundern und zu kaufen. Der hat nicht nur einen grünen Daumen, sondern zwei grüne Hände. Er ist fantastisch, oder habt ihr an unserem Garten etwas auszusetzen?«

»Nein, Nonno, ganz sicher nicht«, antwortet Angie, »der Garten ist mehr als perfekt!«

»Dann werden Mario und ich heute also die Handwerker aufsuchen, wenn das für euch in Ordnung ist.«

»Perfekt«, strahlt Angie, »dürfen wir uns die Zimmer anschauen?«

»Sicher! Ihr könnt alles ganz genau unter die Lupe nehmen und Pläne schmieden. Aber bitte versprecht, dass Mario und ich unsere Zimmer behalten dürfen und nicht mit einem Gast teilen müssen.«

Er zwinkert uns beiden zu und lächelt. Dann verschwinden die Herren in ihre Gemächer.

Angie und ich räumen das Frühstücksgeschirr und die nicht aufgegessenen Brote in die Küche. Ich habe wieder brutal zugeschlagen. Überlege mir gerade, den Bäcker zu heiraten. Nein, geht auch nicht. Ich will ja nicht vom Regen in die Traufe fallen. Es kann ja nicht angehen, dass ich zuerst einen zehn Jahre jüngeren, proteintrinkenden Muskelprotz angle und beim nächsten Angelausflug einen dreissig Jahre älteren Herrn inkl. Rollator aus dem Männer-Meer fische.

»Hey, Lea«, unterbricht Angie meine Tag-Gedanken, »komm, lass uns mal die Zimmer anschauen. Ich nehme Stift und Papier mit, dann können wir alle unsere Ideen aufschreiben. Das wird toll!«

»Genau, das machen wir! Wo wollen wir beginnen?«

»In der Küche, denke ich.«

»Okay«, antworte ich, »möchtest du einen Kaffee?«

»Lea, wir haben doch eben erst gefrühstückt.«

»War nur ein Scherz, also zück Papier und Feder UND ACTION!«

Angie und ich schauen uns um und stellen fest, dass die Küche sehr gross und geräumig ist. Muss sie wohl, es ist ja eine Hotelküche.

Die Abstellfläche aus Chromstahl ist optimal. Stauraum hat es ohne Ende und auch Geschirr, Besteck und Töpfe sind in einem Top-Zustand. Die aus Massivholz bestehenden Möbel sind zwar alt, haben aber den Charme einer richtig italienischen Küche. Ich stelle mir gerade vor, wie Angies Nonna früher hier für viele Gäste das Essen zubereitet hat. Mit einer weissen Schürze natürlich. Sie hat ihren Platz in der Küche wahrscheinlich morgens um fünf Uhr eingenommen und diesen erst kurz vor Mitternacht wieder verlassen. Nonnas kochen göttlich und lachen den ganzen Tag. Ich vermute, dass kochen und backen für sie Leben bedeutet. Herrlich.

»Was ist mit dem Backofen und dem Kochfeld?« frage ich Angie, »eventuell musst du hier ein paar neuere Exemplare einbauen. Einen

Steamer sehe ich auch nirgends. Wäre das nichts für Mario?«

»Du hast recht«, antwortet Angie, »vielleicht würde er sich darüber freuen. Ich werde es mit ihm besprechen. Er ist ja der Engel, der für uns kocht. Er weiss sicher am Besten, was nötig und was purer Firlefanz ist.

»Firlefanz«, gibt es das Wort überhaupt?«

»Habe ich jedenfalls schon gehört. Bin aber nicht mehr sicher, ob es Firlefanz oder Firlefranz heisst.«

»Das Wort kommt wohl aus der Steinzeit«, scherze ich.

»Na, dann solltest du es ja bestens kennen«, lacht Angie.

»Auch du wirst mal so alt wie ich es jetzt bin! Ich werde dich dann höflich darauf aufmerksam machen.«

Unter uns gesagt, es heisst Firlefanz und nicht Firlefranz. Hat also grundsätzlich nichts mit Franz zu tun, obwohl ein Franz ja auch firlefanz sein kann.

Kapiert? Nicht? Ich erkläre:

Mit Firlefanz bezeichnete man früher ein albernes Gehabe, unnötige Dinge oder auch eine komische, alberne Person. In der heutigen Umgangssprache bedeutet Firlefanz eigentlich noch dasselbe. Wertloser Kram, aber auch Albernheit, Torheit und Kinderei. Quelle: Google. Und ein Franz kann demzufolge sicher ein wenig firlefanz sein.

Und besser erklären kann ich es nicht!

In der Küche steht ein riesiger alter Holztisch. Keine Ahnung, welche Art von Baum dafür sein Leben lassen musste. Eigentlich sieht er so aus, als hätte man im Wald einen riesigen Baum gefällt, diesen halbiert, vier dicke Tischfüsse angeschraubt und ihn dann direkt in die Küche gestellt. Mit der Hand über den Tisch zu streicheln gleicht einer Verstümmelungsattacke, denn auf dem ganzen Tisch hat es Astlöcher und viele kleine Holzsplitter, welche einem die Hand verletzen würden. Aber ich liebe solche Tische. Die strahlen eine grosse Beständigkeit aus.

Bei den 12 Stühlen, welche um den Tisch stehen, hat man zum Glück vom Naturfeeling die Finger gelassen. Stellen Sie sich mal vor, im Sommerkleid auf Holzstühlen zu sitzen, welche einen immer wieder mit Holzsplittern in den Allerwertesten pieksen. Ich bin froh, dass die Hersteller bei den Stühlen bemerkt haben, dass sie da auf einem anderen Gleis fahren müssen.

»Hey Angie, an diesem riesigen Tisch hat früher sicher die ganze Küchencrew gegessen und einander Geschichten erzählt, was meinst du?«

»Ja«, ist ihre Antwort, »Italiener sind fantastische Lügner, eh Erzähler. Und man ist ihnen auch nicht böse, wenn sie manchmal ein bisschen von der Wahrheit abschweifen.«

Angie macht sich Notizen und ihre Augen haben es wieder - das Feuer. Ich habe diese Hochgefühle ja auch und dann ist nichts mehr vor mir sicher. Da kriege ich Atemnot, kann die ganze Nacht nicht einschlafen und mein Gehirn läuft auf Hochtouren. Ich kann mir alles so wunderschön ausmalen und will alle andern mitreissen in dieses Euphorieland. Die meisten Menschen können da aber nicht mithalten. Und bald schon ist mein Schwung gedämpft und dann finde ich die Menschen gerade ganz doof, weil sie mich bremsen und oftmals den Kopf schütteln. Ausser, es steigt jemand in meinen Begeisterungs-Zug ein, dann bin ich nicht mehr zu halten.

Nach der Küche betreten wir zwei Essräume. Zuerst kommen wir in einen kleineren Saal mit acht Tischen. Zwischen diesen sind kleine Trennwände platziert worden. Das finde ich sehr hübsch, kann man doch hinter diesen Wänden noch eine gewisse Zweisamkeit und Diskretion erleben. Hier könnte man also noch romantisch sein, ohne dass man beobachtet wird. Ist doch viel schöner als wenn alle Tische so nah beieinander stehen, dass man am Ende des Abends von Tisch drei die schmutzigen Sexwünsche von zwei ziemlich jungen Männern mitkriegt und von Tisch zwei das Gestehen einer bereits zweijährigen Fremdgehgeschichte erfährt. Das ist alles TMI.

TMI? Too much information!

Natürlich haben wir Menschen diese Neigung zur Neugierde. Aber an einem romantischen und vielversprechenden Abend, an welchem sogar ein -Willst Du mich heiraten- in Erwägung gezogen wird, will man vom Fremdgehen nämlich nichts wissen oder hören. Dies kann nämlich die Antwort des Gefragten wesentlich beeinflussen. Ich kann zwar nicht wirklich mitreden, da sich, wie bereits erwähnt, noch keiner getraut hat, mir diese Frage zu stellen.

Stopp! Ich erinnere mich gerade, dass sich doch schon einer vor mir auf die Knie geworfen hat und mich heiraten wollte. Ich fand ihn damals aber doof.

Um ehrlich zu sein – er war stockbesoffen und konnte nicht mehr aufrecht gehen. Und wenn ich noch ehrlicher bin – er lag auf dem Rücken und sang das Lied Marry you von Bruno Mars. Ob das Lied wirklich an mich gerichtet war oder an die zwei magersüchtigen Blondinen, welche kichernd, und ebenfalls besoffen neben ihm am Boden sassen, hinterfrage ich in diesem Moment nicht. Ist schon lange her.

Also, zurück in den Speisesaal!

Der hintere Teil des kleinen Saals ist mit einer höheren Wand abgetrennt. Darin befindet sich eine wundervolle Lounge mit sehr gemütlichen Sitzgelegenheiten. In einem kleinen Kamin sind trockene Tannenzweige deponiert. Die werden im Winter bestimmt ein Knisterkonzert geben und als Anzündhilfe für das romantische Kaminfeuer benutzt. Ich liebe das, trotz meiner momentan eher schwierigen Lebensphase. Und wenn der Typ von früher mir das Lied Marry you genau jetzt und genau hier vorsingen würde (egal ob stehend, kniend oder liegend), ich würde so laut JA schreien, dass es auf der ganzen Welt zu hören wäre.

Ja, und jetzt beruhige ich mich wieder.

»Angie«, staune ich, »siehst du, was ich sehe? War das schon immer da? Ich kann mich nicht daran erinnern.«

»Ich weiss auch nicht, kann schon sein. Wir haben diesen Raum wahrscheinlich damals gar nie benutzt, weil wir immer im Garten gegessen haben.«

»Du meinst im damaligen Teufelsgarten?«, frage ich mit tiefer Stimme.

»Ja. Ein Wunder, dass wir nicht von kleinen Teufelstierchen angegriffen wurden. Wir mussten damals nur ab und zu gegen Mückenschwärme und Ameisenattacken ankämpfen.«

»Und?«, frage ich Angie, »was meinst du zum Speisesaal und zur Lounge?«

»Die Tische und Stühle können wir ganz sicher übernehmen. Die brauchen nur einen neuen Schliff und ein wenig Öl, und finito.«

»Apropos schleifen«, scherze ich, weisst du noch, als du die Shabby-Chic-Krise hattest?«

»Wie könnte ich die vergessen!«

»Du hast alles, was dir unter die Finger kam, weiss angemalt und mit Schleifpapier auf Shabby-Chic getunt. Dein Ex hat in dieser Zeit sehr gelitten. Denn was am Morgen noch ein einfacher, holzfarbener Brotkorb war, sah am Abend völlig anders aus: Weiss, mit abgeschliffenen

Stellen und einer silberfarbenen Krone auf dem Deckel. Alle Bilderrahmen wurden aufgemotzt und teilweise wusste er gar nicht mehr, ob er sich in der richtigen Wohnung befindet.«

»Ich weiss«, lacht Angie.

»Am Morgen hat er jeweils fluchtartig das Haus verlassen, bevor du Farbe, Pinsel und Schleifpapier an dich gerissen hast, um deine nächtlichen Ideen umzusetzen. Einschlafprobleme hatte er ja auch, der Arme. Er hatte doch damals immer Angst, dass du ihn während seines Schlafes in ein Shabby-Chic-Teil verwandelst. Weiss angemalt und teilweise geschliffen.«

»Du hast recht, Lea, er hat es gehasst. Und ich gebe zu, ich war damals schon ein wenig fanatisch.«

»Das hast du jetzt aber sehr gelinde ausgedrückt, meine Liebe.«

Wir nehmen die Lounge noch einmal ganz genau unter die Lupe.

»Willst du sie so lassen?« frage ich Angie.

»Sieht wirklich sehr toll aus! Wir könnten ja noch Flauschi-Teppiche hinlegen. Weisst du, so knallgrüne Dinger. Oder würdest du weisse nehmen?«

»Nein, ist viel zu heikel und im Speisesaal werden die Tischtücher sicher weiss sein, da kann man die Lounge schon mit etwas Farbe beleben. Übrigens finde ich den Kamin unglaublich schön.«

»Ich bin mir nicht mehr sicher, aber ich glaube, den hat Nonno selber gebaut. Er hat ein sehr gutes Händchen und ist der geborene Alleskönner. So einen solltest du mal an Land ziehen, liebe Lea.«

»Zieh du mal erst an der Angelschnur, liebe Angie, der Nächste gehört nämlich dir!«

»Keine Zeit, gar keine Zeit!«

Wir lachen und gehen in den grösseren Saal. Der Raum ist perfekt für grosse Anlässe, wurde aber sicher nicht sehr oft benutzt. Auch hier kann gegen die Tische und Stühle nichts eingewendet werden. Eigentlich wie neu.

»Wow, Angie, hier ist der perfekte Platz für eine wunderschöne Hochzeit.«

»Jetzt hör schon auf mit dem Quatsch. Wenn jemand heiratet, dann sicher du. Ich ganz bestimmt nicht. Diesen Fehler mache ich nicht!«

»Ach, jetzt sei nicht so! Ich glaube, dass wenn ich den Richtigen finden würde, ich schon noch gewillt wäre.«

»Ich weiss, Lea, aber dieses Mal werde ich dir ganz genau auf die Finger schauen. Folgende Kriterien muss dein Nächster erfüllen.«

»Haben wir eigentlich Zeit für dieses unproduktive Gespräch?«, lenke ich ab.

»Wir sind im Urlaub und haben massenhaft Zeit, um dich bereits jetzt vor einem nächsten Fehler zu bewahren. Also, er darf höchstens einen Tag jünger sein als du. Dann muss er hilfsbereit und verständnisvoll sein.«

»Du kannst bereits aufhören.«

»Aber ich habe erst drei Sachen aufgezählt.«

»Eben, das reicht schon, Angie, glaube mir, das reicht schon. Keine Chance, jemanden mit diesen Vorzügen zu finden!«

»Du hast recht.«

Jetzt kriege ich einen meiner Lachanfälle und diese können dauern. Angie weiss es und stimmt mit ein.

Wir sind immer noch im Erdgeschoss, wo es noch viele weitere Zimmer hat. Ist das spannend! Am liebsten würde ich das ganze Haus von oben bis unten untersuchen. Es ist wirklich sehr aufregend.

»Schau, Lea!«, ruft Angie plötzlich und zerrt mich zu einer grossen Holztüre. »Hier waren wir noch gar nicht. Weisst du, was hinter dieser Türe ist?«

»Woher soll ich...?«

Angie lässt mich nicht ausreden: »Augen zu, mach schon!«

Ich schliesse brav meine Augen, obwohl gehorchen nicht meine Lieblingsbeschäftigung ist.

Es quietscht, als Angie die Türe aufmacht. Sie führt mich langsam in einen Raum. Ich habe die Augen immer noch geschlossen und rieche - keine Ahnung, was ich genau rieche. Seltsam, aber doch angenehm. Ich kenne diesen Duft, aber mir fällt beim besten Willen nicht ein, was in diesem Raum sein könnte.

»Jetzt kannst du die Augen öffnen.«

Gesagt, getan.

WOW! Wir stehen in einem riesigen Raum, welcher sicher eine Art Ruhe- und Erholungsraum für die Gäste war. Die Wände sind ausgefüllt mit Bücherregalen. Riesige Dinger. Mit einer verschiebbaren Leiter kann man auch die Bücher in den oberen Regalen rauspflücken. Das habe ich schon in Filmen gesehen, aber in echt noch nie. Die Regale weisen vorne an den Kanten wunderschöne Verzierungen auf. Ich bin sicher, dass dies alles von Hand geschnitzt wurde. Mitten im Zimmer steht wieder ein Kamin. Er ist alt und sehr gross. Um ihn herum sind Ohrensessel und Sofas aufgestellt. Diese Stühle müssen hunderte von Jahren alt sein. Jetzt weiss ich auch, wo ich den eben gerochenen Duft einordnen kann. Das ist der Duft der Bücher. Den gibt es wirklich.

Sie glauben mir nicht? Dann nehmen Sie beim nächsten Besuch in einer Bücherei ein Buch ihrer Wahl in die Hand. Titel spielt keine Rolle. Öffnen sie dann das Buch und lassen Sie die Blätter mithilfe ihres Daumens an Ihrer Nase vorbeiblättern. Sie werden es riechen. Ganz bestimmt.

»Dieses Zimmer hast du mir vor drei Jahren gar nicht gezeigt«, schmolle ich ein wenig. »War das eine Bibliothek? Und wieso sind so viele Regale leer?«

»Ja, das war einmal eine Bibliothek. Der ganze Stolz meines Grossvaters. Leider wurde hier vor sehr vielen Jahren eingebrochen. Meine

Grosseltern hatten das Hotel geschlossen, um endlich einen ihrer grössten Wünsche zu erfüllen.

»Welchen Wunsch?«, will ich wissen. Ich liebe es, die Wünsche anderer Menschen zu erfahren. Wer weiss, vielleicht hört man dabei so etwas Tolles, dass man dies sofort in die eigene Wunschkiste hineinpackt.

»Sie flogen nach London und haben dort eine wunderbare Woche verbracht. Sie waren so glücklich, dass sie sich endlich ihren Jugendtraum erfüllen konnten. Als sie nach Hause kamen, mussten sie dann mit grossem Bedauern feststellen, dass die Bibliothek zerstört worden war.«

»Wie meinst du das?«

»Die Scheisskerle haben Regale umgestossen, Bücher von der tollen Bücherwand dort hinten auf den Boden geworfen und alles verwüstet. Einen sehr grossen Teil der Bücher haben sie dann gestohlen. Nonno hat mir Fotos gezeigt. Sah wirklich schlimm aus und es hat ihm fast das Herz gebrochen. Die Bibliothek war sein ganzer Stolz.«

»Aber wieso haben diese Schweine denn alles zerstört?«

»Wir wissen bis heute nicht, was der Grund dieses Diebstahls war. Über zwei Jahre lang untersuchte die Polizei diesen Fall. Mein Grossvater hat sogar einen Privatdetektiv engagiert. Leider ohne Erfolg.«

»Wurde dieser Raum nach dem Einbruch nicht mehr benutzt?«

»Nein, Nonno hat es nicht geschafft, diesen Raum wieder zum Leben zu erwecken. Er hat ihn zwar wieder so hergerichtet, dass man von der Verwüstung nichts mehr sehen konnte, hat das Zimmer dann aber abgeschlossen. Ich glaube, er hat sehr viele Bücher verloren, welche er sehr geliebt hat. Viele der Bücher waren uralte Einzelstücke und er war wirklich sehr stolz darauf. Er liebte Bücher über alles und in jeder freien Minute las er. Und das am liebsten dort in diesem braunen Sessel.«

»Darf ich mich mal reinsetzen?« frage ich ehrfürchtig.

»Aber sicher darfst du.«

Ich setzte mich behutsam auf den Stuhl und streiche über das feine Leder, mit welchem der Sessel überzogen wurde. Der Stuhl ist sehr bequem und ich stelle mir vor, wie Nonno hier gesessen hat und seiner Leidenschaft nachging. Der Leidenschaft für Buchstaben, Wörter, Sätze, Geschichten.

Es gibt so viele einzigartige Erzählungen und ich kann die Traurigkeit von Nonno sehr gut nachvollziehen. Man hat ihm etwas sehr Wertvolles weggenommen.

»Früher kamen die Menschen aus dem Dorf immer zu Nonno in die Bibliothek. Es war Tradition, dass man sich am Samstag oder Sonntag hier im Hotel traf und etwas trank. Dann wurde gelesen, gefachsimpelt, diskutiert und wieder gelesen.«

»Ich wäre auch gerne dabei gewesen.«

»Da mein Grossvater die Bibliothek nicht mehr zur Verfügung stellen wollte, tat man sich im Dorf zusammen, um eine Lösung zu finden. Alessandros Vater hat dann mit Einwilligung von Grossvater im Dorf eine Bibliothek eröffnet. Die Menschen hier lieben das Lesen und waren froh, dass sie wieder eine Möglichkeit hatten, sich mit Gleichgesinnten zu treffen.«

»Und dann«, erzähle ich die Geschichte selber fertig, »hat der traumhafte Sohn das Geschäft seines Vaters übernommen.«

Angie lacht: »Genau so ist es. Und jetzt müssen wir uns sputen. Wir müssen doch noch die anderen Zimmer im Erdgeschoss anschauen. Dann einkaufen und kochen! Es wird lecker, vertrau mir.«

»Mach ich doch immer.«

Wir machen uns auf den Weg zum nächsten Zimmer. Dieses ist sehr gross und führt durch eine Glastüre direkt auf einen gedeckten Sitzplatz.

»Das ist ja wunderschön hier«, unterbreche ich die Stille. Schau dir diese Aussicht an! So muss Italien sein. Genau so.«

Ich sehe an die tausend Olivenbäume. Scheisse, müssen wir die alle von den Oliven befreien? Wir sind Jahrzehnte an dieser Arbeit. Echt jetzt, das schaffen wir nie.

Angie schaut die Olivenbäume ebenfalls an. An die Ernte denkt sie aber wahrscheinlich nicht.

»Sind sie nicht wunderschön?«

»Ja, Angie, die sind wirklich schön, aber so viele!«

Sie zwinkert mir zu: »Das schaffen wir.«

Weiter hinten sehe ich ein paar alte Steinhäuser. Ob dort früher jemand gelebt hat oder sie nur während der Ernte benutzt wurden, weiss ich nicht. Ich schaue mir diese Weite, die Olivenbäume und den stahlblauen Himmel an und der Anblick fasziniert mich. Ich spüre wieder eine wohlige Wärme und Sicherheit, welche ich schon lange nicht mehr gespürt habe. In meiner Beziehung hatte ich diese Sicherheit ja nie. Komisch, dass sich Mucki immer wieder in meine Gedanken schleicht, Ratte.

Etwas weiter vorne, also noch vor den tausend Bäumen, sehe ich einen Kiesweg. »Wo führt denn dieser Weg hin?« frage ich Angie.

»Er führt um das ganze Hotel. Es ist eine Art Verdauungs-Spazierweg. Viele Gäste flanieren vor dem Schlafengehen sehr gerne noch ein wenig herum. Dieser Weg ist optimal und wurde extra dafür angelegt. Aber komm jetzt, wir wollen uns das Zimmer ansehen!«

Der Raum ist gross und ein altes Doppelbett steht einsam und verlassen in der hinteren Ecke. Rechts davon steht ein runder Tisch mit vier Stühlen. In der Dusche sind schneeweisse Marmorplatten verlegt worden und es sieht, im Gegensatz zum Schlafraum, sehr edel und neu aus. Schade, dass es keine Badewanne hat.

»Angie, willst du deine Idee betreffend »Städte-Zimmer« wirklich durchziehen? Meinst du nicht, dass du dich da ein wenig weit aus dem Fenster lehnst?«

»Sei doch nicht immer so ängstlich und übervorsichtig. Du wirst sehen, das wird fantastisch!«

»Aber wie willst du das alles schaffen, ich meine, du hast immer noch eine Werbeagentur zu leiten?«

»Mach dir darüber keine Sorgen. Sobald wir zu Hause sind, werde ich meinen Mitarbeitern ganz genau mitteilen, was ich mir von ihnen wünsche und wie ich mir die weitere Zukunft vorstelle. Sie werden mitmachen, ich kenne meine Leute und bin überzeugt, dass ich das alles unter einen Hut kriege. Natürlich wäre ich schon dankbar, wenn mir hier jemand unter die Arme greifen würde.«

Ich weiss, dass sie mich meint. Bin mir aber noch nicht sicher, ob ich diesen Schritt machen soll. Bei Angie angestellt zu sein. Kann das gut gehen? Ich bin ja eh auf der Suche nach einem neuen Job. Aber kann das unsere Freundschaft nicht gefährden?

»Lea, fertig mit Träumen! Lass uns anfangen mit dem ersten Stadt-Zimmer. Dieses hier ist sehr gross und ich denke, da könnte man Venedig unterbringen. Da habe ich ja schon den Vorschlag mit der Gondel-Badewanne gemacht, weisst du noch?«

»Ja, stimmt. Hey, ich war übrigens noch gar nie in Venedig!«

»Na, dann wird es höchste Zeit! Du darfst dann gerne der erste Gast in diesem Zimmer sein.«

Ich muss lächeln. Angie ist einfach nicht zu bremsen.

»Schau mal, Lea! Ich glaube, dass man Dusche und WC so sein lassen kann. Sieht wirklich alles wie neu aus. Auf der rechten Seite des Zimmers könnte man ein grosses Himmelbett aufstellen. Dieses würde quasi auf dem Markusplatz stehen und an den Wänden können wir diesen Markusplatz malen oder eine Tapete anfertigen lassen.«

»Und wenn das Liebespaar schläft«, unterbreche ich kichernd, »lässt du Tauben über das Bett fliegen, welche den Verliebten ins Gesicht kacken, damit man das Feeling von Taubenscheisse richtig hautnah erleben kann. Der sogenannte 4D-Effekt. Venedig gibt es einfach nicht ohne Taubenscheisse.«

»Gute Idee!«, lacht Angie, »da wäre ich von selber nicht draufgekommen. Danke für diesen fantastischen Beitrag zum Venedig-Zimmer. Ich werde es mir noch überlegen.«

»Wie geht's dann weiter?«

»So circa zwei Meter neben dem Bett können wir eine Gondel aufstellen, welche man eben als Badewanne nutzen kann, also ungefähr hier.«

»Angie, du spinnst!«

»Ja, das weiss ich, aber ich dachte, dass du das auch weisst. Hör jetzt weiter zu! Von der Badewanne aus, gelangt man dann auf einer kleinen Rialtobrücke auf den Rialtoplatz. Dort kann man je nach Lust und Laune einen Kaffee zu sich nehmen oder es sich auf einem Sofa mit einem Buch gemütlich machen. Von diesem Platz aus hat man auch direkten Zugang auf die gedeckte Terrasse, wo man den Ausblick und das ganze Dasein so richtig geniessen kann. Wie findest du diese Idee?«

»Ich liebe dieses Zimmer jetzt schon. Es wird zauberhaft.«

Ich glaube, Angie hat mich mit ihrem Fieber angesteckt. Das wird das tollste Hotel auf der Welt. Das ist jetzt übrigens MEIN Enthusiasmus, welcher aber von einer Sekunde auf die andere wieder verschwinden kann. Nicht so bei Angie. Sie wird das hier durchziehen. Und ich habe die Chance, mit dabei zu sein. Soll ich diese Gelegenheit wirklich packen? Ist das mit Mucki vielleicht deshalb passiert, damit ich endlich das mache, was ich schon immer machen wollte? Kann es sein, dass seine Entscheidung dazu führt, dass ich endlich meinen grössten Wunsch wahrmachen kann?

Ich bin in diesem Augenblick gerade sehr davon überzeugt, dass dies meine letzte Chance sein wird! Die letzte Chance, meinen grössten Traum zu verwirklichen! Nicht mehr nur davon zu träumen, sondern endlich loszulegen! Ohne Wenn und Aber, ohne etwas zu hinterfragen und ohne Angst! Einfach TUN! Denn noch nie war ich meinem Lebenstraum näher als jetzt!

»Weisst du was, Lea?«

»Wie, was hast du gesagt?«

»Hast du wieder geträumt? Du mutierst früher oder später zu einem Traumfänger, weil du mit deinen Gedanken immer wieder davonfliegst. Und eines Tages hängst du in einem Kinderzimmer oberhalb eines kleinen Bettchens und wirst einem niedlichen Baby seine schlechten Träume in gute Träume verwandeln.«

»Tolle Idee, Angie, da wäre ich wenigstens mein eigener Chef!«

»Täusche dich nicht, denn falls das Baby doch jede Nacht weinend aufwachen würde, hättest du deinen Job bald verloren und könntest unter Umständen bald schon im Kehricht landen. Und jetzt sollten wir einkaufen gehen. Die Zeit reicht nicht mehr für die anderen Zimmer und wir können ja morgen weiterfahren. Die Ernte beginnt ja erst übermorgen.«

»Shit, das Essen habe ich völlig vergessen! Wissen wir schon, was wir den Herren kochen werden?«

»Ich schon«, prahlt Angie.

War ja klar, denn sie ist immer organisiert und vorbereitet! Immer!

Ich habe wundervoll geschlafen und ein weiteres Mal ein sehr üppiges Frühstück zu mir genommen. Mir geht es gut, obwohl ich immer noch täglich an Mucki denke. Keine Ahnung, wann ich endlich loslassen kann. In dieser Hinsicht habe ich echt eine Macke. Loslassen ist schwer, habe ich mal in einem Buch gelesen. Wow, hätte ich wahrscheinlich auch ohne Buch herausgefunden.

Angie und ich liegen zusammen auf einem grossen Bett in einem weiteren Zimmer, welches in eine Stadt verwandelt werden soll.

»Weisst du eigentlich, wie wohl ich mich hier fühle?«, fragt Angie.

»Ich denke schon, denn mir geht es genauso«, antworte ich.

Jetzt ist der Zeitpunkt da. Jetzt oder nie. Jetzt sage ich es, obwohl ich gerade einen sehr grossen Kampf mit mir selber führe. Aber ich kann nicht anders!

Ich setze mich auf und schaue sie an: »Angie, kann ich dir etwas sagen?«

»Doofe Frage, wieso fragst du?«

»Einfach so, wollte nur sichergehen.«

Angie setzt sich ebenfalls auf, verdreht ihre Augen und wartet.

»Du hast mich doch vorgestern gefragt, ob ich dir bei deinem Projekt helfen will. Du weisst, dass mich der blanke Horror reitet, wenn ich eine Entscheidung fällen muss. Ich warte dann meistens so lange, bis mir die Entscheidung abgenommen, respektive aufgebrummt wird. Meistens ist es aber dann die, welche ich NICHT getroffen hätte. Dieses Mal komme ich aber nicht drum herum und muss selber entscheiden.«

»Was, du hast dich schon entschieden? Das glaube ich jetzt nicht. Dann raus mit der Sprache«, bittet mich Angie ganz aufgeregt.

» Also, ich habe mich verliebt.«

»Was hat denn das mit meiner Frage zu tun? Und überhaupt, in wen hast du dich verliebt?«

»Keine Panik, meine Liebe, es ist kein Mann!«

»Scheisse, auch das noch. Du bist lesbisch? Sorry, geht mich nichts an.«

»Nein, bei meinem Sexualleben hat sich nichts geändert, ausser dass ich momentan keinen Sex habe. Aber wenn ich Sex hätte, dann mit einem Mann.«

Angie fällt sichtlich ein Stein vom Herzen.

»Ich habe mich in dieses Haus, in diese zauberhafte Landschaft und in die Leute hier verliebt. Und zusätzlich habe mich noch in dein Projekt verliebt. Angie, wenn du dies hier wirklich mit meiner Hilfe durchziehen möchtest: Ich bin dabei!«

Angie springt mir eine Sekunde nach Abschluss meines Satzes um den Hals. Sie drückt mich. Höre ich sie schluchzen?

»Angie, wieso weinst du?«

Ich löse mich aus ihrer Umarmung und Tränen laufen in Strömen ihre Wangen hinunter. Sie antwortet nicht, umarmt mich wieder und schluchzt sich gerade die Seele aus dem Leib!

»Ist ja schon gut, Angie, weine nur«, sage ich ganz ruhig und halte sie einfach fest.

»Lea, ich bin gerade so glücklich!«, schluchzt sie.

»Hmm, ja, das sehe ich«, lache ich.

»So glücklich wie schon lange nicht mehr. Ist es wirklich wahr? Willst du dieses Abenteuer wirklich mit mir eingehen? Und es wird ein Abenteuer werden, das verspreche ich dir.«

»Ja, das will ich.«

»Klingt wie in der Kirche, Lea. Komm, das müssen wir Nonno erzählen! Er wird ausflippen. Er findet dich nämlich soooo nett und er kann nicht verstehen, wieso noch kein Mann gemerkt hat, wie fantastisch du bist. Er meint aber, dass das noch kommen wird.«

»An das glaube ich weniger. Und überhaupt haben wir jetzt gar keine Zeit für solche Beilagen. Wir haben ein Hotel umzubauen.«

»Stimmt. Und bevor wir diese tolle Neuigkeit Nonno erzählen, will ich dir noch schnell den Vorschlag für dieses Zimmer zeigen. Bist du bereit?«

»Sicher. Wir haben ja schliesslich eine Mission zu erfüllen. Aber erst müssen wir dir noch die Tränen wegwischen, sonst meint noch jemand, ich hätte dich geschlagen!«

Komisch. Da sind zwei Frauen, welche aus meiner Sicht, das Herz am richtigen Fleck haben, aber trotzdem Single sind. Wird wohl seinen Grund haben und ganz tief in meinem Herzen

hoffe ich, dass irgendwo da draussen zwei Männer sind, welche den Weg zu unseren Herzen finden und grosse Taschen bei sich tragen, in welchen sich ganz viel Liebe und ganz viel Sonne
befinden. Das kann doch nicht so schwer sein!

Angie hat sich wieder gefasst und bestimmt
theatralisch: »Hier entsteht Rom. In der einen
Hälfte wird ein kleines Kolosseum gebaut. Dort
drin steht ein rundes Bett. In der Steinmauer können dann Nischen gemacht werden, in welchen
Kerzen ihren Platz finden. Stell dir vor, wie toll
das aussehen wird! Romantik pur.«

»Das wird in der Tat unglaublich romantisch.«

»Hier drüben machen wir den Fontana di
Trevi, in dem man dann ein Bad nehmen kann.
Der Boden der Wanne wird durchsichtig sein und
darunter werden wir tausend Geldstücke platzieren. Hier sind die Glücksmünzen nämlich bereits
vorhanden und müssen nirgends hineingeschmis-
sen werden. Toll, oder?«

»Tolle Idee, ich werde Nächte in dieser Badewanne verbringen. Wer weiss, vielleicht
kommt mich das Glück dann auch wieder einmal
besuchen.«

»Das wird es ganz bestimmt!«

»Ich hoffe es, und jetzt weiter mit deinen
Ideen, du Spinnerin!«

Wir planen noch ein wenig weiter und Angies
Ideen sprudeln nur so aus ihr heraus. Sie hat eine

nicht enden wollende Fantasie und das wird uns hier mehr als nützlich sein!

»Also Lea, wir müssen uns jetzt beeilen und zu Nonno gehen, bevor du es dir anders überlegst.«

Wie Angie prophezeit hat, ist auch Nonno überglücklich. Und wie es bei den Italienern üblich ist, werde ich erst knapp vor dem Erstickungstod von einer starken Umarmung befreit. Meine Güte, diese Italiener und ihr Temperament.

Auch Mario kommt aus der Küche geflitzt und ich erhalte dieselbe innige Umarmung. Ich glaube, die beiden sind sehr froh, dass ich dabei bin.

Ich bin auch froh über meine Entscheidung, unterlasse es aber, mich noch selber zu umarmen.

»Zu Tisch, meine beiden Geschäftsdamen, das Essen ist in ein paar Minuten fertig«, ruft Mario, während er schon wieder in die Küche huscht.

Wir gehen in den Garten und setzen uns an den wie immer wunderschön gedeckten Tisch. Ein Gedeck ist zuviel. Ich nehme mal an, dass Nonno und Mario bereits beim Apéro waren. Da kann das eine oder andere schon mal schiefgehen oder eben, man kann sich nach dem Konsum von Alkohol schon mal verzählen.

In diesem Moment klingelt es an der Türe.

»Ich öffne!«, ruft Nonno.

Zurück kommt er mit Alessandro. Ich drehe durch, er ist so wunderschön. Ich möchte vom Stuhl fallen und eine Ohnmacht vortäuschen, damit er mich retten kann. Am besten noch mit einer langen Mund-zu-Mund-Beatmung.

Da sein Blick aber an Angie festklebt, gebe ich dieses Vorhaben sofort auf. Ich denke nämlich nicht, dass er mich am Boden sehen würde, denn er will unbedingt zu Angie. Ob er vielleicht einen Bruder hat?

Alessandro, wie schon geahnt, sprintet zu Angie und begrüsst sie sehr zärtlich. Echt wahr. Ich sehe die Zärtlichkeit seines Blickes und das Strahlen seiner fast schwarzen Augen. Angie, Angie, da hat sich einer mächtig in dich verliebt. Ob sie es schon bemerkt hat, weiss ich nicht.

Nachdem er auch meine Wenigkeit mit zwei flüchtigen Küsschen begrüsst hat, setzt er sich gegenüber Angie an den eben doch nicht zuviel gedeckten Platz.

Nonno strahlt wie ein Marienkäfer. Was er wohl wieder im Schilde führt?

»Heute ist ein wundervoller Tag und er könnte nicht besser sein«, beginnt Nonno zu sprechen. »Wir freuen uns alle sehr, dass Lea Angies Angebot angenommen hat. Wir werden nun alle einen neuen Weg einschlagen. Der wird ohne Zweifel steinig sein, aber ich bin sicher, dass es sich lohnen wird, diese Route zu nehmen. Und nun verrate ich euch, wieso Alessandro heute bei uns ist.«

Ach, ist doch egal, wieso er hier ist. Hauptsache ist, dass ich ihn anhimmeln kann. Am liebsten würde ich ihn auf den Tisch zerren und ihn von meinen sexuellen Qualitäten überzeugen. Er aber würde mich wohl lieber vom Tisch wegzerren, in eine Kammer sperren und dann mit Angie auf dem Tisch akrobatische Akte vollführen. Das Leben kann echt gemein sein.

Entschuldigung, Nonno wollte ja etwas erzählen.

»Alessandro und ich trafen uns in den letzten zwei Tagen, um ein gemeinsames Projekt zu besprechen. Aus diesem Grund waren wir oft in meiner Bibliothek. Lea, ich weiss nicht, ob du schon weisst, was dort vor ein paar Jahren passiert ist?«

»Ja, Angie hat es mir erzählt.«

»Ich sehe noch genau vor mir, wie es in der Bibliothek nach dem Einbruch ausgesehen hat. Beim Gedanken an diese Bilder fühle ich noch heute den Schmerz. Fast so, wie wenn einem ein lieber Mensch genommen wurde. Es war mir unmöglich, die Bibliothek wieder zu öffnen.«

Wahrscheinlich sieht Nonno in diesem Moment noch einmal die ganze Verwüstung vor sich. Es ist unglaublich, wie Menschen einen Bezug zu etwas haben können. Sei es nun zu einem Menschen, einem Tier oder eben zu einer Bibliothek.

»Wir möchten euch unsere Idee vortragen.«

Er schaut Alessandro an. Dieser steht auf und richtet das Wort an uns alle. Seine Augen aber ruhen auf Angie. Das kennen wir ja schon und ich ignoriere das jetzt einfach.

»Liebe Angie. Ich bin sehr froh, dass du das Erbe angenommen hast. Wir alle spüren deine Euphorie, welche uns ebenfalls angesteckt hat. Und das in dieser kurzen Zeit. Ich habe mich aus diesem Grund an deinen Grossvater gewandt und ihm mein kleines Projekt vorgestellt. Es war nicht einfach, deinen Nonno zu überzeugen, aber ich habe es geschafft. Da aber du jetzt die Entscheidungen fällst, möchte ich dir folgendes vorschlagen.«

Ich werde schwach. Seine Stimme ist wie Samt und ich kriege Gänsehaut. Ich glaube, ich brauche eine Pause.

Wieso? Na, dass ich schnell in mein Zimmer flüchten und Max aus seinem Versteck befreien kann. Ich glaube, jetzt brauche ich ihn dringend.

Alessandro räuspert sich: »Ich fasse mich kurz. Dein Nonno und ich möchten dir vorschlagen, dass wir meine Bibliothek hier im Hotel unterbringen. Das heisst, dass die Bibliothek deines Grossvaters zu neuem Leben erweckt und eine alte Tradition wieder aufgenommen werden kann.«

Angie strahlt, steht auf und umarmt zuerst ihren Nonno und dann Alessandro. Dieser scheint es sehr zu geniessen und will sie gar nicht mehr loslassen. Die Verarschung mit der Rose hat er ihr nicht eine einzige Sekunde lang übel genommen.

144

»Nonno, das ist wunderbar. Grazie. Mille grazie. Ich freue mich so sehr, dass du die Bibliothek wieder aufmachst. So viele Menschen werden dir dankbar sein. Ach Nonno, ich liebe dich!«

»Ich dich auch, Angie.«

Meine Augen füllen sich mit Tränen. Mit Tränen der Rührung. Ich kann sie nicht stoppen und sie laufen langsam und leise meine Wangen hinunter.

Auch meine Gedanken kann ich nicht stoppen. In drei Wochen gehen wir nach Hause, und dann wird der Teufel los sein. Kündigung, Nachmieter suchen, Möbel verkaufen, Wohnung ausmisten. Alles was an Mucki erinnert, wird weggeworfen. Wird nicht viel sein, ausser einer Trockenpflanze und einer Lampe. Letztere werde ich meinem Nachmieter schenken. Und was beim Umzug eventuell noch zum Vorschein kommt, werde ich spenden. Wem? Weiss ich noch nicht.

Im Weiteren werde ich Freunde und Eltern einladen und ihnen meine neue Zukunft präsentieren. Dann muss der Umzug gemeldet werden und ich muss herausfinden, wie man so einen Landesumzug überhaupt machen muss. Die Italiener haben da sicher ihre eigenen Regeln. Es müssen sicher zig Formulare ausgefüllt werden. Und auch mein Arzt und Zahnarzt müssen wissen, dass ich ihre Praxis nicht mehr weiter besuchen werde. Dann werde ich noch einen Brief kreieren und diesen allen mir wichtigen Menschen zustellen.

Jetzt ist mir übel und ich glaube, dass ich meine Entscheidung rückgängig machen muss. Das schaffe ich niemals. Und überhaupt, wieso habe ich mich von Angies Idee so anstecken lassen? Ich bin einfach nicht geschaffen für so grosse Veränderungen. Ich mag nämlich GAR keine Veränderungen. Veränderungen sind das Leben, hat mir mal jemand erklären wollen. Aber wieso? Wieso kann nicht mal was bleiben?

Ich gebe mir die Antwort selber: ES BLEIBT NUR, WAS GUT IST. Was nicht gut ist, endet früher oder später. Aber es gibt doch auch Schicksalsschläge, die passieren, wenn alles in Ordnung ist? Also stimmt dieser im Internet gefundene Möchtegern-Motivations-Spruch ja doch nicht. Und den Spruch Alles ist schwer, bevor es leicht wird finde ich auch zum Kotzen. Stimmt nämlich auch nicht.

Und wenn wir schon bei den Sprüchen sind, kann ich noch einen drauflegen. Wenn das Leben schwierig ist, machen wir etwas falsch. Wow! Was muss man an Drogen einwerfen, um solche Thesen ins Netz zu stellen! Ich muss unbedingt aufhören, im Internet nach diesen Weisheiten zu suchen. Im ersten Moment scheinen sie einem gut zu tun, aber die sind alle getarnt und wollen einfach das Gefühl vermitteln, dass alles in Ordnung ist, wie es gerade ist. Ha ha ha - wer's glaubt wird selig und jetzt ist fertig mit diesen Scheissgedanken!

Die Oliven-Attacke

Heute ist der erste Tag der Ernte. Meine Güte, ist da was los auf dem Grundstück! Jede Menge strahlende Gesichter. Jede Menge glückliche Menschen. Was genau macht so glücklich, wenn man tausend Bäume vor sich hat und ihnen die Oliven klauen muss? Das Glück und das Lachen sind aber in allen Gesichtern zu finden. Ich lächle einfach mit, denn ich habe keine andere Chance, es lächelt einfach. Und es fühlt sich gut an. Saugut sogar.

Die Sonne lacht ebenfalls vom Himmel herunter. Es scheint, dass sie diese Ernte auf keinen Fall verpassen will. Kann es sein, dass der Himmel in Italien ein schöneres Blau hat als in anderen Ländern? Wie gerne möchte ich diese warmen Sonnenstrahlen und dieses unendliche Blau mit meinen Augen einfangen und in meinem Herzen speichern. Damit ich es immer wieder abrufen könnte, das wäre schön.

Die Olivensammler sind auf jeden Fall nicht das erste Mal bei der Ernte dabei. Die kennen sich alle bestens. Da wird geküsst, geknuddelt, geplappert, gelacht und getrunken. Ja, so ist das hier wohl bei der Ernte. Zuerst mal einen hinter die Binde kippen, damit der Körper aufgeheizt ist, um dann die kleinen grünen Dinger von den Bäumen zu nehmen. Ich habe immer noch keine Ahnung, wie das mit der Ernte vor sich geht, aber ich sehe genug Menschen, die es mir erklären können. So, und jetzt saufe ich auch noch einen, sonst habe ich nicht das gleiche Ernte-Feeling wie die Oliven-Profis.

Ich glaube, dass das ganze Dorf und noch viele andere Menschen bei Nonnos Ernte dabei sein wollen. Und von Mario erfahre ich, dass es wirklich so ist.

»Wisst ihr«, erklärt er Angie und mir, »Nonna hatte vor ganz langer Zeit damit angefangen, die Ernte zu einem richtigen Fest zu machen. Am Anfang kamen nur ein paar Leute aus dem Dorf. Doch jedes Jahr wurden es mehr und heute will niemand diese Feier verpassen. Sogar Verwandte der Dorfbewohner kommen! Alle wollen mithelfen. Natürlich erhalten alle Helfer als Dank von dem herrlichen und ganz speziellen Olivenöl.«

»So eine tolle Idee!«, sagt Angie.

»Deine Grossmutter war etwas ganz Besonderes. Ihr Herz war voller Liebe für alle Menschen und sie hat es sehr genossen, die vielen Leute um sich zu haben. Sie hat während dieser Erntetage immer für alle gekocht und gebacken. Sie war wirklich eine wunderbare Frau.«

»Das war sie. Und ich denke, dass Nonno sie noch immer jeden Tag vermisst.«

»Das tut er ganz bestimmt«, bestätigt Mario.

»Kommt«, ruft Nonno, »es geht los!«

Ich bin gerade sehr aufgeregt, denn die ganze Meute macht sich jetzt auf den Weg zu den Olivenbäumen. Ich bin unbeschreiblich froh, dass ich mithelfen darf.

Mario hakt sich bei uns beiden ein und zusammen schreiten wir hinter der Menge her. Gerade jetzt sieht das Ganze sehr stark nach einer Demo aus. Ich sehe aber zum Glück keine Transparente, auf welchen steht: Nieder mit den Oliven!

Nonno braucht keine Worte, alle wissen, was sie zu erledigen haben. Das liebe ich. Wenn Menschen wissen, wo ihr Platz ist. Das ist so harmonisch. Ja, das ist das richtige Wort.

Unter den Bäumen liegen bereits grosse Netze. Nonno hat uns erzählt, dass man diese bereits vor der Ernte unter die Bäume legt. Oliven, welche sich bereits erwachsen genug fühlen, können sich dann einfach fallen lassen und werden von den Netzen aufgefangen. So bleiben sie unversehrt und können sorgfältig von Hand in die grossen Eimer und Säcke gelegt werden.

Angie und ich stehen ab und zu ganz furchtbar im Weg, aber das Einzige, was die italienische Oliven-Crew macht, ist lachen. Ich denke nicht, dass dies bereits der Wein verursacht hat, die Menschen hier sind einfach so. Sie lachen wahrscheinlich noch nachts und haben deswegen nie schlechte Träume. Von so etwas kann ich nur träumen.

Ich stelle schnell fest, dass bei den Oliven-Profis jeder Handgriff sitzt!

»Können wir das auch?«, frage ich skeptisch, »ich habe das noch nie gemacht.«

»Ich zeige es euch, ist gar nicht schwer. Braucht nur etwas Übung, aber das schafft ihr mit links.«

»Ich bin Rechtshänderin«, antworte ich und alle stimmen in das Gelächter ein.

Sehr aufmerksam schauen wir Nonno zu, wie man die Oliven richtig erntet. Er hat uns erklärt, dass die Ernte per Hand den grossen Vorteil hat, dass die Oliven kaum zerquetscht werden und dies sehr wichtig ist, um ein perfektes Olivenöl herzustellen.

»Ist noch tricky«, flüstere ich Angie zu, als wir dann selber Hand anlegen.

Sie lacht: »Du hast mir doch mal verraten, dass du sehr geschickte Finger, respektive Hände hättest, oder?«

»Natürlich habe ich das«, antworte ich fast ein wenig eingebildet, aber mit einem grossen Grinsen auf dem Gesicht. »Ich habe jedenfalls bis heute noch keine Beschwerden erhalten.«

»Na dann los, zeig was du drauf hast!«

»Kuh!«

»Selber Kuh!«

»Nein, nicht schon wieder, ich gebe auf!«

Immer wieder schaue ich den geübten Helfern über die Schultern. Diese Technik möchte ich auch beherrschen. Die sind nämlich schnell! Sehr schnell. Und sie sehen dabei nicht mal gestresst aus. Im Gegenteil. Sie reden und lachen, als würden sie diese Arbeit jeden Tag und dies seit mindestens 100 Jahren ausüben. Ich glaube, wir sind hier an einem wirklich sehr glücklichen Ort gelandet.

Ab und zu schiele ich durch die Olivenbäume hindurch und schaue mir die glücklichen Helfer an. Möchte das Risiko nicht eingehen, dass mir bei dieser Ernte ein wunderschöner Olivenpflücker durch die Lappen geht. Gucken darf man ja, oder?

Nonno und Mario helfen, wo sie nur können und platzieren die gefüllten Körbe und Säcke geschickt auf einem grossen, uralten Lastwagen mit offener Ladefläche. Dass das Fahrzeug noch fährt, grenzt an ein Wunder. In seinen besten Zeiten war der Wagen wahrscheinlich gelb. Zwischen dem angesetzten Rost sieht man jedenfalls noch den einen oder anderen gelben Farbtupfer.

Es scheint, als wäre die Zeit stehen geblieben. In diesem Augenblick kommt es mir jedenfalls so vor. Als würden wir uns in einem alten Schwarzweiss-Film befinden, der ohne Worte, aber mit musikalischer Begleitung vor unseren Augen abläuft. Bei Sten und Oliver Hardy war das immer so. Während des ganzen Films hämmerte ein begnadeter Pianist seine Improvisationen in die Tasten. Herrlich! Ich wünschte, ich hätte auch diese Gabe. Das einzige Instrument, auf welchem ich etwas spielen kann, ist eine metallfarbene, irische Flöte, welche ich mal im Internet gekauft habe. War ein Sonderangebot inklusive Notenheft. Mit einer Karriere kann ich aber nicht glänzen, denn ausser Alle meine Entchen, habe ich kein weiteres Lied spielen können.

Die gepflückten Oliven gehen noch heute auf die Reise zur nächsten Ölmühle. Mario transportiert sie dorthin. Die Oliven werden nämlich noch heute verarbeitet und in der Mühle warten die Mitarbeiter bereits auf ihren Einsatz. Denn wenn Oliven zu lange liegen bleiben, bekommen sie Druckstellen, werden braun und das knackige und frische Aroma geht verloren. Dadurch nimmt die Qualität des Olivenöls ab und das kann man sich nicht leisten. Denn Nonnos Olivenöl hat in Italien ein sehr hohes Ansehen. Er beliefert viele Restaurants und er muss immer schauen, dass er genügend einwandfreies Öl herstellen kann.

Sie staunen über mein grosses Wissen? Hat Nonno mir alles erklärt.

Dieser kommt gerade zu Angie und mir und lobt uns für das bereits sehr geschickte Ernten der kleinen Dinger.

»Sieht doch gar nicht so schlecht aus bei euch beiden!«

»Danke, Nonno, wir geben uns sehr grosse Mühe«, erwidert Angie. »Wie viele Oliven sind denn eigentlich an einem Baum?«

»Das ist sehr unterschiedlich. Ein Baum trägt durchschnittlich um die 50 bis 70 kg Oliven.«

»Wow, das ist ja der Wahnsinn!«, staune ich. Und wie viele Liter Olivenöl ergibt das?«

»Von einem Baum können pro Jahr so ungefähr 5 bis 10 Liter Öl produziert werden. Jetzt kannst du selber ausrechnen, wie viele Liter wir herstellen können.«

Angie kriegt einen Lachanfall: »Nein, Nonno, das kann sie nicht! Sie kann nicht rechnen. Bereits sieben plus acht ist für Lea ein Grund, den Taschenrechner zu zücken.«

»Das gibt übrigens fünfzehn«, sage ich voller Stolz.

»Das hast du auswendig gelernt, gib es zu.«

»Ja.«

Nonno lacht und hilft Mario weiter beim Verladen der Körbe und Säcke.

Nach vier (gefühlten acht) Stunden begibt sich das Olivenpflücker-Team zurück zum Hotel. Mario hat ein leckeres Mittagessen vorbereitet. Wann genau er das gemacht hat, weiss ich nicht. Das Essen lassen sich alle schmecken und geniessen dazu den für die Olivenernte extra hergestellten Wein.

Nonno stellt uns einen sympathischen, eher kleinwüchsigen Mann vor: »Das ist Rocco, unser Giftmischer.«

»Giftmischer?«, frage ich entsetzt.

»Rocco ist der Hersteller dieses wunderbaren Rotweins, aber er kann die Geschichte gerade selber erklären.«

Stolz und glücklich erzählt uns Rocco, was es mit diesem speziellen Wein auf sich hat.

»Diesen Wein stelle ich nur für die jährliche Olivenernte her. Ich mische immer dieselben drei Traubensorten und der Wein muss nach der Herstellung mindestens drei Jahre in einem Holzfass lagern. Dann ist er perfekt.«

»Wirklich perfekt!«, ruft Nonno dazwischen.

»Verkaufst du diesen Wein dann auch weiter?«, frage ich.

»Nein. Dieser Wein wird nur für die Olivenernte und die Menschen aus dem Dorf hergestellt. Ich hatte zwar schon viele Anfragen, aber es ist mir wichtig, dass wir diese Tradition so lange wie möglich aufrechterhalten.«

»Das ist ja der Wahnsinn!«, staunt Angie, »aber du könntest doch sicher viel Geld verdienen, wenn du diesen Wein verkaufen würdest?«

»Ich denke schon, aber das will ich nicht. Ich habe ja noch viele andere Sorten, welche ich sehr gut verkaufen kann. Aber dieser hier ist nur für uns gemacht.«

Wir heben die Gläser und prosten uns zu. Wahnsinn, da könnte einer Geld machen mit einem wirklich grossartigen Wein, lässt es aber aus Traditionsgründen sein! Unglaublich, wie zufrieden die Menschen hier sind. Sie sind glücklich mit all dem, was sie besitzen und jammern niemals über das, was sie nicht haben. Ich schlage mir gerade selber auf die Finger und will mir diese Lebenseinstellung unbedingt aneignen.

Nach einer gemütlichen Siesta macht sich die ganze Gesellschaft wieder an die Arbeit. Weitere vier Stunden verbringen wir mit der Ernte. Immer gibt es irgendwo ein Gelächter, wenn wieder etwas Lustiges erzählt wird. Die Italiener sind sehr kommunikative Menschen. Sie bringen mich bereits mit ihrer Mimik und ihrer Gestikulation (tolles Wort, oder?) zum Lachen. Es gibt keinen Italiener, der nicht die Hände zum Sprechen benutzt. Ob sie das in der Schule lernen? Ich bin wirklich verliebt in dieses Land oder besser gesagt, genau in diesen Ort.

»Puuh«, seufze ich, als wir uns alle auf den Heimweg zum Hotel machen, »das war ja ein Tag!«

»Ja«, gibt Angie zur Antwort, »er war wunderbar. Hätte nie geglaubt, dass eine Olivenernte so amüsant sein kann. Ich habe mir wahrscheinlich eine Lachzerrung eingefangen, kann meinen Mund kaum mehr bewegen.«

»Du hast recht, ich spüre da auch so eine Verspannung«, lache ich.

Beim Abendessen wird diskutiert, wieviele Oliven gesammelt wurden. Ich habe von Mario erfahren, dass jedes Jahr ein Wettbewerb stattfindet. Wer am besten geschätzt hat, kriegt Olivenöl fürs ganze Jahr geschenkt. Ich finde diesen Wettbewerb und den dazugehörenden Preis einfach wunderbar. Na ja, bei uns zu Hause würde man sicher einen Fernseher, eine Reise oder ein Handy gewinnen. Hier aber gibt's Olivenöl frei Haus für ein ganzes Jahr. Himmlisch.

Zum Nachtisch gibt es eine italienische Nusstorte. Die ist so unglaublich lecker, dass ich gerade zwei Stücke davon verschlinge. Mein Arsch und meine Oberschenkel werden sich mit zwei

Zentimeter Fett bei mir bedanken. Doof, dass alles, was so lecker schmeckt, sich irgendwo an meinem Körper eine Festanstellung sucht und diese auch immer findet. Von temporärer Arbeit hat dieses Fett noch nie etwas gehört! Kündigen? Null Chance, denn das ist mit Disziplin meinerseits verbunden!

»Liebe Freunde!«, ruft Mario in die Menge, bevor sich alle auf den Weg nach Hause machen. »Leider wird dieser Wettbewerb irgendwie langweilig!«

Ich schaue Angie an und sie versteht genauso wenig wie ich, was denn an diesem Wettbewerb langweilig sein soll.

»Langweilig aus diesem Grund, weil bereits das vierte Mal nacheinander dieselbe Person gewonnen hat!«

Ein Jubel bricht aus und alle klatschen, grölen und stampfen mit den Füssen. Man könnte meinen, der Präsident von Amerika käme in diesem Moment zur Türe herein und verkündet, dass genau ab jetzt und für alle Zeit auf der ganzen Welt Frieden sein wird.

Angie sieht es als Erste. Logo – wie könnte es auch anders sein! Er ist nicht nur der schönste und geilste Mann an diesem Ort, er ist wahrscheinlich auch noch der intelligenteste.

Wer?

Alessandro natürlich.

Er kämpft sich durch die Menge und jeder schlägt ihm zur Gratulation auf die Schultern. Der

Arme! Angie sollte ihm anschliessend eine beruhigende und schmerzlindernde Creme auf den Schultern einschmieren. Also ICH würde das sofort machen. Würde dann auch anderen Körperteilen noch etwas Gutes tun.

Sorry, bin wieder einmal schnell ins Traumland gedriftet. Dieser Mann macht mich fertig.

Nun steht er zwischen Nonno und Mario und geniesst seinen Applaus. Nonno übergibt ihm einen goldenen Pokal in Form einer Olivenölflasche. Alle drei umarmen sich, was ein noch lauteres Jubeln auslöst.

Unglaublich! Da errät jemand, wieviele Oliven man geerntet hat und wird gefeiert, wie wenn er eben die ganze Welt gerettet hätte. Das kann man sich gar nicht vorstellen, da muss man einfach dabei gewesen sein. Diese Zufriedenheit! Wieso gibt es das nicht überall auf der Welt?

Doofe Frage?

Ich weiss. Aber wie Sie schon festgestellt haben, stelle ich des Öfteren ein paar Fragen. Wahrscheinlich weil ich hoffe, auf all meine Fragen auch mal Antworten zu finden.

Nachdem die Helfer nach Hause gegangen sind, sitzen wir Hotelführer gemütlich beisammen und Mario holt für uns alle den zur Tradition gewordenen Limoncello Crema.

Plötzlich klirrt er mit zwei Gläsern und räuspert sich:

»Wart ihr schon einmal in Florenz?« fragt er.

»Ich nicht«, ist meine Antwort, »wollte mit

Mucki dorthin.«

»Spukt er dir immer noch im Kopf herum?«, fragt Nonno besorgt.

»Ab und zu. Ist ein sehr hartnäckiger Fall, aber keine Sorge, das werde ich schon hinkriegen.«

»Da habe ich keine Angst«, antwortet Nonno und blinzelt mir zu. So einen Nonno habe ich mir immer gewünscht. Aber jetzt gehöre ich ja auch ein wenig zur Familie.

Mario fährt fort: »Für mich ist der schönste Platz in Florenz die Piazza Michelangelo. Deshalb habe ich mir Gedanken über das Florenz-Zimmer gemacht. Habe da so einen Einfall. Möchtet ihr ihn hören?«

»Logo!«, schreien wir.

Der Alkohol, der Alkohol, macht ja bekanntlich die Birne hohl! Wieso wir nämlich schreien, weiss keine Sau. Aber egal. Mario erzählt weiter.

»Meine Idee wäre, dass wir an einer Wand den Michelangelo malen lassen und einen kleinen Teil dieses Platzes nachbauen. Auf diesen Platz können wir dann ein grosses, einladendes Bett stellen.«

»Tönt gut!«, ruft Angie und klatscht in die Hände.

»Vom Bett aus führt dann eine ganz kleine Ponte Vecchio hinüber zum Garten Boboli, welcher sich auf der Terrasse befindet. Rechts der Brücke können wir Schmuckgeschäfte an die Wand malen lassen. Wisst ihr eigentlich, dass die

Ponte Vecchio die einzige Brücke ist, die den zweiten Weltkrieg unbeschadet überstanden hat? Die müssen wir einfach nachbauen.«

»Genial!«, ruft Nonno.

»Draussen können wir dann einen Whirlpool aufstellen, der inmitten von tausend Pflanzen liegt.«

»Super, genauso machen wir es!«, jubelt Angie und bedankt sich mit einer festen Umarmung bei Mario. Dieser wird rot, was aber sehr neckisch aussieht.

»Was machen wir eigentlich, wenn unsere Visionen bei den Gästen nicht ankommen?« frage ich in die euphorische Menge.

Diese Frage musste ich stellen. Obwohl ich ja voll hinter diesem Projekt stehe, habe ich manchmal doch ein wenig Angst, dass unser Plan nicht funktioniert.

»Lea«, unterbricht mich meine Freundin, »an so etwas darfst du nicht mal denken. Die Menschen werden diesen Platz lieben! Sie werden staunen, lächeln und geniessen. Ich weiss es. Und übrigens liegt die Werbung in meiner Hand. Da können doch keine Zweifel aufkommen, oder?«

»Sorry, war ja nur so ein Gedanke von mir, meine Werbechefin.«

Sie kommt zu mir und drückt mich fest an sich. Sie hat recht, ich sollte nicht zweifeln, denn Angie schafft alles was sie sich vornimmt.

»Meine lieben Damen und Herren. Wir sollten uns mal auf den Weg in unsere Schlafgemächer machen«, teilt Nonno mit. »Morgen geht's weiter mit der Ernte und ein paar Stunden Schlaf sollten wir uns schon gönnen.«

Wir stimmen zu, wünschen einander Gute Nacht und schlendern gemütlich zu unseren Zimmern. Schnelles Gehen können wir uns nicht mehr erlauben, denn der Alkohol hat unsere Beine schwerer gemacht als sie sind. Aber das stört uns nicht, im Gegenteil, es ist ein schönes und warmes Gefühl.

Eingekuschelt in unsere immer frisch duftende Bettwäsche schlafen wir bald schon ein.

Mein letzter Gedanke: Oliven.

Auch am nächsten Morgen kommen die Helfer wieder gutgelaunt daher. Angie und ich freuen uns sehr auf diesen Tag. Es macht wirklich Spass und man erfährt so einiges über dieses niedliche Dorf und seine Bewohner.

»Schau mal, Angie«, staune ich, »dieser Olivenbaum ist wirklich sehr schief. Er muss schon uralt sein und ich weiss gar nicht, ob er die nächste Ernte noch miterleben wird.«

»Sicher wird er. Er ist halt ein bisschen knorrig, aber das werden alle Bäume mit der Zeit. Die können nämlich sehr alt werden.«

»Woher willst du das wissen?«

»Habe ich gestern Abend noch gegoogelt, aber du hast recht, dieser ist wirklich sehr schief.«

»Angie! Schief! Das ist es! Ich hab's!«, kreische ich fast hysterisch.

»Nur die Ruhe, sonst bricht auf dem Feld noch Panik aus. Was ist denn los?«

»Das Zimmer, das nächste Zimmer!«

»Was ist mit dem Zimmer? Du musst dich schon deutlicher ausdrücken, sonst kann ich dich beim besten Willen nicht verstehen.«

»Kapierst du nicht? Schief. Pisa. Schief. Pisa. Verstehst du?«

»Nein. Tut mir leid, aber das verstehe ich gerade nicht.«

»Wir haben doch mal vorgeschlagen, dass wir ein Pisa-Zimmer machen. Und jetzt ist mir gerade eingefallen, wie dieses aussehen könnte.«

»Mit einem schiefen Olivenbaum?«

»Meine Güte, wer steht dir denn heute auf der Leitung? Sicher kein Olivenbaum!«

»Was dann?«

»In diesem Zimmer soll doch alles ein bisschen schief sein«, beginne ich.

»Dann kannst du dich ja mitten ins Zimmer stellen«, lacht Angie. »Du bist ja auch ein bisschen schief.«

»Keine schlechte Idee, mich als Standfigur in dieses Zimmer zu stellen. Da könnte ich sicher noch etwas dazulernen.«

»Habe gar nicht gewusst, dass du eine Spannerin bist.«

»Das hat doch nichts mit Spannerin zu tun.«

Angie lacht laut: »Du hast recht, eher mit einer Spinnerin.«

»Ha ha ha!«, gröle ich. »Und übrigens weisst

du genau, dass man sich in Sachen Sex immer weiterbilden soll.«

»Stimmt, meine sexbesessene Freundin. Hat Max eigentlich noch Power?«

»Blablabla, habe gerade keine Zeit, mich um meine Selbstbefriedigung zu kümmern, muss schliesslich ein Hotel eröffnen.«

»Ich kann Nonno sonst für Batterien fragen. Er müsste aber wissen, für welches Gerät du sie benötigst. Er kann es sonst nicht bei den Steuern abziehen.«

»Lass nur und mach dir keine Sorgen um mein Sexualleben. Es sieht im Moment wohl genauso aus wie deines.«

Wir halten uns die Bäuche vor Lachen und die Helfer lachen mit. Was sie alles verstanden haben, weiss ich nicht, denn wir haben deutsch gesprochen. Ist den Italienern aber so etwas von egal. Hauptsache, sie können ihre weissen Beisserchen zeigen und lachen, was das Zeug hält.

Ich fahre fort mit meiner Idee: »Auf einer Seite des Zimmers kann man doch einen aus Marmor gefertigten Neptunbrunnen aufbauen, welcher als Badewanne benutzt werden kann. Direkt daneben werden wir Michelangelos Statue von David hinstellen.«

»Gehört diese Statue auf diesen Platz?«

»Aber sicher! In Pisa selber steht zwar nicht mehr das Original sondern eine Kopie und genau das machen wir hier auch.«

»Was du nicht sagst, möchtest du nicht lieber das Original? Nonno hätte da sicher noch ein paar Kontakte.«

»Wie, Kontakte?«, frage ich Angie.

»Zur Mafia.«

»Echt? Hat dein Grossvater wirklich einen Draht zur Mafia?«

»Nein, ich wollte nur die Angst in deinen Augen sehen, wenn ich dir diesen Scheiss erzähle.«

»Angie, ich glaube, die Ernte tut dir nicht gut.«

»Stimmt, Lea, aber hast du schon bemerkt, dass wir heute mehr reden als ernten?«

»Ach, das holen wir alles nach. Wir sind ja schon ziemlich schnell. Hör jetzt weiter zu. Den schiefen Turm werden wir vom Boden bis an die Decke mauern. Der Durchmesser muss ziemlich gross sein, denn ich möchte dort Dusche und WC unterbringen.«

»Im schiefen Turm?« fragt sie ungläubig. »Ist das nicht ein bisschen respektlos diesem Wahrzeichen gegenüber?«

»Hmm, jetzt wo du's sagst. Das habe ich mir gar nicht richtig überlegt. Na, dann platzieren wir halt nur die Dusche im Innern des Turms und WC gibt's keines. Kostet dafür auch weniger.«

»Genau das machen wir«, lacht Angie. »Ist ja mal was ganz anderes. Und schliesslich können die Gäste ja auch zwischen den Olivenbäumen ihr Geschäft erledigen. Feeling of Nature nennt man das.«

»Nein, Angie, wir montieren ein Plumpsklo direkt hinter dem Turm. Stell dir vor, wie FRAU bei Harndrang in toller Unterwäsche auf dem Plumpsklo sitzt oder besser kniet und aufpassen muss, dass ihr nicht das mit vielen Federn und Perlen verzierte Dessous in die Quere kommt. Stress pur und das alles vor dem Sex!«

Wir einigen uns nach ein paar Minuten Dauerlachen, dass wir doch eine normale Toilette montieren werden.

Italien inspiriert mich, so kreativ bin ich sonst nicht. Aber die Sonne, der Wein und die vielen lieben Menschen machen mich ein wenig anders, als ich eigentlich bin. Gefällt mir sehr, denn ich sehe langsam ein, dass dieses Attentat meines Ex doch gar nicht so schlimm war. Eigentlich muss ich ja nur genügend Wein zu mir nehmen, ein wenig in die dunklen Augen der Italiener schauen, ihnen ab und zu durch die Haare wuscheln und schon ist das Leben lebenswerter als je zuvor.

»Lea, du redest!«

»Sorry, hatte da gerade eine Vision.«

»Ja, das haben wir gehört, meine liebe Freundin, aber ich bin mir nicht sicher, ob du es wirklich dem ganzen Dorf erzählen möchtest.«

Lachend ernte ich fleissig Oliven. Muss ja noch etwas nachholen. Aber das Zimmer wird grandios. Genau wie dieses Olivenöl mit den von mir persönlich gepflückten Oliven.

Am Abend wird wieder gefeiert. Nonno teilt uns erneut mit, wie viele Kilogramm Oliven wir heute gesammelt haben. Heute waren wir besser. Sensationell!

»Wenn wir so weitermachen, sind wir in fünf Tagen fertig«, teilt Nonno uns mit.

Fünf Tage, denke ich. Jetzt weiss ich, wieso dieses Öl so teuer ist. Gibt ja echt viel zu tun. Zum Glück hat man für die Weiterverarbeitung Maschinen. Früher musste man ja wirklich alles von Hand machen. Unglaublich, diese Arbeit! Aber das Ergebnis kann man sich dann wirklich schmecken lassen. In Marios Küche kommt eh nur das eigene Olivenöl in die Pfanne und seine Menus sind ja wirklich traumhaft lecker.

Die Tage vergehen und Angie und ich werden immer schneller. Toll, wenn man feststellt, dass man auch mit vierzig noch lernfähig ist. In allen Gebieten, übrigens. Immer schön dranbleiben und immer schön flexibel sein. Das ist wichtig.

Ab und zu lassen wir die Ernte aus, damit wir uns um das Hotelprojekt kümmern können. Alles wird protokolliert, Fotos werden gemacht und Masse aufgenommen. Das Ausmessen überlassen wir aber Mario und Nonno. Ich hab's ja eh nicht mit Zahlen und Angie will sich da auch nicht einmischen.

Am letzten Abend der Ernte findet ein riesiges Fest statt. Die Italiener verstehen es, Feste zu feiern. Unglaublich, was da abgeht! Ich vergesse sogar meine aktuelle Lage und feiere mit, als wäre in meinem Leben alles in bester Ordnung. Ist es wahrscheinlich auch, aber mein Charakter verbietet es mir, mich allzu schnell vom Schmerz und Selbstmitleid zu verabschieden. Ich will es jeweils so richtig auskosten. Völlig bescheuert, ich weiss. Mir sollte mal jemand in den Arsch treten, damit ich begreife, dass solche Ereignisse zum Leben dazugehören, man sich aber wieder aufrichten und weitergehen muss.

Alessandro ist mit Angie auf der Tanzfläche. Er wirbelt sie herum und ihre langen Haare wehen durch die Luft. Sie ist eine wirklich wunderschöne und tolle Frau. Und tanzen kann sie, wo hat sie das nur gelernt? Oder ist Alessandro der Obertänzer und führt sie so gut, dass es aussieht, als hätten die beiden nie etwas anderes gemacht als zusammen zu tanzen? Egal, ich schaue ihnen gerne zu und sehe in Alessandros Augen tausend Herzen.

Achtung, ein Italiener naht. Er fordert mich zum Tanz auf. Er ist sich in diesem Moment nicht bewusst, dass er in ein paar Minuten vom Notarzt gerettet werden muss, weil ich ihm seine Füsse zertrampelt habe. Der arme Mann. Aber ich kann ihm unmöglich beichten, dass er gerade den grössten Tanztrottel der Erde auffordert, mit ihm auf die Tanzfläche zu steigen, denn er hat so wundervolle dunkle Augen und so tolle schwarze Kraushaare. Er führt mich auf die Tanzfläche und ich verliere jegliches Zeitgefühl und tanze mit ihm bis in die frühen Morgenstunden.

Der Notarzt musste übrigens nicht informiert werden.

166

Nach dem Fest sitzen Angie und ich alleine im Garten. Nonno und Mario haben sich bereits hingelegt, aber wir beide sind noch zu aufgewühlt von den vielen Eindrücken, welche an diesem Fest auf uns niedergeprasselt sind.

»War das nicht ein toller Tag und ein echt schönes Fest?«, frage ich Angie.

»Das war es wirklich. So ein Fest hatte ich schon lange nicht mehr. Die letzten Tage waren so interessant und aufregend und ich kann die Stunden nicht zusammenzählen, welche wir mit Lachen verbracht haben.«

Ich stimme ihr zu: »Ja, ich habe in den letzten Wochen wahrscheinlich mehr gelacht als während der ganzen Zeit, in der ich mit Mucki zusammen war. Unglaublich, wie diese Lebensfreude ansteckend ist. Schade, dass wir schon bald nach Hause gehen müssen.«

»Lea, wir gehen nicht nach Hause. Das hier ist nun unser Zuhause. Wir müssen bloss ein paar Dinge erledigen und dann...«

»Dann wird sich unser Leben dramatisch verändern«, beende ich ihren Satz.

»Dramatisch ist nicht das richtige Wort, aber mir fällt gerade auch kein besseres ein.«

Sie nimmt meine Hand und hält sie fest. Wir sitzen einen Moment nur da und betrachten den Himmel, an welchem Millionen von Sternen glitzern, als wären sie Diamanten, welche in dieser Nacht ausgewählt werden, um das Diadem einer Königin zu schmücken.

»Alles wird gut«, versichert mir Angie leise, »ich verspreche es dir.«

Nach Hause

Vorbei ist unser Urlaub und wir haben jede Minute ausgenutzt, um unser Projekt auf die Beine zu stellen.

Das gute Essen und den guten Wein haben wir sehr genossen und wir sind bereits ein tolles Team geworden! Jeden Tag haben wir geplant, geträumt und alle Ideen wurden notiert und diskutiert.

Irgendwie habe ich das Gefühl, dass ich mich in den letzten Wochen verändert habe. Ich weiss nicht wieso, aber tief in mir spüre ich etwas, was ich nicht erklären und auch nicht beschreiben kann. Aber es ist da und ich möchte, dass es nie mehr verschwindet!

»Hast du auch wirklich alles eingepackt?«, fragt Angie.

»Habe ich.«

»Bist du sicher?«

»Ja, ich bin sicher.«

Heute geht es nach Hause. Mir ist ein wenig mulmig zumute. Ich werde heute nach Hause fahren, um dort meine Zelte abzubrechen. Das ist ein komisches Gefühl und ich hätte nie gedacht, dass ich einmal so eine Entscheidung fällen würde. Aber diese Chance kann ich mir einfach nicht entgehen lassen.

Das Frühstück ist wie immer hervorragend und ich schlemme mich ein letztes Mal durch das ganze Buffet. Alessandro ist heute auch zum

Brunch gekommen, um sich anschliessend von uns zu verabschieden. Ich denke, er wäre jetzt sehr gerne alleine mit Angie. Sie ist zwar nett zu ihm, lässt ihn aber nicht an sich heran. Und genau das möchte doch dieser tolle Mann. Ich wäre ja sofort zu haben, aber eben, ich bin Lea und nicht Angie.

»Angie«, befiehlt Nonno, du musst mir versprechen, dass ihr beiden gut auf euch aufpasst und euch meldet, sobald ihr angekommen seid!«

»Mach dir keine Sorgen, Nonno, wir passen gut auf uns auf und sind anfangs April wieder bei dir!«

»Keinen Stress, Angie, das Hotel wird nicht davonlaufen. Und wir auch nicht.«

Nonno wendet sich an mich und fragt: »Und du Lea, bist du immer noch sicher, dass du zu uns nach Italien kommen willst?«

Ich muss zuerst das leckere Brot hinunterschlucken, bevor ich antworten kann: »Sicher, Nonno, ich kann doch gar nicht mehr ohne euch und das leckerste Frühstück auf Erden sein!«

»Danke!«, strahlt Mario, wie wenn er eben einen Oscar erhalten hätte.

Ich würde ihm sofort einen verleihen. Für den besten Engel-Koch des Jahrhunderts. Er kocht wirklich ausgezeichnet und wenn ich mir vorstelle, dass ich das bald schon täglich geniessen kann, wird mir ganz schummrig.

Noch einmal lassen wir die Gläser klirren und trinken süssesten Moscato. Ich vermisse die beiden Herren jetzt schon. Sie sind mir so etwas von ans Herz gewachsen und ich bin dankbar, dass ich die beiden auf meinem Lebensweg mitnehmen darf! Das ist wirklich ein tolles Gefühl und gibt mir eine Sicherheit, welche ich nicht mehr missen möchte.

Angie und ich spazieren nach dem Frühstück noch einmal hinter das Hotel. Ich muss mir diese Landschaft noch einmal anschauen. Die Olivenbäume sehen trotz der ihnen entwendeten Oliven immer noch wunderschön aus und diese Weite ist einfach himmlisch! Ich kann mich von diesem Bild kaum trennen und freue mich so sehr, dass ich schon bald hier wohnen darf!

»Angie, dies ist der wunderschönste Ort auf der ganzen Welt!«

Sie nickt, nimmt mich in ihre Arme und sagt nur: »Danke, Lea!«

Zum Abschied werden wieder lebensgefährliche und sauerstoffabstellende Umarmungen getätigt. Ich muss mich im Internet mal schlau machen, wie man sich bei diesen temperamentvollen Liebkosungen genau verhalten soll.

»Tschüss ihr Lieben, und fahrt vorsichtig!«, rufen uns die drei Männer nach und winken so stark, dass sie morgen sicher eine Muskelzerrung in den Armen spüren werden.

Ein paar Minuten sitzen wir beide still und in Gedanken versunken im Auto. Was wohl Angie alles durch den Kopf geht? Ob sie ihre Entscheidung bereut? Ich glaube nicht, denn wenn Angie sich für etwas entscheidet, ist es auch so und wird zu hundert Prozent durchgezogen.

»Lea«, fragt Angie, »bist du immer noch sicher, dass du die richtige Entscheidung getroffen hast?«

»Eigentlich schon, aber es wird wohl noch eine Weile dauern, bis das mulmige Gefühl im Bauch verschwindet. Und wie ist es bei dir?«

»Auch ich habe Angst vor diesem Schritt. Aber ich habe einfach gemerkt, dass ich an diesen Ort gehöre. Ich hatte in den letzten Wochen das Gefühl einer unbeschreiblichen Geborgenheit. Es hat sich irgendwie so richtig angefühlt. Meinst du, ich spinne?«

»Das, liebe Angie, tust du garantiert! Aber das ist nichts worüber wir uns Sorgen machen müssen.«

Wir lachen.

»Nein, mal ehrlich, Angie. Bei mir war es ähnlich. Ich habe ebenfalls so ein Gefühl gehabt, welches ich schon lange nicht mehr hatte. Aber ganz beschreiben kann ich es auch nicht. Aber genau wegen diesem Gefühl habe ich dann meine Entscheidung getroffen. Meine Eltern werden wohl ihre Zeigefinger an die Schläfen halten und mich für verrückt erklären.«

Angie lacht: »Ja, genau so stelle ich mir die Reaktion deiner Eltern vor. Wir können uns aber auch täuschen.«

»War echt toll«, sage ich nach einer Weile. »Danke, dass du mich mitgenommen hast, Angie.«

»Ich hätte dich nie zu Hause gelassen und ich habe gewusst, dass es dir Spass machen wird. Dass sich unser Leben aber in so kurzer Zeit so drastisch verändern wird, hätte ich nie gedacht. Ich habe wirklich geglaubt, dass Nonno nur Hilfe beim Marketing braucht.«

»Er ist ein toller Mensch.«

»Das ist er.«

In aller Ruhe und mit vielen Ideen, welche wir während der Fahrt besprechen und ich in meinem Handy notiere, fahren wir nach Hause. Das Zuhause, welches wir bald schon gegen ein neues eintauschen werden. Ich wünsche uns dazu viel Glück.

Lange nach Mitternacht lädt mich Angie bei mir zu Hause ab. Wir drücken uns ganz fest und freuen uns, dass wir in ein paar Minuten ins Bett fallen können. Die Fahrt hat uns müde gemacht. Vielleicht waren es aber auch die letzten vier Wochen. Wenig Schlaf, guter Wein und eine riesige Entscheidung.

Ich ziehe mich aus, putze mir die Zähne und falle in einen tiefen Schlaf.

Mit dem Gedanken an Mucki wache ich auf. Toll. Fängt dieser Scheiss schon wieder von vorne an?

Es ist bereits elf Uhr und ich bin immer noch hundemüde. Da ich aber heute so einiges erledigen muss, stehe ich auf und schleppe mich zur Kaffeemaschine. Auch wenn ich meinen Blick noch tausend Mal in der Küche hin und her schweifen lasse, ich sehe nirgends einen mit Herzblut gedeckten Frühstückstisch mit hundert verschiedenen Brötchen. Auch mein Kühlschrank gibt gerade nichts her, was ich essen möchte.

Zum Glück habe ich meinen Kaffee, der hilft mir über vieles hinweg.

Leider weiss ich gar nicht, wo ich anfangen soll. Aus der Handtasche fische ich meine To-do-Liste. Meine Fresse, ist die lang! Da will sich meine Motivation gerade von mir verabschieden. Ich schmeisse die Liste auf den Tisch und gehe duschen. Nein, das steht nicht auf meiner Liste, aber ich mach's trotzdem.

Ich habe es gewusst. Nach einer heissen Dusche sieht die Welt schon viel besser aus. Ein weiterer Kaffee fliesst langsam in meine Kaffeetasse und duftet herrlich. Ich liebe Kaffee.

Die Post ist schnell erledigt. Die Werbung landet direkt im Altpapier und die Rechnungen lege ich vor meinen PC zum späteren Bezahlen. Sonst habe ich keine Post. Es erstaunt mich sehr, dass Mucki mir keine Postkarte mit folgenden Worten geschickt hat: Mein wichtigster Mensch im Leben. Wir schicken dir herzliche Grüsse aus unserem Traumurlaub. Ich bereue meine Entscheidung keine einzige Sekunde. Wenn es sein muss, können wir uns ja noch mal aussprechen. Liebe Grüsse Mucki und meine grosse Liebe.

Genau. So etwas hätte ich ihm zugetraut. Meine Gefühle fahren Achterbahn. Von wütend über sprachlos bis hin zu einer tiefen Traurigkeit. Alles vorhanden, und das innert einer Minute. Ich muss diesem Gedankenstress unbedingt ein Ende setzen. Denn eigentlich habe ich gar keine Zeit. Es gibt so viele Dinge zu erledigen und NEIN, Mucki kriegt keine Adressänderungs-Karte.

Rrrrriiiiiiinnnnnggggg!

»Nur hereinspaziert!«, rufe ich.

Ich hätte mir diesen Satz sparen können, denn zwei Sekunden später steht Angie schon in meiner Küche, da ich wahrscheinlich vergessen hatte, die Türe abzuschliessen.

Sie drückt mich, lacht von ganzem Herzen und ihre Augen strahlen vor lauter Glück. Es ist unglaublich, aber sie bringt in diesem Moment die Sonne in meine Küche. Die Sonne und alles Glück dieser Erde.

»Gut geschlafen?« fragt sie mich.

»Das habe ich. Und du? Warst du überhaupt im Bett oder reichte deine Energie aus, um auch in der Nacht noch Pläne schmieden zu können?«

»Meinen Notizblock habe ich eh immer bei mir und ich gestehe, es sind mir gestern schon noch die einen oder anderen Gedanken durch den Kopf geflitzt.«

»Nimmst du einen Kaffee?«

»Sehr gerne, aber bleib sitzen, das schaffe ich auch ohne Hilfe.«

Angie ist ein Goldschatz. Ist schon toll, wenn man auf seiner Reise durchs Leben Menschen trifft, welche einem so stark ans Herz wachsen, dass man sie nie mehr missen möchte.

»Das musst du alles erledigen«, sagt sie und legt mir eine lange Liste vor die Nase. »Dann können wir ab nach Italien.«

Die Liste verursacht mir einen Würgereflex. Meine Güte, gibt ein Umzug viel zu tun! Ich glaube, ich muss meine Entscheidung in genau dieser Sekunde rückgängig machen.

»Lea, keine Panik, es sieht zwar nach viel Arbeit aus, aber das schaffen wir locker!«

Ich schlucke dreimal leer und bringe sogar ein Lächeln auf meine Lippen.

»Ja, das schaffen wir sicher. Am meisten Sorgen macht mir die Kündigung. Du kennst doch meine Chefin. Sie ist die emotionsloseste Person, die ich kenne. Wenn ich ihr mitteile, dass ich in bereits fünf Monaten nicht mehr mit von der Partie bin, wird sie keine Freude haben. Sie wird mich mit ihrer Arroganz wie Luft behandeln und mir das Leben zur Hölle machen. Das kann sie sehr gut, da sie ja von dort unten auf die Erde katapultiert wurde. Wieso man die aus der Hölle entlassen hat, weiss niemand. Ich glaube, die war sogar dem Teufel zuviel.«

»Hey, das ist doch egal!«, lacht Angie, »du darfst es einfach nicht persönlich nehmen. Ich weiss, dass du Meister darin bist, Menschen glauben zu lassen, dass du sie achtest und respektierst, obwohl das pure Gegenteil der Fall ist. In Gedanken sagst du Arschloch, aber dies mit einem so überzeugenden Lächeln im Gesicht, dass die gegenüber stehende Person denkt, sie wäre dein bester Freund. Du solltest Schauspielerin werden, denn du hast wirklich Talent.«

»Stimmt, das habe ich drauf«, gebe ich zu.

Um noch einmal auf meine Chefin zurückzukommen. Sie ist wirklich etwas ganz Besonderes. Und das meine ich jetzt NICHT positiv. Wenn ich sie mit vier Buchstaben beschreiben müsste, wäre das ganz einfach: Hexe.

»Ich kann es heute noch nicht verstehen, dass sie nach dem Tod ihres Onkels die Pension übernommen hat. Ich habe so gerne mit ihrem Onkel gearbeitet und habe ihm versprochen, dass ich alles Mögliche tun werde, damit die Pension so weitergeführt wird, wie er es gewünscht hat. Leider hat er die Rechnung ohne die Hexe gemacht. Es ist zum Heulen. Sie wird alles ruinieren. Zum Glück muss ich das nicht mehr miterleben.«

»Ist wirklich tragisch«, seufzt Angie, »es gibt so viele Menschen, die am falschen Platz ihre Arbeit machen. Dabei soll Arbeit doch Spass machen.«

»Du sagst es. Leider kennt Hexilein dieses Wort nicht, ausser sie kann jemanden beleidigen, anlügen, kritisieren oder runtermachen. Da blüht sie richtig auf und man sieht es in ihren Augen, dass sie genau in solchen Momenten Spass hat. Die ist doch nicht normal. Aus diesem Grund sind alle meine Arbeitskollegen schon verduftet. Nur Lisa und ich haben noch ausgeharrt, aber ich denke, dass Lisa ebenfalls das Weite suchen wird. Ach ja, die Putzfrau ist auch noch dabei, aber sie hasst die Chefin ebenfalls und würde ihr am liebsten die Mafia auf den Hals hetzen.

»Es heisst nicht Putzfrau«, tadelt mich Angie.

»Stimmt, es heisst natürlich Reinigungsfachfrau. Würde dieses Wort ja gerne benutzen, aber es ist einfach zu lang. Ich hab's, wir nennen sie RFF. Oder ist das eine Abkürzung, die nicht benutzt werden darf? Aus Kriegszeiten vielleicht? Ich muss das googeln.«

»Du bist unglaublich.«

»Ich weiss. Warte, ich hole schnell mein IPad, dann wissen wir es sofort.«

»Also, liebe Angie. Die Abkürzung ist ein Rat für Formgebung, Recherche Film und Fernsehen, eine staatliche Behörde in Frankreich und Eigentümer der Eisenbahninfrastruktur. Kapiere ich zwar nicht, aber Google ist fantastisch, da findest du alles.«

»Da haben wir beide ja wieder einmal etwas gelernt. Ob mir das in meinem Leben jemals hilfreich sein wird, sei dahingestellt.«

»Ist doch egal«, lache ich, »Hauptsache, ich kann diese Abkürzung benutzen ohne Angst zu haben, dass mir irgendwo irgendjemand eine Pistole an die Schläfe hält.«

Apropos Benennung der verschiedenen Berufe. Da hat sich in den letzten Jahren ja enorm viel getan. Mich erstaunt, dass man immer noch Mama und Papa rufen darf. Da sitzt bestimmt schon ein unglaublich beschäftigter Angestellter der Firma »Namensänderungen und Stuss AG« in einem kleinen und stickigen Büro (wie sonst sollten all diese neuen Namen entstehen, wenn da nicht ein Sauerstoffzufuhr-Problem vorhanden wäre) und ist damit beschäftigt, sogar Mama und Papa umzutaufen. So quasi in Schnellschussfachmann und Austragungsfachfrau oder so.

Nun aber weiter.

»Also, diese RFF«, fahre ich fort, »die kennt Schimpfwörter, welche ich noch gar nie gehört habe. Manchmal habe ich wirklich Angst, dass sie die Chefin demnächst mit dem Faxgerät erschlägt, sie unter einen Zug schmeisst oder ihr das Bein stellt, damit sie eine lange Treppe hinunterfällt. Auch sie wird sicher bald kündigen und dann kann Hexi neue Mitarbeiter suchen oder zurück in die Hölle gehen. Den Umzug nach unten, in die Hitze des Teufels, würde ich befürworten.«

Wir lachen und ich stelle mir gerade vor, wie Hexi mit Marinade bestrichen auf den Grillrost gesetzt wird. Die würde einen heissen Hintern bekommen, aber sicher auch nach zwanzig Stunden Grillzeit zäh wie Leder sein.

»Für Morgen habe ich bereits eine Teamsitzung organisiert«, unterbricht Angie meine Gedanken, »dann werde ich meinen Leuten erzählen, was in Zukunft auf sie wartet. Ich freue mich bereits auf das Gesicht von Mia. Sie wird ihr Glück kaum fassen können, dass sie in ein paar Monaten die Agentur unter ihre Fittiche nehmen kann, darf oder muss.«

»Sie wird ausflippen vor Freude, aber froh sein, dass du immer noch Chefin des Hauses bist. Eine Chefin, die auch aus dem heissen Süden Entscheidungen treffen kann. Sie wird es lieben.«

»Ja, das wird sie sicher. Und weisst du, ich vertraue ihr diese Arbeit an, weil ich weiss, dass sie das mit einer sehr grossen Portion Liebe machen wird. Man wird ja nicht alle Tage Filialleiterin.«

»Filialleiterin?«

»Richtig gehört! Den Hauptsitz verlege ich nach Italien, habe ich doch schon mal erwähnt, oder? Wie sonst wollen wir unser Hotel den Menschen auf der ganzen Welt ans Herz legen?«

»Du bist unglaublich. Du willst nebst der Leitung des Hotels auch noch die Werbeagentur leiten?«

»Eigentlich wirst du das Hotel leiten, meine Liebe.«

»Bitte?«

»Ich weiss, dass dies schon immer dein Wunsch war und deshalb übergebe ich dir hiermit feierlich die Leitung des Hotels. Lea, ich weiss, dass dies genau das Richtige für dich ist.«

Jetzt bin ich platt. Es war nie die Rede davon, dass ich eine leitende Position einnehmen soll. Angie überfordert mich gerade sehr.

»Kannst du mich schnell kneifen?«, frage ich sie. »Aua, nicht so doll!«

»Freust du dich denn gar nicht?«, schmollt Angie.

»Spinnst du? Ich finde nur gerade keine Worte, welche in diese Situation passen. Doch, ich habe Worte, denn ich drehe gerade durch und weiss gar nicht, ob ich das überhaupt kann. Du hast mich doch nur gefragt, ob ich dir helfen würde!«

»Tust du ja auch, Lea. Du hilfst mir, indem du das Hotel leitest. Natürlich werde ich dir auch helfen, ist doch klar. Aber du hast dieses Hotelzeugs viel besser im Griff als ich. Und es würde mich so sehr freuen. Du musst dich nicht jetzt entscheiden aber falls sich deine Hexen-Chefin morgen querstellt, dann kündigst du einfach fristlos.«

»Ha ha ha, und dann? Ich kann mich nicht so lange über Wasser halten, da fehlt mir das nötige Kleingeld.«

»Nein, das fehlt dir nicht, denn du kannst ab sofort bei mir arbeiten. Schliesslich müssen wir sehr viel organisieren, damit das Hotel schon bald Eröffnung feiern kann. Deine Hilfe kann ich sehr gut brauchen.«

»Echt jetzt?«

»Echt jetzt!«

Angie überrascht mich immer wieder. Woher kommt all das Glück auf einmal? Hoffentlich kann ich damit umgehen. Mein Traum, ein Hotel zu leiten, wird in Erfüllung gehen? Ich muss nicht mehr bei Hexi arbeiten und könnte am Montag sogar fristlos kündigen? Ich werde in ein Land ziehen, das mich schon immer im Herzen berührt hat und in welchem schwarzhaarige Männer wie Sand am Meer herumlaufen? So viel Glück? Ich kann es nicht glauben!

Schade, dass ich es Mucki nicht erzählen kann. So gerne würde ich ihm all die News aus meinem Leben erzählen. Leider geht das nicht und das macht mich trotz des vielen Glücks ein wenig traurig. Aber ich schaffe das schon!

Nun ist er da – der Montag. Ich mag diesen Tag seit Ewigkeiten nicht. Aber heute ist es noch schlimmer. Mein Magen schmerzt und am liebsten würde ich diesen Montag überspringen und direkt in den Dienstag hüpfen. Wobei, dann wäre ja der Dienstag der Arsch der Woche, und das wäre auch nicht fair.

Ach was, ich nehme jetzt einfach meinen Kopf hoch, strecke meine Brust raus, 75 B, und schreite direkt auf diesen Montag zu.

Im Büro werde ich von Lisa ganz herzlich willkommen geheissen. Sie ist froh, dass ich endlich wieder da bin. Auf meinem Bürotisch steht ein wundervoller Blumenstrauss mit einer Karte. Ich umarme Lisa und bedanke mich für dieses farbenprächtige Willkommensgeschenk.

»Hey, du weisst ja gar nicht, von wem die Blumen sind!«, lacht sie.

»Natürlich weiss ich es. Nur du weisst, welche Blumen ich mag!«

»Schön dass du wieder da bist«, flüstert sie.

Wieso sie flüstert?

Weil sich in diesem Moment meine Chefin hinter meinem Rücken mit einem Räuspern bemerkbar macht.

Ich drehe mich. Die Hexe steht im Türrahmen und grüsst mich emotionslos. Während meiner Abwesenheit muss der Teufel persönlich zu Besuch gewesen sein, denn in ihren Augen brennt ein Feuer, ein Fegefeuer. Super, und nun winkt sie mich zu ihr. Keine Panik, spreche ich zu mir selber, du schaffst das.

Sie bittet mich, Platz zu nehmen. Die Attacke lässt nicht lange auf sich warten.

»Ich habe hier eine Liste zusammengestellt mit Dingen, welche in der Pension sofort geändert werden müssen. Während Ihrer Abwesenheit ging so einiges schief, was nicht hätte schieflaufen dürfen. Diese Fehler gehen ganz klar auf Ihr Konto.«

Guten Tag, Sie Hexe, hätte ich am liebsten geantwortet, konnte es mir aber verkneifen.

»Guten Tag, Frau Allgau. Danke der Nachfrage, mein Urlaub war erholsam.«

Ihr Blick zeigt mir, dass ihr Zeigefinger bereits am Abzug der Pistole Platz gefunden hat. Gleich wird sie mich mit zwanzig Kugeln gnadenlos abknallen (oder so viele wie in so einem Pistolen-Ding Platz haben). Da habe ich einen tollen Tag erwischt, um meine Kündigung zu vollziehen, sie ist voll scheisse drauf.

Ich setze mich ganz aufrecht hin, nehme allen Mut zusammen und rede weiter:

»Frau Allgau, Sie müssen mir dieses Dokument nicht zeigen.«

»Wieso nicht?«

Ihr Gesicht zeigt immer noch keine Emotionen. Sie ist während meiner Abwesenheit wahrscheinlich in einen Botox-Eimer gefallen. Die muss voll die Spritzen gespritzt bekommen haben. In jedem Gesicht sieht man doch kleine Zeichen, welche auf eine Emotion hinweisen, ob nun wütend, traurig oder glücklich. Frau Allgau beweist mir aber gerade das Gegenteil.

»Ich kündige.«

»Wie meinen Sie das?«, fragt sie mit dünner, aber gleichbleibender Stimme.

»Genau so, wie ich es gerade ausgesprochen habe. Ich kündige.«

Eigentlich wollte ich es Frau Allgau ja ganz nett und behutsam mitteilen. Aber sie lässt mir gerade keine Wahl. Lisa hat mir im Urlaub fast täglich eine Mail geschickt. All das, was ich vorbereitet hatte, hätte nämlich bestens geklappt. Leider wurden aber meine Vorbereitungen von Frau Allgau geändert und sie hat es sich zum grossen Vergnügen gemacht, alles auf den Kopf zu stellen. Lisa war am Verzweifeln.

»Können Sie mir den Grund für diese spontane Entscheidung nennen?«

Wow, sie hat die beiden Wörter spontane Entscheidung gewählt. Das ist also bereits meine zweite spontane Entscheidung. Ich schaffe es doch noch, entscheidungsfreudig zu werden.

»Sie möchten den Grund wissen?«

»Ja.«

»Es ist ganz einfach. Der Grund sind Sie. Und falls Sie noch genauere Details wünschen, bin ich gerne bereit, Ihnen diese auf einer Liste zusammenzustellen.«

»Sie lehnen sich da aber ganz doll aus dem Fenster, meine Liebe. Sie können hier nicht einfach hereinspazieren und kündigen. Sie haben drei Monate Kündigungsfrist und bitte, wenn Sie dann gehen wollen, mir soll es recht sein. Aber in diesen drei Monaten werden Sie all die Fehler wieder ausbügeln, welche Sie verursacht haben.«

»Wissen Sie was? Ich kündige fristlos«, teile ich ihr klar und deutlich mit.

Bin ich nun völlig irre? Jetzt habe ich es tatsächlich getan? Angie hat zwar vorgeschlagen, dass ich das machen soll, aber jetzt fühle ich mich doch ein bisschen unwohl. Doch diese Frau treibt mich in den Wahnsinn. Wenn ich den Weg wüsste, würde ich sie eigenhändig runter in die Hölle tragen. Auch wenn ich mir dabei wahrscheinlich alle Knochen brechen würde.

Und nun gebe ich noch einen drauf und schreibe ihr doch keine Liste, denn ich muss ihr direkt mitteilen, was genau Sache ist.

»Ich habe es satt, mich immer kritisieren und mir Fehler unterjubeln zu lassen, welche nicht auf meinem Mist gewachsen sind. Es war alles perfekt vorbereitet und wenn Sie sich nicht eingemischt hätten, wären gar keine Fehler passiert. Wann haben Sie eigentlich einem Mitarbeiter mal Ihren Dank ausgesprochen oder ein Lob mit auf den Weg gegeben? Nie. Und wenn Sie es genau wissen wollen: Sie haben nicht die geringste Ahnung, wie man Mitarbeiter führt. Sie haben weder die Fähigkeit noch das Wissen dazu.«

Jetzt hat sich etwas bewegt. Etwas in ihrem Gesicht. Nein, doch nicht, es war nur eine Haarsträhne, welche sich von ihrer Frisur löste und ihr ins Gesicht fiel. Man nennt ihre Frisur übrigens Beton-Bloc (hat nichts mit einem Blogg zu tun obwohl man mit einem Blogg über Frau Allgau so richtig Kohle machen könnte). Ein Hurrikan könnte über uns alle hinwegfegen, ihre Frisur würde sich nur en bloc verschieben. Die muss einen Kontakt zu einem Haarspray-Hersteller haben. Eine Dose pro Tag reicht ganz bestimmt nicht aus.

»Ich muss mir das nicht länger anhören und bitte Sie, Ihren Arbeitsplatz sofort zu räumen. Den Lohn für den letzten Monat werde ich Ihnen noch überweisen. Wir sind fertig miteinander. So etwas ist mir noch nie passiert!«

»Dann wurde es ja höchste Zeit!«

Ich stehe auf, drehe mich bei der Türe aber nochmals um.

»Eigentlich hätte ich heute einen Besen mitnehmen sollen.«

»Wieso?« fragt Sie immer noch ohne Emotionen.

»Als Abschiedsgeschenk. Denn sie müssen sehr gut auf Besen fliegen können, so eine Hexe, wie sie sind!«

Ohne auf eine Reaktion zu warten, öffne ich die Türe und schliesse sie ganz leise.

Draussen steht Lisa und lächelt mich an.

»Gut gemacht, Lea, ich habe alles gehört. Diese Schachtel, geschieht ihr recht! Leider kann ich mir eine fristlose Kündigung nicht leisten, aber Ende Monat werde auch ich ihr einen netten Brief vor die Nase legen.«

»Lisa!« juble ich, »du hast eine neue Stelle?«

»Was denkst du denn, was ich die letzten vier Wochen gemacht habe?«, strahlt sie.

Dann wird ihr Blick etwas ernster: »Schade, dass wir beide nicht mehr zusammen arbeiten können. Wir haben so viel erlebt und vor dem Einzug der Hexe hätte ich nie gedacht, dass wir mal nicht mehr zusammen arbeiten werden. Wir haben etwas so tolles aufgebaut und sie hat alles zunichte gemacht!«

Sie drückt mich fest an sich und uns kullern Tränen aus den Augen. Weiber! Immer dieses sensible Getue, aber das ist ja nichts Neues.

Erst jetzt merke ich, dass Lisa von meinen Plänen noch gar nichts weiss.

»Lisa, gehen wir heute Abend essen?«

»Sehr gerne, muss doch wissen, was du vorhast! Bei einer fristlosen Kündigung muss man doch bereits etwas in der Hand haben, oder?«

»Genau, ich erzähle dir später alles, aber jetzt muss ich mich noch um meine Pendenzen kümmern. Ich werde dieser Hexe alle Dossiers abgeben und überall wird ein Beiblatt mit den zu erledigenden Dingen sein. Und dann werde ich mit einem guten Gewissen einen weiteren Lebensabschnitt hinter mir lassen und als erledigt abhaken. Kann ja nur besser kommen!«

»Stimmt, und jetzt ran an die Arbeit!«

Am Abend treffen wir uns in meinem Lieblingslokal. Ich liebe es wirklich, habe es aber mit Mucki nicht häufig besuchen können. Na ja, Spareribs mit Country Fries ist nicht gerade eine Mahlzeit, mit dem man sein Gewicht unter Kontrolle halten kann. Aber es ist soooo lecker.

»Lisa«, frage ich, als wir ein eiskaltes Corona bestellt haben, »macht es was aus, dass Angie auch noch kommt?«

»Spinnst du? Sicher macht es nichts aus.«

Wir haben gerade den ersten Schluck Bier getrunken, als Angie eintrifft.

»Da bin ich, sorry für die Verspätung. Jetzt habe ich dringend ein Bier nötig! Habt ihr schon bestellt? Ich bin am Verhungern!«

Schnell wird noch ein zusätzliches Bier und dreimal Spareribs mit Honigsenfsauce bestellt. Dazu natürlich noch drei grosse Portionen Country Fries.

Caesar Salat? Sicher nicht. Essen wir beim nächsten Mal. Das ist uns heute zu gesund!

»Also, ihr beiden, was habt ihr vor?«, fragt Lisa.

Angie und ich schauen uns an und dann erzählt meine neue Chefin mit sehr grosser Begeisterung von ihrem, respektive unserem, Plan.

Auch ich höre aufmerksam zu, wie wenn ich von dem Vorhaben nichts wüsste. Aber wenn Angie einen Plan hat, dann erzählt sie diesen mit einer grossen Leidenschaft und ich wünsche mir gerade, dass ihre Augen nie aufhören zu glänzen, wenn sie von ihrem Projekt spricht.

Lisa klatscht in die Hände und schreit: »Das ist ja unglaublich! Das wird eine Sensation!«

Gefühlte 100 Augen schauen gerade zu unserem Tisch. Das stört Lisa keinen Dreck. Sie steht auf, umarmt zuerst Angie und dann mich.

»Ich muss unbedingt bei der Eröffnung mit dabei sein!«

»Psssst, nicht so laut«, flüstere ich.

»Ach, das ist doch nicht schlimm!«, fährt sie in der gleichen Lautstärke fort, »wir könnten doch jetzt schon Flyer verteilen, die Gäste hier würden diese Idee sicher unglaublich toll finden.«

»Setz dich jetzt wieder hin, du Wildfang!«, befehle ich ihr und zerre an ihrer Bluse, bis sie wieder Platz genommen hat.

»Es ist so unglaublich spannend. Am liebsten würde ich auch dabei sein, das wird der Hammer!«

Obwohl ich noch Zweifel habe, sehe ich das umgebaute Hotel schon vor mir. Und in diesen Bildern entdecke ich tausend glückliche Gäste, bei welchen die Augen genau so strahlen wie bei Angie, wenn sie von ihrem Projekt erzählt! Ja, es wird ganz bestimmt sehr toll!

Wir plaudern noch lange weiter und bestellen noch einen Nachtisch. Vanilleeis mit Sauerkirschen an einer dunklen Schokoladensauce mit einem Klecks Sahne. Wenn das Mucki sehen würde! Er würde spätestens jetzt mit mir Schluss machen und innert fünf Sekunden das Lokal verlassen. Und das Essen müsste ich auch noch selber bezahlen. Es lebe die Liebe! Nein, es lebe der Nachtisch, denn dieser haut garantiert nicht ab!

Ich bin nervös und aufgeregt. Heute beginnt meine Arbeit bei Angie. Sie ist überglücklich, dass wir das Projekt bereits in Angriff nehmen können. Wir haben beide keine Ahnung, wie viel Zeit man für so etwas braucht. Aber ich vertraue Angie!

Die Kleiderwahl für den ersten Arbeitstag. Natürlich weiss ich sofort, was ich heute anziehen will.

Das war ein Scherz! Natürlich weiss ich es nicht. Der Schrank platzt aus allen Nähten und doch fehlt mir eine lange, schwarze Strickjacke. Wieso habe ich keine? Das gehört doch zu den Basics. Na ja, es könnte auch sein, dass ich so ein Teil habe, es aber in dem riesigen Durcheinander einfach nicht mehr finden kann. Ich habe nämlich nicht einen Schrank voller Kleider, sondern fünf. Jacken nicht inklusive, diese befinden sich in der Garderobe beim Eingang. Schuhe? Natürlich habe ich Schuhe! Jede Menge Stiefeletten, jede Menge schwarze Stiefel, jede Menge Pumps, jede Menge High Heels. Als Single hat sich mein Bedarf an Schuhen drastisch verändert. Seit der Trennung habe ich nämlich zwölf Paar Schuhe gekauft. Verarbeitungs-Schuhe, nenne ich sie. Und da ich mit dem Verarbeiten noch nicht ganz fertig bin, kaufe ich sicher noch ein paar mehr.

Nach langem Hin und Her habe ich doch noch etwas gefunden. Ich wähle eine schwarze Hose, schwarze Stiefel, eine grüne Bluse und einen schwarzen Blazer. Übrigens sind Blazer meine absoluten Lieblinge. Bei diesem Kleidungsstück kann ich mich ganz und gar nicht beherrschen und bei jeder Shopping-Tour landet ein neues Teil auf dem Kassentisch. Ich liebe sie alle.

So, jetzt muss ich aber vorwärts machen, nicht dass ich am ersten Tag schon Ärger mit meiner Chefin bekomme. Zu Fuss laufe ich die zehn Minuten bis zu meinem Arbeitsort. Ich transpiriere. Meine Güte, wieso bin ich immer so aufgeregt vor neuen Dingen? Dreimal tief einatmen und Sesam öffne die Tür zu meiner neuen Arbeitswelt.

Die ganze Crew ist anwesend. Ich traue meinen Augen kaum.

»Herzlich willkommen!«, rufen alle gleichzeitig.

Ich blinzle ein paar Tränen weg und muss mich gerade sehr am Riemen reissen, um nicht loszuheulen. Immer schön nach oben blicken, so können die Tränen nicht fliessen. Sieht zwar behämmert aus, aber was soll's. Ich muss mir dringend einen wasserfesten Kajal kaufen, wenn ich meine Zukunft als Heulsuse verbringen will.

Angie kommt als Erste und umarmt mich ganz fest. Sie strahlt wie ein geschliffener Diamant. Meine Bedenken sind in genau dieser Sekunde verschwunden und ich fühle mich wohl.

Ich arbeite im selben Büro wie Mia. Sie sieht aus wie ein Mauerblümchen, hat aber unglaublich Pfeffer im Hintern. Vielleicht könnte sie sich ein bisschen modischer kleiden. Angie hat ihr bereits mitgeteilt, dass sie hier den Laden schmeissen darf, und sie wird sich über ihre Kleidung sicher noch Gedanken machen. Und wenn nicht, schenke ich ihr einen Tagesausflug ins Shopping-Center inklusive Mittagessen und Beratung. Das kann sie unmöglich ablehnen.

Angie kommt ins Büro: »Na, wie gefällt es dir?«

»Sehr gut, aber jetzt sollte ich dringend Arbeit haben!«

»Keine Angst. Komm, ich habe in meinem Büro schon ein paar Dinge vorbereitet.«

»Auch wegen des Umzugs?«

»Umzug und Projekt Hotel. Habe noch weitere Listen vorbereitet, damit wir nichts vergessen. Du weisst gar nicht, wie ich mich freue!«

»Ich freue mich auch!«

Und das tue ich wirklich.

Angie streckt mir ein dickes Dossier entgegen. Auf dem Umschlag ist ein rosarotes Schwein abgebildet mit einem vierblättrigen Kleeblatt in der Schnauze. Der Titel: Umzug ins Glück. So niedlich und sehr typisch für Angie. Sie liebt es, etwas mit Bildern aufzumotzen. Aber die Dicke des Papierstapels lässt darauf schliessen, dass es bis ins Glück noch eine Menge Arbeit gibt.

Ich setze mich auf den mit Kuhfell bezogenen Besucherstuhl und fange an zu muhen! Nein, natürlich nicht, denn ich beginne meine Arbeit hier mit einer Lesestunde! Unglaublich, was Angie bereits alles vorbereitet und zusammengetragen hat. Das Dossier enthält viele Formulare, auf denen tausende von Fragen stehen. Darunter befinden sich zum Beispiel folgende:

Wie alt sind Sie? Berechtigte Frage.

Sind Sie gesund? Körperlich ja, geistig stelle ich momentan in Frage.

Haben Sie gute Sprachkenntnisse des Ziellandes? Ja.

Haben Sie Kinder? Peng! Da kommt er, der Schlag ins Gesicht! Ich muss diese Frage verneinen. Keine Kinder und auch keinen Lebenspartner.

Wovon leben Sie? Vom Beruf. Logo, oder?

Sind Sie anpassungsfähig? Keine Ahnung, manchmal ja und manchmal NEIN.

Ich blättere weiter und hoffe, dass da nicht noch mehr Fragen stehen, welche ich gar nicht beantworten möchte.

Weit gefehlt, denn jetzt folgt ein Test mit dem Titel: Eigne ich mich für ein Leben im Ausland? Hallooo? Wie soll man das wissen? Kann so ein Test wirklich aussagekräftige Argumente dafür oder dagegen liefern?

»Puuh!«, ist mein erstes Wort, welches ich nach dem Lesen einiger Seiten sagen kann.

Angie schaut mich an und lacht. »Spannend, oder?«

»Wollen wir wirklich?« ist meine Antwort.

»JA, meine Liebe und keine Angst. Mia wird uns helfen. Ihre Eltern sind vor einem Jahr nach Spanien ausgewandert. Sie kennt die Formalitäten und wird uns alles bereitmachen. Wir müssen nur noch gehorchen.«

»Da fällt mir ein Stein vom Herzen!«

»Hab doch nicht immer solche Angst vor allem! Ich bin ja bei dir und zusammen werden wir das Ding schon schaukeln! Wir sitzen ja im selben Boot und es ist ein sehr zuverlässiges Teil!«

»Ja, aber nur bis wir den sicheren Hafen verlassen!«

»Wahrscheinlich wird es ab und zu schon ein wenig windig, aber unser Boot wird uns schon heil an Land bringen!«

»Du hast recht, Angie, denn ein Boot ist ja nicht dafür gebaut, dass es sein Leben im Hafen verbringt! Das muss raus aufs Meer und wir müssen raus ins Leben!«

»Wow, das hast du sicher in einem Buch gelesen, oder?«

»Im Internet habe ich mal so einen ähnlichen Spruch gefunden und der passt doch genial in unsere Situation, oder?«

»Der passt wirklich – und jetzt los, Formulare ausfüllen und immer schön ehrlich bleiben!«

»Yes, Sir!«

Heute bin ich eine Stunde früher im Büro. Ich muss unbedingt meine Idee, welche mich in der Nacht heimgesucht hat, aufschreiben. Ich will Angie mit meinem Vorschlag überraschen und dafür muss alles tipptopp notiert sein. Angie liebt es, wenn ihre Mitarbeiter Ideen einbringen. Frau Allgau hat es gehasst. Was muss in einer Chefin vorgehen, dass sie es nicht gerne sieht, wenn die Mitarbeiter mitdenken und ganz viele Ideen einbringen? Da muss im Oberstübchen ja so einiges verrutscht sein. Und ich denke nicht, dass man bei Frau Allgau die Sache wieder richten kann. Aber egal. Hauptsache Angie liebt mitdenkende Menschen.

»Guten Morgen, Lea, gut geschlafen?«

»Nicht sehr«, antworte ich ein wenig traurig.

»Wieso nicht? Ist etwas vorgefallen? Warum bist du traurig? Wieder eine SMS von Muckiboy erhalten? Wir schmeissen das Handy jetzt sofort zum Fenster hinaus. Wenn du nur so scheiss SMS kriegst, brauchst du das Ding definitiv nicht mehr. Na los, gib dieses doofe Teil, ich mache es ein für alle Mal zunichte!«

Ich fange an zu lachen: »War nur ein Scherz, sorry!«

»Scherz? Willst du jetzt Komikerin werden oder was?«

»Nein. Natürlich nicht.«

»Ich weiss es!«, ruft Angie, »du hattest gestern einen Kerl unter deiner Bettdecke. Darum bist du für Scherze aufgelegt. War er gut? Wie heisst er? Woher kommt er? Wie sieht er aus? Hat er dunkle Augen? Sind seine Haare schwarz und zerzaust? Komm schon, erzähl!«

»Nur die Ruhe, meine Liebe. Nichts von alledem trifft zu. Aber hast du kurz Zeit?«

»Ja, das Meeting beginnt erst in einer Stunde. Wird diese Zeit ausreichen?«

»Yes.«

»Holst du noch schnell zwei Kaffees? Dann erledige ich noch einen Telefonanruf und danach bin ich für dich da.«

Angie zwinkert mir zu und ich hole zwei Tassen Kaffee.

Später sitzen wir dann in Angies Büro: »Also, liebe Chefin!«

»Du sollst mich nicht immer Chefin nennen.«

»Sorry. Also liebe Angie, ich hatte letzte Nacht eine grandiose Idee. Ich weiss nicht, wieso ich nicht schon lange daran gedacht habe, aber gestern Nacht entstand ein neues Themen-Zimmer.«

»Echt? Das ist ja toll! Welche Stadt ist es? Schnell, erzähl!«

»Genua.«

»Genua?«

»Genua.«

»Genua?«

»Angie, hör auf!«, kichere ich. Du weisst, dass ich dieses Spiel nicht mag.«

»Ich weiss, aber hast du es bemerkt? Du hast schon wieder verloren.«

»Ich geb's auf und komme auf den Punkt. Hast du gewusst, dass Genua sehr viele Sehenswürdigkeiten hat? Richtig spannend, diese Stadt! Konnte mich kaum entscheiden, was man alles ins Zimmer reinpacken kann. Aber ich denke, dass ich die besten Sachen herausgepickt habe.«

»Schiess los!«

»Also, das Wahrzeichen Genuas müssen wir unbedingt mitten ins Zimmer stellen.«

»Welches meinst du?«

»Den Leuchtturm, genannt Laterna. Er ist 117 Meter hoch.«

»Easy, Lea, den bauen wir einfach vom Erdgeschoss durch den ersten Stock hinauf ins Dachgeschoss und dann direkt durchs Dach hinaus. Wird genial!«

»Dumpfbacke, der braucht doch nicht so hoch zu sein, Hauptsache, er steht mittendrin!«

»Das ist ja schon mal sehr gut. Weitermachen!«

Ich lache. »Die weiteren wichtigen Gebäude werden dann um den Leuchtturm herum platziert. Der Schlafplatz ist bei der Kirche San Lorenzo. Sprich, die Kirche wird als Tapete an der Wand zu sehen sein.«

»Ich sehe, du hast in der letzten Nacht kein Auge zugetan.«

»Stimmt! Ehm, wo war ich. Ach ja, auf der einen Seite des Zimmers muss unbedingt der alte Hafen sein. Der Porto Antico. Dort können wir kleine Palmen pflanzen und bequeme Sitzmöglichkeiten hinstellen.«

»Meinst du das klappt mit richtigen Palmen? Ich habe keinen grünen Daumen, das weisst du.«

»Ach, das wird schon gutgehen. Denke nur an den Gärtner von Nonno, der wird die Palmen voll und ganz im Griff haben. Im Weiteren steht das Geburtshaus von Christoph Kolumbus zur Debatte. Wir können Geschichtsbücher über Kolumbus zur Verfügung stellen, welche wir dann einfach beim Porto Antico unter die Palmen legen. Es gibt viele Menschen, die sich sehr stark für Geschichte interessieren. Ist eigentlich schon krass, dass man im 15. Jahrhundert noch immer geglaubt hat, dass die Erde eine Scheibe sei.«

»Da hatte es eben noch nicht so blitzgescheite Damen wie dich!«, lacht Angie. »Bücher finde ich übrigens sehr toll. Lea, du bist genial, denn ein Geschichtenzimmer haben wir noch nicht.

Kolumbus könnte wirklich noch den einen oder anderen Gast anziehen.«

»Und nun das Beste!«

»Noch mehr? Bin gespannt, leg los!«

»In Genua befindet sich ein Aquarium.«

»Ich weiss«, sagt Angie.

»Das Aquarium ist das grösste seiner Art in ganz Europa«, fahre ich fort. »Es hat dort siebenhundert Wasserbecken und in diesen Becken hat es über sechshundert Fische und andere Tierarten. Ist der Wahnsinn. Unglaublich, oder? Das muss ich mal live erleben. Da will ich unbedingt hin!«

»Und jetzt willst du in diesem Zimmer Fische und Angelruten unterbringen?«

»Nein, aber wir können verschiedene kleine Aquarien aufbauen. Und mittendrin befindet sich dann das Badezimmer. Man wird das Gefühl haben, man sei direkt in einem Aquarium. Stell dir vor wie entspannt man sein muss, wenn man während des Badens Fische beobachten kann. Weisst du, was ich meine?«

»Wow, das wird gigantisch! Ich weiss genau was du meinst und sehe es bereits vor mir. Das wird unbeschreiblich schön werden. Lea, du bist eine Heldin.«

»Nein, bin ich nicht! Aber ich bin froh, dass dir meine Idee gefällt. Meinst du, dass wir das so hinkriegen? Kostet wahrscheinlich eine Menge Kohle!«

»Das werden wir schaffen! Nonno hat mir ja auch noch finanzielle Unterstützung angeboten.

Zusammen mit meinem Erbe und der Bank, wird es sicher klappen. Und sonst streichen wir halt irgendetwas. Wir sind ja flexibel!«

Sie umarmt mich und jetzt bin ich gerade sehr stolz auf mich. Geht doch mit meiner Kreativität! Wenn ich mal in Fahrt bin, dann aber HALLO!

»Shit, das Meeting. Komm Lea, wir sollten nicht zu spät kommen, und weisst du was? Du kannst deine Idee den anderen ebenfalls vortragen. Du weisst, sie lieben das Projekt nämlich genauso wie wir.«

Angie hatte recht. Wie immer. Die Angestellten klatschen Beifall nach meinem Bericht, und das erste Mal in meinem Leben erhalte ich eine »Ständing Oweischen«. Weiss gerade nicht, wie man das richtig schreibt, aber ich denke, man weiss was gemeint ist.

Nicht?

Also, ich erkläre. Man sieht diese Art Begeisterung zum Beispiel in den vielen Fernsehsendungen, welche auf der Suche nach neuen Superstars sind. Da singt zum Beispiel ein kleines Mädchen so toll, dass man seinen Mund nicht mehr schliessen kann und man fast zu atmen vergisst. Man hat Gänsehaut und lässt die Tränen ungehindert in Sturzbächen aus den Augen fliessen. Am Schluss klatscht man sich dann die Hände wund und erhebt sich von seinem Sitz, um der Kandidatin damit eine grosse Ehre zu erweisen. »Ständing Oweischen« eben!

Das wäre jetzt also geklärt. Weiter geht's.

Meine Idee kam wirklich gut an und Oliver hat sich sofort zur Verfügung gestellt, mir bei der Aquarien-Sache zu helfen. Erstens hat er ein bombastisches Zeichnungsprogramm, zweitens liebt er Fische und drittens hat er zu Hause drei Aquarien. Ach, ich hänge noch ein Viertens an: er ist ein echter Workaholic. Besser kann es nicht laufen! Ich freue mich, die Skizzen Nonno zu mailen. Er wird durchdrehen vor Freude und die Pläne sofort mit den Handwerkern besprechen.

An den Wochenenden wird jeweils gepackt. Das heisst, ich werfe Dinge weg, welche mich an irgendjemanden erinnern, mit dem ich keinen Kontakt mehr haben will. Dann werfe ich auch Dinge weg, welche ich aber dann wieder aus dem Papierkorb fische, weil ich sie doch nicht wegwerfen kann.

Ob mein Aufräumstil effizient ist? Wahrscheinlich nicht, aber es ist nicht ganz einfach, seine Siebensachen zusammenzupacken und das alte Leben abzuschliessen.

Heute sind die Schreibtischschubladen an der Reihe. Ich finde Fotos von meiner Ex-Liebe und werde wehmütig und traurig. Nein, besser noch, ich falle in eine Depression. Mucki und ich beim Skifahren, Mucki und ich am Strand, Mucki und ich in den Bergen, Mucki und ich beim Biken, Mucki und ich beim Shoppen, Mucki und ich, einfach überall. Ich weiss nicht genau, ob ich die Fotos wegwerfen oder damit eine Bastelrunde

machen soll. Ich könnte den Protein-Säufer nämlich auf allen Fotos ausschneiden und mit dem
anderen Teil des Fotos, dort wo ich drauf bin,
eine Collage machen. Das würde dann sozusagen
eine Eigen-Collage werden.

Eingebildet?

Vielleicht, aber auf ein paar Fotos sehe ich
zugegebenermassen recht attraktiv aus. Kommt
selten vor, dass ich mich auf Fotos toll finde, aber
diese hier sind echt der Hammer.

Ich entscheide mich ganz spontan fürs Basteln. Ich schneide, ich klebe, ich platziere, ich
weine und dazu bade ich gerade noch in einem
riesigen Becken Selbstmitleid. Scheisse, auf diesem Foto sehen wir beide so glücklich aus. Ich
wische mir die Tränen aus dem Gesicht, schneide
das Foto in zwei Teile und klebe meinen Teil auf
die Collage. Den Mucki-Teil werfe ich anschliessend zu den anderen Fotoschnipseln.

Kindisch? Ja, ich weiss. Aber basteln ist ja
nicht verboten! Ich muss einfach etwas tun, sonst
drehe ich noch durch und das möchte ich vermei-
den. Mir und auch Ihnen zuliebe!

Die Collage ist fast fertig. Ich werde sie in
Italien an eine Wand hängen. Gut gemacht, Lea,
du bist heute wirklich sehr kreativ!

Es klingelt an der Tür. Ist sicher wieder Angie, welche kontrollieren will, ob ich auch wirklich alles Unnötige fortwerfe.

Mein Blick durch den Spion teilt mir aber
mit, dass es nicht Angie ist. Oh nein, ich habe

vergessen, dass heute noch jemand vorbeikommt wegen der Wohnung! Ach, wie konnte mir das nur durch die Lappen gehen! Meine Wohnung sieht gerade nicht so aus wie sie sollte, wenn eventuelle Nachmieter eine Besichtigung machen. Was soll's, habe ich eine andere Wahl? Nein.

Ich öffne die Türe und vor mir steht ein junges und sehr verliebtes Paar. Verliebt deshalb, weil er seine Zunge immer noch in ihrem Mund hat, obwohl ich die Türe schon seit drei Sekunden geöffnet habe. Ich habe ja Zeit.

»Sorry«, säuselt der Bakterienübertrager, »ich bin Adam und das ist Eva.«

»Häää?«

Die schwarzhaarige Lolita lächelt: »Es ist wirklich so.«

»Ich bin Lea«, sage ich und nie im Leben heissen die beiden Adam und Eva.

»Ich habe angerufen wegen der Wohnung«, säuselt Adam weiter.

»Genau, kommt nur herein. Sieht zwar ein wenig chaotisch aus, aber das liegt bei Umzügen ja auf der Hand. Sorry, tut mir wirklich sehr leid!«

Wieso entschuldige ich mich eigentlich? Die zwei heissen doch Adam und Eva. Also wäre es eigentlich an ihnen, sich zu entschuldigen und mir sofort mitzuteilen, ob nun SIE oder ER in diese verdammte Frucht gebissen hat, bei welcher es sich eventuell um einen Apfel oder vielleicht doch um eine Birne gehandelt hat. Die müssen doch Bescheid wissen über dieses Desaster mit diesem doofen Obst. Wobei sich das Weltgeschehen ja nicht ändern würde, wenn man diese Apfel-Paradies-Geschichte endlich auflösen würde.

Die Wohnungsführung beginnt beim Badezimmer, geht zum Schlafzimmer, zum kleinen Büro, zum separaten WC, zur Wohnküche und endet im Wohnzimmer. Den beiden scheint es zu gefallen und immer wieder himmelt er seine Eva an, streichelt ihr liebevoll den Rücken, küsst sie auf die Wange, ich kotze gleich.

»Und hier ist noch die Terrasse, die ist wirklich der Hammer.«

Mein Blick nach hinten zeigt mir, dass ich mir selber erkläre, wo ich mich momentan befinde. Die beiden sind nämlich immer noch im Wohnzimmer und schauen sich die Trümmer meiner vergangenen Liebe an. Scheisse, die Collage und die Fotos des geköpften Ex-Freundes! Ich will im Erdboden verschwinden und in China wieder herauskommen, oder wo immer mich mein Kamikaze-Fall durch die Erde auch bringen würde!

»Sehr schlimm?« fragt Eva.

»Ach was!«

Ich bin übrigens auch wieder im Wohnzimmer, da die beiden sich ja nicht wirklich für meine Terrasse interessieren.

»Das ist schon lange vorbei. Die Collage ist für meine Freundin, sie heiratet nächsten Monat. Sie wird sich mächtig freuen, denn sie liebt Collagen über alles.«

»Ach so«, nicken die beiden gleichzeitig und ihr Blick sagt mir, dass sie grosses Bedauern mit mir haben. Aber nicht wegen der gescheiterten Beziehung, sondern weil ich mich gerade zum Affen gemacht habe.

Wieso auch sollten sie mir glauben, dass ich meiner Freundin ein Geschenk mache, auf welchem nur ICH zu sehen bin, wenn neben der Collage ein Haufen zerrissener Fotos liegt, auf welchen der Kopf vom Rumpf eines Menschen abgetrennt wurde.

»Können wir noch die Terrasse sehen?« fragt die scheinheilige Eva. In ihren Augen sehe ich Äpfel aufblitzen. Ich glaube, sie war die Schuldige.

»Sicher!« antworte ich.

Nach fünfzehn Minuten ist die Führung vorbei und die beiden füllen das obligate Ich-habe-Interesse-Formular aus. Ich bin froh, dass sie trotz der herumliegenden, eventuell etwas irritierenden Fotofetzen Interesse an der Wohnung zeigen. Hat nämlich kein Schwein mehr angerufen. Doch, ein junger Typ hatte auch noch Interesse. Die Immobilienverwaltung lehnte aber ab, weil er die Wohnung mit drei Jungs besiedeln wollte. Eine Dreizimmerwohnung für vier Junggesellen, welche in den letzten drei Jahren sieben Mal die Wohnung gewechselt haben. Keine guten Anzeichen, obwohl ich an einem Besuch dieser Jungs schon noch interessiert gewesen wäre.

»Schatz, willst du schreiben oder soll ich?« fragt die Apfelfresserin.

»Mach du das, du kannst das viel besser«, antwortet Säuselschleimi und jetzt sehe ich Birnen in seinen Augen. Ich glaube, er war der Schuldige!

Hoffentlich haben die beiden im Bett keine Probleme. So nach dem Motto: Schatz, willst du ihn selber reinschieben oder soll ich das für dich erledigen?

Die beiden Fruchtfresser verabschieden sich anschliessend und verlassen mit ihren Früchten in den Augen meine Wohnung. Sie wünschen mir alles Gute. Ich ihnen auch. Obwohl ich es nicht ernst meine. Sie wahrscheinlich auch nicht.

Ich schliesse die Türe, lehne mich an diese und lasse mich auf den Boden gleiten. Ich bin echt scheisse drauf. Sitze wie eine Versagerin am Boden und überlege mir, ob ich meinen Namen ändern würde, wenn meine Eltern mich Eva getauft hätten. Wahrscheinlich nicht, aber wenn mein zukünftiger Gemahl Adam heissen würde, dann auf jeden Fall. Gemahl? Was für ein doofes Wort; und ich bin ja eh die Letzte, die dieses Wort in den Mund nehmen muss, denn für mich ist weit und breit kein männliches Wesen in Sicht!

Immer noch sitze ich am Boden und starre vor mich hin. Bin mir gerade nicht sicher, ob ich mich sinnlos besaufen will oder wieder mit der Collagen-Aktion befassen soll. Ich wähle das

Zweite, stehe auf und entsorge vorerst mal alle zerschnittenen Fotos im Kehricht. Loslassen, nennt sich das.

Kurz vor Weihnachten

Samstag, 18. Dezember. Heute kommen meine Eltern zu Besuch. Wir feiern Weihnachten immer zusammen und auch Angie wird wieder mit dabei sein. Am 28. Dezember werden sie dann wieder abreisen, um Silvester in England feiern zu können. Sie laden jedes Jahr Menschen ein, welche alleine feiern müssten. Es werden immer mehr; ich glaube, sie müssen bald in ein Hotel umsiedeln. Ich bewundere meine Eltern für die Umsetzung ihrer Idee, welche sie vor fünf Jahren hatten. Es gibt so viele Menschen, welche alleine sind, und wenn man auch nur ein paar davon für einen Tag aus ihrer Einsamkeit holt und sie am eigenen Leben teilhaben lässt: Sie werden für immer dankbar dafür sein und diesen Tag nie vergessen.

Ich bin nervös, denn ich weiss nicht, ob sie mit meinem Plan zufrieden sein werden. Dabei haben sie mit dem Auswandern ja angefangen. Ich war damals auch nicht einverstanden, aber sie haben es trotzdem getan.

Ich sitze am Flughafen und warte. Flughäfen haben ja immer mit warten zu tun. Aber ich warte nun schon länger. Die überdimensionale Informationstafel zeigt noch keine Veränderung der Ankunftszeit. Vielleicht wartet der Informationstafelveränderer ja auch auf irgendetwas und kann seine Arbeit gerade nicht ausüben. Er (oder sie) steht vielleicht vor dem Kaffeeautomaten und wartet darauf, dass der Kaffee endlich seine weisse Tasse füllt. Oder er unterhält sich mit einem Piloten, aufgrund dessen die Passagiere auch wieder warten müssen. Verflixter Warten-Teufelskreis!

Langeweile kommt aber auf einem Flughafen trotzdem nicht auf. Unglaublich, wie viel man hier sehen und beobachten kann. Vieles will man gar nicht sehen, aber man schaut dann trotzdem hin. Abwechslung ist garantiert.

Vorne beim Check-in steht zum Beispiel ein Vater mit drei kleinen Kindern. Zwei davon haben wahrscheinlich vor einer halben Stunde gerade laufen gelernt. Das dritte hält der Vater im Arm. Die zwei grösseren haben riesigen Spass an ihrer neuen Freiheit und laufen Papa immer wieder davon. Eines nach links und eines nach rechts. Papa muss dann abwägen, welches eher in Gefahr ist und springt mal hierhin und mal dorthin. Dem kleinen Bündel auf seinem Arm gefällt das überhaupt nicht und es weint kläglich. Ich möchte wegschauen, muss aber unbedingt das Ende des Papa-drei-Kinder-Dramas miterleben. Gemein von mir.

Ich bin übrigens nicht die Einzige, die zuschaut, und Papa schwitzt immer mehr. Sein Kopf gleicht einer Tomatensorte, deren Name ich gerade nicht weiss. Er ist feuerrot!

Action, denn jetzt setzt Papa den Wonneproppen in den Wagen, was natürlich nicht die Folge hat, dass das Baby aufhört zu schreien. Im Gegenteil, jetzt geht's erst richtig los! Das Kind schreit sich gerade die Seele aus dem Leib!

Jetzt muss ich ihm zu Hilfe eilen, ich kann das nicht mehr mit ansehen. Der arme Vater springt sonst während des Fluges aus dem Flieger, weil er so etwas nie mehr erleben will.

Plötzlich eilt eine hübsche Mami mit einem kleinen Kind an der Hand herbei. Puuh, Glück gehabt, Mama ist zurück! Sie war sicher mit dem vierten Kind auf der Toilette. Ich glaube, dass Papa diese Arbeit hätte machen sollen. Sie steckt dem Kleinsten den Schnuller in den Mund, ruft den beiden Lauf-Anfängern und schon ist die Familie wieder komplett. Papa entfernt sich, ich glaube, er muss kotzen. Er sah jedenfalls so aus. Denn plötzlich war seine Gesichtsfarbe nicht mehr tomatenrot, sondern mehlbleich.

Hoppla, der Informationstafelveränderer hat wohl seinen Kaffee erhalten, auf der Informationstafel steht nämlich jetzt eine Mitteilung, welche den Flug meiner Eltern betrifft. Der Flug hat zwanzig Minuten Verspätung!

Toll! Kann ich doch während dieser Zwangspause weitere Beobachtungen machen und ein wenig ausruhen. Dieses SEIN kennen wir Menschen nicht mehr wirklich, oder? Immer sind wir auf Zack oder besser noch auf ZickZack und hetzen von einem Termin zum anderen. Noch hier und noch da, noch dieses und noch jenes. Und alles im Eiltempo, so kann man nämlich ganz viele Sachen in den Tag packen.

Mein gemütliches Relaxen wird durch einen Telefonanruf unterbrochen. Angie? Nein, die Immobilienverwaltung. Ich melde mich mit einem »Hallo«. Das tue ich immer, wenn jemand aufs Handy telefoniert. Ich finde »Hallo« so leicht, so unbeschwert und beschwingt.

»Immobilienverwaltung, Frau Meyer hier, guten Tag.«

»Guten Tag Frau Meyer«, antworte ich. Frau Meyer übrigens nennt mich nie beim Nachnamen. Natürlich auch nicht beim Vornamen. Sie ist die schrägste Sekretärin, die ich kenne und ich weiss nicht, wieso sie bei einer Immobilienverwaltung arbeiten darf. Den Umgang mit Menschen hat sie nie gelernt. Die gehört eigentlich in eine Lagerhalle, in welcher sie auf dem Gabelstapler Dinge von Sektor A nach Sektor B fährt. Die Namen der Mitarbeitenden würde sie aber auch nach zehn Jahren noch nicht kennen. Die kann das einfach nicht mit den Namen. Oft denke ich, was sehr gemein ist, ob die ÜBERHAUPT etwas kann! Das ist natürlich eine Unterstellung, ich kenne sie ja nicht so gut! Die hat vielleicht Qualitäten, von denen ich, ehm, gar nichts wissen will!

»Wir haben ihre Wohnung vermietet. Frau und Herr Adam werden sich bei Ihnen melden. Sie möchten nochmals vorbeikommen und sich einige Masse notieren.«

»Danke, Frau Meyer, aber die beiden heissen nicht Adam. Adam ist sein Vorname und sie heisst Eva.«

»Habe ich doch gesagt.«

»Haben sie nicht. Ach, alles in Ordnung, Frau Meyer. Danke für die Mitteilung. Muss ich sonst noch etwas wissen? Den Termin für die Wohnungsabgabe zum Beispiel?«

»Diesen werde ich Ihnen schriftlich zukommen lassen.«

Komplizierter geht's nun wirklich nicht. Dumme Pute, die weiss den Termin bestimmt schon lange. Na gut, soll sie doch einen Brief senden. E-Mail und SMS kennt sie wahrscheinlich eh nicht. Ein Wunder, dass sie überhaupt telefonieren kann!

»Das ist prima, Frau Meyer, vielen Dank!«

»Danke und auf Wiederhören!«

Klick, aufgelegt. Gut, dann verabschiede ich mich halt nicht, doofe Nuss.

Kaum aufgelegt, klingelt es erneut.

»Hallo?«

»Hey, hier ist Adam. Wir sind deine Nachmieter und möchten nochmals vorbeikommen. Geht das? Du erinnerst dich vielleicht, wir sind Adam und Eva.«

»Ja, ich erinnere mich.« Wie kann man diese beiden auch vergessen! »Nächste Woche Dienstag oder Mittwoch ab 19.00 Uhr würde mir passen. Geht das?«

»Moment schnell«, nuschelt er.

Ich höre im Hintergrund seine Stimme säuseln.

Eva, würde es dir Dienstag passen oder doch lieber am Mittwoch, weil du am Dienstag ja sieben Stunden arbeiten musst. Ich will nicht, dass du Stress hast. Was meinst du, Liebling?

Ihren Part höre ich nicht. Dieser Vollpfosten! Kann man nach sieben Stunden Arbeit keine Wohnung besichtigen gehen? Halloooo, in welcher Welt leben die beiden denn?

»Bist du noch da, Lea?«, haucht er ins Telefon.

Nein, du Idiot, hätte ich am liebsten geschrien. »Aber natürlich«, säusle ich dann ebenfalls.

»Es wäre sehr liebenswürdig, wenn wir am Mittwoch kommen könnten.«

»Geht in Ordnung, bis dann also. Tschüss Adam.«

»Tschüss, Lea, bis bald!«

Meine Fresse! Bin ich froh, dass ich die beiden Paradiesäpfel oder Paradiesbirnen nur noch einmal in meinem Leben sehen muss. Es gibt schon schräge Menschen auf dieser Welt!

Mein Blick auf die Infotafel teilt mir mit, dass meinen Eltern da sind. Ich packe mein Handy weg und mache mich auf den Weg zum Ankunftsgate. Ich freue mich riesig, sie zu sehen.

Ich entdecke die beiden sofort, winke wie blöd und plötzlich ist mein Herz voller Freude und Glück.

Mein Vater winkt ebenfalls und meine Mutter weint. Der Beweis für meine Sensibilität ist also definitiv auf Mutters Seite zu finden. Die flennt immer und ist wie ich eine richtige Hochzeits-Liebesschnulzen-Flennerin. Tragisch, aber nicht unmenschlich. Gefühlsmenschen sind einfach so.

»Ma, Pa!«, begrüsse ich die beiden und wir umarmen uns.

Tränen?

Klar, denn ich schluchze jetzt auch ein wenig und lasse meine Eltern gar nicht mehr los. Ich muss sie unbedingt öfter sehen. Ich hoffe, dass sie mich regelmässig in Italien besuchen kommen.

»Meine Kleine«, brummelt mein Vater, »du siehst toll aus. Geht es dir auch gut?«

Die beiden wissen natürlich von Mucki und mir. Mit meiner Ma habe ich stundenlang telefoniert. Sie ist die gleiche Optimistin wie Angie und hat mir sehr geholfen. Aber sie jetzt zu sehen und in den Armen zu halten, ist natürlich viel schöner als nur ihre Stimme zu hören.

»Es geht mir gut. Es ist immer noch ein Auf und Ab, aber das schaffe ich schon.«

»Das wirst du, meine Liebe«, bestätigt mir meine Mutter und wischt sich und mir die Tränen fort. »Du hast bis jetzt immer alles geschafft und wirst es auch in Zukunft können.«

»Ich hoffe«, ist meine Antwort, denn das Abenteuer, auf welches ich mich da eingelassen habe, wird nicht einfach werden.

»Kommt, wir gehen! Und ja, ich habe euer Lieblingsgericht vorbereitet. Mexikanisch. Es gibt Burritos, im Ofen überbacken.«

»Toll!«, jauchzt mein Vater, »ich liebe es.«

»Und zum Nachtisch gibt es die Mokkatorte, nicht wahr?« fragt meine Mutter mit einem Lachen im Gesicht.

»Genau so ist es.«

Beim Essen erzähle ich noch nichts von meinem Vorhaben, denn es ist immer sehr spannend, wenn meine Eltern zu Besuch sind. Die beiden erleben in England so viele tolle Sachen. Und meine Mutter erzählt die Geschichten immer so, dass wir uns vor Lachen die Bäuche halten müssen. Sie ist eine unglaublich witzige Frau. Auch meinen Vater bringt sie immer wieder zum Lachen.

»Mmmh«, schmatzt mein Vater, während wir den Nachtisch essen, »die Torte ist wieder hervorragend. Danke Angie!«

»Schmeckt wirklich ausgezeichnet«, lobt meine Mutter. Es ist ihre absolute Lieblingstorte und ich gebe zu, diese Torte ist mein Favorit. Gehört unter die fünf besten Desserts der Welt - meiner Welt natürlich!

Nein, das Rezept gebe ich nicht preis, ist ein Geheimrezept! Sie haben zwar dieses Buch gekauft, aber so ganz alles muss ich Ihnen deswegen nicht verraten. Das müssen Sie jetzt wirklich verstehen. Danke!

Mit einem Kaffee und einem Grappa setzen wir uns nach der Torten-Vertilgung auf mein Sofa.

»Also«, fordert mich mein Vater auf, »nun erzähl uns von deinen Zukunftsplänen, wir sind sehr gespannt.«

»Nichts Besonderes«, gebe ich zur Antwort.

Spinne ich? Natürlich ist es etwas Besonderes. Aber ich will mich ein wenig cool geben. Krank von mir! Sich cool geben, was ist denn das für eine Scheisse. Es sind meine Eltern, da muss ich mich gar nicht verstellen. Bei Mucki habe ich häufig einen auf cool gemacht. Wahrscheinlich aus Angst, verletzt zu werden. Gut gemacht, Lea, und am Schluss wird man trotzdem verarscht. Das muss unbedingt aufhören. Ich bin nämlich wie ich bin. Und wieso ich das teilweise zu verstecken versuche, weiss ich selber nicht.

Mein Vater und meine Mutter übrigens ziehen die Augenbrauen hoch, nachdem ich dieses doofe nichts Besonderes in die Runde geworfen habe. Das heisst, dass sie wissen, dass ich gerade dieses Cool-Dingsbums angewendet habe. Die kennen mich gut, sehr gut sogar.

»Doch«, antworte ich mit einem »Erwischt-worden-Gefühl, » natürlich ist es etwas Besonderes! Ich werde mit Angie nach Italien ziehen.«

Diese Worte lasse ich mal so stehen und warte ab.

Meine Eltern schauen mich fragend an. Das bedeutet, dass ich weitere Infos liefern muss. Schon früher haben sie diese Taktik angewendet. Wenn ich zum Beispiel etwas beichten musste, fing ich mit einem kurzen Satz an zu erzählen.

Wenn meine Eltern dann nichts unternahmen und sie mich nur interessiert anschauten, wusste ich, dass ich weitere Details liefern musste. Meine Eltern ergriffen das Wort erst dann, wenn sie genügend Daten von mir erhalten hatten.

»Angie wird das Hotel ihres Nonnos übernehmen und dieses in ein Erlebnishotel umbauen. Ich werde das Hotel leiten und Angie eröffnet dort den Hauptsitz ihrer Agentur. Mia wird die Filiale hier übernehmen. Ich weiss, dass dies alles sehr plötzlich kommt, aber ich weiss nicht, ob ich jemals wieder die Chance erhalten werde, um so etwas Tolles aufzubauen. Ich hoffe, ihr versteht mich!«

Ich denke, dass diese Infos nun genügen.

Meine Eltern lächeln und das ist ein sehr gutes Zeichen.

»Angie, das sind ja wunderbare Neuigkeiten!«, strahlt mein Vater.

Und meine Mutter hat schon wieder Tränen in den Augen. Sie steht auf, umarmt mich und flüstert mir ins Ohr: »Liebling, genau das hast du dir immer gewünscht. Siehst du? Es kommt alles gut. Ich wünsche dir von Herzen alles Gute und bin sehr stolz auf dich!«

Ich bin gerade so etwas von glücklich! Und meine Eltern scheinen es auch zu sein.

Dann erzähle ich ihnen von unserem Aufenthalt in Italien und der lustigen Olivenernte. Natürlich berichte ich auch von der Idee mit den Städte-Zimmern und kann kaum aufhören zu plappern. Meine Eltern hören aufmerksam zu und klatschen immer wieder in die Hände. Ihnen gefällt das Projekt, was mich sehr glücklich und auch stolz macht.

Nach einem letzten feinen Espresso gehen wir schlafen. Ich freue mich sehr, dass ich mit meinen Eltern eine Woche lang zusammen sein kann. Das wird wie jedes Jahr sehr lustig und interessant.

Sonntagsverkauf. Ich liebe es. Einkaufen an Sonntagen ist für mich pure Freude. Es existieren zwar vor Weihnachten ungefähr eine Million mehr Menschen als sonst auf der Welt, aber das macht nichts.

Ich und meine Mutter lieben es, am Sonntag vor Weihnachten noch Geschenke einzukaufen und uns mit Glühwein eine schwindlige Birne einzufangen. Glühwein ist ja wirklich das leckerste Weinachtsgetränk überhaupt. Leider trinke ich wegen der eisigen Kälte immer mehr als ich vertrage, aber es ist so toll, sich die Hände an der Tasse zu wärmen und den Duft von Gewürzen einatmen zu können. Herrlich! Dazu essen wir jedes Jahr noch eine leckere Wurst vom Grill und der Sonntag ist perfekt.

Leider war für Mucki der Sonntag erst perfekt, wenn er im Fitnessstudio gewesen war! Super, ein freier Sonntag und Mister Muskelpaket verabschiedet sich den ganzen Nachmittag, um mit anderen schwitzenden Muskelmännern zu trainieren. Was sonst noch im Fitnesscenter abgegangen ist, will ich gar nicht wissen! Doch, ich weiss es, aber es tut weh, wenn ich Ihnen das jetzt erzählen würde, also lasse ich das einfach!

Na ja, jetzt wissen Sie es trotzdem, oder?

»Mam, schau mal, das wäre ein tolles Geschenk für Pa. Ich strecke ihr einen roten Herrenstring mit einem flauschig weissen Fellbehälter für sein bestes Stück entgegen.

Da meine Mam schon nach einem Glühwein unglaublich locker drauf ist, wir haben bereits zwei getrunken, lacht sie laut auf und kann kaum aufhören. Sie schnappt sich das Teil und legt es in ihren Einkaufskorb.

»Mam, das war ein Scherz.«

»Ein sehr toller«, lacht sie, »der ist so toll, dass ich ihm dieses Höschen unbedingt kaufen muss! Stell dir vor wie er darin aussehen wird!«

Ich mag mir meinen Vater eigentlich nicht in diesem Teil vorstellen. Nein, das ist nicht prüde, ich kann und will mir meine Eltern einfach nicht in solchen Dessous vorstellen.

»Er wird die sicher nicht tragen«, probiere ich meine Mutter zu einer Entscheidungsänderung zu bringen. Klappt aber nicht, der Glühwein ist stärker.

»Also gut, dann kaufe sie, aber wehe du schickst mir eine Bild!«

»Keine Angst, Liebes, das werde ich sicher nicht tun! Denn wenn Pa wirklich in dieses Teil steigt, bin ich sicher nicht mehr in der Lage, eine Foto zu schiessen.«

»Wieso?«

»Weil ich dann vor lauter Lachen wahrscheinlich gar nichts mehr machen kann.«

Wir grölen beide und machen uns auf den Weg zur Kasse. Wir stellen uns in die lange Warteschlange und meine Mutter grinst die ganze Zeit vor sich hin. Ich darf mit ihr unter keinen Umständen einen weiteren Glühwein trinken. Ich befürchte nämlich, dass sie sich dieses String-Unterteil bei der nächsten Gelegenheit selber anzieht und mit den überall herumspazierenden Weihnachtsmännern ein Tänzchen zum Besten gibt. Ich muss höllisch aufpassen und im nächsten Jahr mit meiner Mutter unbedingt ein Probe-Glühwein-saufen veranstalten.

Letztes Jahr zum Beispiel habe ich sie in letzter Sekunde davon abhalten können, sich dem Weihnachtsmann auf die Knie zu setzen und ihm ihre Wünsche mitzuteilen. Ich ging nur schnell auf die Toilette und als ich zurückkam, stand meine Mutter mit fünfzehn kleinen Kindern in der Weihnachtsmann-Warteschlange. Dass die Augen von besorgten Eltern und deren Kindern auf ihr ruhten, schien sie gar nicht mehr mitbekommen zu haben. Peinlich, aber im Nachhinein eine unglaublich lustige Erinnerung.

Nach einem letzten Glühwein und dreissig Taschen in den Händen machen wir uns auf den Weg nach Hause. Dieses Mal hat alles sehr gut geklappt und meine Mutter hat nur einen einzigen Weihnachtsmann angesprochen, weil sie unbedingt noch ein Foto mit ihm haben wollte. Der Weihnachtsmann machte zwar grosse Augen als sie ihn umarmte und ihr Gesicht an seines drückte, liess es aber geschehen. Mit einem Kuss auf seine Wange bedankte sich Mama und liess den überforderten Weihnachtsmann zurück. Wahrscheinlich ging er anschliessend auch einen Glühwein trinken.

»Na?«, ruft Papa, als wir mit lautem Gelächter zurück sind. »Wieder Weihnachtsmänner verunsichert?«

»Ach was!«, ruft meine Mutter und verschwindet auf der Toilette. Sie machte sich auf dem Heimweg fast in die Hose.

Ich stelle die Taschen auf den Boden und zeige Papa das Foto mit dem Weihnachtsmann. Er grölt und findet es sehr lustig. Hoffentlich findet er auch sein Geschenk witzig!

Vier Tage vor Weihnachten backen meine Mutter, Angie und ich immer Weihnachtskekse. Das ist sehr amüsant. Ich hoffe, dass wir diese Tradition auch im nächsten Jahr weiterführen können. Vielleicht werden Nonno und Mario ja auch helfen. Ich stelle mir das gerade sehr toll vor.

Angie kommt später als verabredet und eilt nach der Begrüssung sofort zur Toilette. Von dort aus schreit sie durch die ganze Wohnung: »Sorry, habe eben noch mit meiner Crew Glühwein getrunken. Habt ihr beiden schon einmal weissen Glühwein gehabt? Der ist ja voll lecker, muss unbedingt ein Rezept davon finden. Lea, hast du vielleicht eines?«

»Komm erst mal wieder auf den Boden runter. Wie viele hast du denn getrunken?«

»Nur sechs!«, schreit sie weiter. Ich gehe wohl richtig in der Annahme, dass sie gar nicht merkt, wie laut sie eigentlich mit uns spricht.

»Unfair, jetzt bist du zwei Level weiter als wir. Ma, wir müssen das nachholen.«

Meine Mutter lacht und schlägt vor, einen echten Rumpunsch zu machen. Einen richtig leckeren mit wirklich ECHTEM Rum.

»Super Idee«, kreischt Angie, »ich bin dabei!«

»Das glaube ich gerne«, antworte ich.

Meine Mutter ist bereits in der Küche und ich suche die Rumflasche.

»Ah, da bist du ja, du liebe Flasche! Wolltest dich wohl hinter dem Wodka und dem Baileys verstecken.«

»Mit wem redest du?« fragt Angie. Sie ist von ihrer Blasenentleerung zurück.

Ich erschrecke fürchterlich und fühle mich ertappt.

Wieso ich mich ertappt fühle?

Bei meinem Selbstgespräch. Wieso rede ich eigentlich mit einer Rumflasche?

»Lea«, wieso sprichst du mit einer Flasche?«

»Keine Ahnung, habe mich eben dasselbe gefragt. Denn du bist ja diejenige, welche mit einem Glühwein-Rausch hier eintrifft.«

Wir lachen und bringen das feine Getränk in die Küche. Meine Mutter säuselt: »Da bist du ja, du liebe Flasche.«

Das Gelächter will nicht mehr aufhören. Das Sprechen mit Gegenständen, in unserem Fall mit einer Flasche, habe ich wohl auch von meiner Mutter geerbt.

Plötzlich schaut Angie mich an und fragt: »Hey, kannst du mir erklären, wieso dein Toilettenpapier nach Lebkuchen riecht?«

»Bitte?«

»Ja, dein Toilettenpapier riecht nach Lebkuchen.«

»So ein Quatsch! Mam, gib Angie unter keinen Umständen einen Punsch. Ich glaube, ihr Oberstübchen ist verrutscht.«

»Lea«, antwortet meine Mutter, »es ist wahr. Das Papier riecht wirklich nach Lebkuchen. Ich konnte ihm bis jetzt noch keinen Duft zuordnen, aber jetzt wo Angie es anspricht, ist es mir vollkommen klar.«

»Darf ich euch mal fragen, wieso ihr an meinem Toilettenpapier riecht? Ich benötige das Papier eher in der unteren Region meines Körpers.«

»Schnäuzt du dir nie die Nase, wenn du auf der Toilette sitzt?«

»Nase schnäuzen?« frage ich.

»Ja«, sagt meine Mutter, »das tun doch alle.«

»Ich ganz sicher nicht«, protestiere ich, »Toilettenpapier ist nicht für die Nase gedacht! Für die Nase benutze ich nur Taschentücher mit Aloe Vera. Aber doch nicht Toilettenpapier!«

»Du bist aber sehr anspruchsvoll, liebe Freundin, aber das ist okay. Können wir jetzt Rumpunsch trinken?«

Heikel oder nicht heikel, ich wüsste nicht, wieso ich meine Nase mit Toilettenpapier reinigen sollte. Ich putze meine Nase ja auch nicht mit Toiletten-Feuchttüchern. Und übrigens - wem um Gottes Willen kommt der Gedanke, Toilettenpapier zu parfümieren? Haben wir nicht andere Probleme auf der Welt? Lebkuchen-Toiletten-Papier. Wow, darauf hat die Menschheit gewartet und jetzt sind wir alle tausend Mal glücklicher! Wie nur konnten wir bis heute überleben ohne dieses Lebkuchen-Hinterteil-Putz-Papier!

»Hier, meine Damen, der Punsch ist angerichtet!«

»Mam, der riecht ja herrlich aber sehr stark. Hast du nur den Rum erwärmt?«

»Natürlich nicht!«, antwortet sie und zwinkert mir zu.

Also doch! Der Rum überwiegt in unseren Tassen. Das gibt heute sicher die besten Weihnachtsplätzchen der Welt.

Bis spät am Nachmittag sind wir mit Backen beschäftigt. Zimtsterne wurden von der Auswahl ausgeschlossen. Viel zu aufwendig. Überhaupt haben wir nur Kekse gebacken, welche mit kleinem Aufwand hergestellt werden können. Alle Rezepte, bei welchen man zum Beispiel das Eiweiss vom Eigelb trennen muss, wurden disqualifiziert. Teige aber, welche im Kühlschrank noch Siesta machen, wurden in die Weihnachtsbäckerei eingeladen und nach der Ruhezeit zu feinen Keksen verarbeitet.

»Endlich fertig!« Meine Mutter klingt erleichtert und lässt sich auf meinem Sofa nieder.

»Bin ich froh!«, seufzt auch Angie und setzt sich neben meine Mutter.

»Jammertaschen!«, erwidere ich, schenke jedem noch einen letzten Rumpunsch ein und setzte mich ebenfalls in die Runde.

»Mam, weisst du noch, als du mit mir mal Kekse backen wolltest?«

»Was meinst du?«

»Damals, als der Teig nicht die gewünschte Konsistenz hatte.«

»Ach, jetzt weiss ich was du meinst!«, lacht sie.

»Erzählt, was ist passiert?«, fragt Angie neugierig.

»Meine Mutter und ich wollten Kekse backen und der Teig war ganz und gar nicht kooperativ. An diesem Tag ging eh schon einiges schief und dann hatte meine Mutter keinen Bock mehr auf Teig, der sich partout nicht nach Rezept verhalten wollte.«

»Ja«, erzählt meine Mutter weiter, »ich konnte tun und lassen was ich wollte, aber er liess sich nicht bearbeiten. Vor lauter Wut habe ich ihn zuoberst in den Hochschrank geworfen.«

»In den Schrank?«, lacht Angie.

»Ja«, kläre ich Angie auf, »der Teig wurde bestraft, weil er nicht so wollte wie wir.«

»Und dann?« fragt Angie weiter.

Meine Mutter und ich lachen uns fast zu Tode und jetzt merkt man, dass wir die ganze Flasche Rum getrunken haben.

»Der Teig kam im Frühling wieder zum Vorschein!«, pruste ich.

»Was?« fragt Angie.

»Beim Frühlingsputz habe ich ihn gefunden«, triumphiert meine Mutter mit Tränen in den Augen.

»Wir haben ihn vergessen«, krächze ich und jetzt ist der starke Rum volle Kanne mit meinem Gehirn zusammengestossen.

Wieso ich das weiss? Weil ich einen riesigen Lachanfall habe, kaum mehr atmen kann und Tränen meine Wangen hinunterlaufen. Und das Beste am ganzen, es geht mir dabei so richtig gut.

Mein Vater streckt den Kopf ins Wohnzimmer, schüttelt ihn und fragt, ob noch Rumpunsch übrig ist. Er möchte sich unserer Runde anschliessen. Wir verneinen und er verzieht sich mit einem grossen Lachen im Gesicht in mein Büro. Wahrscheinlich will er im Internet nachschauen, ob irgendwo in einem Heim noch freie Plätze sind, in dem er uns versorgen könnte!

Weihnachten ist da. Mein Vater ist bereits in der Küche und bereitet alles für ein wohlschmeckendes Weihnachtsessen vor. Er kocht an Weihnachten immer selber, während Mam, Angie und ich den Weihnachtsbaum schmücken. Ich mache das gar nicht gerne und bin jeweils die, welche auf dem Sofa sitzt, Pralinen futtert und grossartig befiehlt, wo noch eine Kugel montiert werden muss. Die Pralinenschachtel, immer dieselbe Marke, gehört zum Tannenbaumschmücken dazu, fast wie Kugeln und Kerzen. Früher haben wir die Pralinenschachtel immer von meiner Grossmutter erhalten. Seit ihrem Tod kauft meine Mutter die Pralinen selber. Traditionsaufrechterhaltung nennt sie es. Bei mir spielt Tradition nicht dieselbe Rolle wie bei meiner Mutter, aber das mit den Pralinen finde ich extrem in Ordnung.

Kalorien? Ehm ja, Pralinen haben Kalorien. Das weiss doch jedes Kind. Wieso fragen Sie? Habe gerade kein akutes Übergewichtsproblem. Sie wissen ja, wenn man sich trennt, purzeln die Pfunde. Und überhaupt, ich diskutiere jetzt sicher nicht über Kalorien und gesunde Ernährung. Muss mich auf das Schmücken konzentrieren und an Weihnachten finde ich das Thema Körpergewicht wirklich sehr unpassend.

Der Tannenbaum ist wunderschön geschmückt, aus der Küche riecht es nach Weihnachtsessen und mir ist schlecht. Wie jedes Jahr habe ich auch dieses Mal die eine oder andere Praline zu viel gegessen. Ich lerne es NIE.

Jetzt trinken wir einen leckeren Weihnachtstee, welchen meine Mutter immer zubereitet. Er schmeckt total köstlich. Geheimrezept, sagt sie immer, und lächelt dabei sehr amüsiert. Aber ich kriege es schon noch aus ihr raus! Nächste Weihnachten lasse ich sie so viel Glühwein trinken, dass sie ganz Italien verrät, wie dieser Weihnachtstee hergestellt wird. Jawohl, genau so mache ich es. Und wenn sie dabei den String mit Fellbehälter trägt, ist mir das so etwas von egal! Hauptsache, ich kriege dieses Tee-Rezept!

Vor dem Essen legen wir noch die Geschenke unter den Baum. Meine Mutter lächelt vor sich hin, als sie das Geschenk für Papa vorsichtig zu den anderen legt. Sie schaut mich an und dann erzählen wir Angie von dem tollen Dessous für den Mann. Wir können kaum aufhören zu lachen, und Papa schaut mit sorgenvoller Miene schnell aus der Küche zu uns herüber. Sein fragender Blick veranlasst uns zu einem noch grösseren Lachanfall, und jetzt stelle ich mir meinen Vater doch noch in diesem Teil vor. Ich glaube, wir hätten einen Weihnachtstee ohne Alkohol trinken sollen.

Der Abend ist wie immer sehr lustig und der feine Rotwein fliesst in Strömen direkt in unsere Blutbahnen. Doof eigentlich, aber ich geniesse dieses leichte Schwindelgefühl und meine Eltern, vorwiegend meine Mutter, erzählen wieder die tollsten Erlebnisse. Mam erzählt auch viel aus ihrer Vergangenheit und manchmal staunt sogar mein Vater, was sie alles erlebt hat.

Natürlich ist Italien das Hauptthema. Mein Vater will alles ganz genau wissen und fragt Angie Löcher in den Bauch. Angie und ich sind sehr froh, dass meine Eltern sich mit uns freuen und sie die Idee toll finden.

»Ihr zwei habt wirklich etwas Spezielles vor. Ich freue mich schon jetzt darauf, euch besuchen zu kommen«, sagt mein Vater.

»Und nächste Weihnachten feiern wir bereits in Italien«, werfe ich in die Runde. »Ihr kommt doch an Weihnachten, oder?«

»Sicher, Lea«, beruhigt mich meine Mutter.

»Wir werden bei der Eröffnung dabei sein und die Tradition an Weihnachten beibehalten. Auch in Italien können wir shoppen gehen und Kekse backen. Trinkt man in Italien eigentlich auch Glühwein?«

Ich zucke mit den Schultern: »Keine Ahnung. Aber ist egal, wir werden sicher nicht auf unseren Glühwein verzichten müssen und sonst machen wir ihn einfach selber.«

Bei der Geschenkeverteilung sind wir Frauen sehr gespannt und können uns ein grosses Grinsen im Gesicht nicht verkneifen. Wie Papa wohl reagiert? Er packt das Päckchen mit grösster Vorsicht aus.

»Ihr seid doch nicht normal!«, lacht Pa laut. Er steht auf, hält sich das Teil vorne hin und grölt: »Wartet, ich ziehe es schnell an, dann können wir schauen, ob es passt!«

»NEIN!«, schreien Angie und ich.

»JA!«, schreit meine Mutter.

Noch im Bett lachen wir über diese Episode. Und nein, mein Vater hat das Teil nicht angezogen. Glück gehabt! Und ob er es später meiner Mutter vorgeführt hat? Das kriege ich noch raus.

Die Woche vergeht schnell und als Angie und ich meine Eltern zum Flughafen fahren, weiss ich genau, dass ich die richtige Entscheidung getroffen habe und meine Eltern hinter mir stehen.

»Und ihr versprecht, dass ihr mich besuchen kommt?«, frage ich beim Abschied.

»Versprochen, liebe Lea. Wir werden so oft wie möglich zu dir und Angie kommen.«

»Ich liebe euch«, schluchze ich.

»Und wir lieben dich«, nuscheln meine Mutter und mein Vater. Abschiede finden wir alle ganz schrecklich.

Wir umarmen uns und dann winken Angie und ich so lange, bis wir sie nicht mehr sehen können. Ich liebe sie wirklich.

»Und jetzt gehen wir noch einen trinken«, bestimmt Angie und hakt sich bei mir ein. »Wir müssen ja noch besprechen, was wir an Silvester machen. Ich habe eine tolle Idee. Das wird der Wahnsinn.«

Wir setzen uns in unser Lieblingslokal und bestellen einen Prosecco.

»Aber du weisst doch, dass ich gar nicht feiern mag. Bin gar nicht in Silvesterstimmung. Möchte doch gerne mit Mucki zusammen sein.«

»Was für ein Quatsch! Schmeiss diesen Typen endlich aus deinem Leben. Er hat darin nicht mehr Platz, wie du in seinem ja plötzlich auch keinen Platz mehr hattest. Silvester gehört uns und den werden wir ausgiebig feiern.«

»Muss ich? Auch wenn ich absolut nicht in Hurrastimmung bin?«

»Ja, du musst. Ich werde dich um 19.00 Uhr abholen. Es ist schon alles organisiert!«

Shit, ich hasse Silvester.

Und schwupp, schon ist er da – Silvester.

Meine Stimmung neigt sich dem Tiefpunkt zu. Ich finde diesen »must-have-fun-day« einfach zum Kotzen. Es liegt zwar auf der Hand, dass das nächste Jahr für mich besser wird. Oder rede ich mir das nur ein? Waren die Ereignisse in diesem Jahr etwa gar keine Strafe, sondern alles Geschenke? Vielleicht war ja genau DIESES Jahr, welches sich in ein paar Stunden verabschiedet, mein Glücksjahr. Es könnte ja sein, dass ich das Ganze völlig falsch interpretiert habe und mich alle diese Begebenheiten auf eine Glückswelle gebracht haben.

Was eine Glückswelle ist? Das ist eine sanfte Welle, auf welcher man ins Glück gleitet. Ohne sich zu wehren und ohne sich umzudrehen. Immer mit dem guten Gefühl, dass man alles schafft, weil man seinem Leben vertraut.

Glückswelle hin oder her, momentan schwimme ich jedenfalls NICHT auf ihr. Egal, ich geh jetzt mal unter die Dusche und mache mich bereit. Werde mein enges, schwarzes Kleid anziehen. Es passt ja jetzt wieder. Der Glitzerschmuck liegt auch schon bereit: mit Strass bestückte Ohrringe und eine wunderschöne Kette. Ich finde, dass Glitzer zum Silvester dazugehört. Ich trage ja oft so Blingbling-Schmuck in der Hoffnung, dass das Funkeln dieser Accessoires von meinem kleinen Bäuchlein und den Stirnfalten ablenkt.

Toller Trick, oder?

Rrrrriiiiiiinnnnnggggg ...

Was ist denn jetzt los. Angie hat doch von 19.00 Uhr gesprochen. Jetzt ist aber erst 17.30 Uhr? Bitte, lass es weder Adam noch Eva sein. Die waren ja schon hier und werden an Silvester wohl Besseres vorhaben, als mich noch ein drittes Mal mit Fragen zu bombardieren.

»Ich komme«, rufe ich, »kleinen Moment!«

Muss schnell durch den Spion schauen, aber die Person, welche draussen steht, hat ihren Finger so platziert, dass ich nur schwarz sehe.

Ich öffne die Türe und vor mir stehen Angie und Lisa.

»Ehm, habe ich was verpasst?«, stottere ich.

Angie und Lisa grölen und kommen herein. Sie tragen beide einen schwarzen Mantel und haben sich ganz bestimmt so mega hübsch angezogen, dass es mir die Sprache verschlagen wird. Aber wieso haben sie so viele Taschen dabei?

232

»Könnte mir bitte jemand erklären was hier los ist?«, frage ich noch einmal in die Runde, »du hast doch 19.00 Uhr gesagt, oder?«

»Genau, das habe ich«, gibt Angie zur Antwort, »aber wir wollten nicht, dass du dich hübsch machst.«

»Wie? Nicht hübsch machen? Es ist doch Silvester? Wir gehen doch aus? Habt ihr gekifft oder sonst etwas eingeworfen?«

Lisa und Angie lachen und streifen ihre schwarzen Mäntel ab, und dann verstehe ich wirklich gar nichts mehr. Die beiden stehen im Pyjama vor mir und kriegen sich nicht mehr ein vor Lachen. Ich glaube, ich muss mir ernsthaft Sorgen machen.

Angie hat Erbarmen: »Es tut uns leid, aber wir wollten dich überraschen!«

»Das ist euch gelungen, aber wieso in diesen Klamotten?«

»Du wolltest doch nicht ausgehen und das habe ich akzeptiert und verstehe es auch. Ging mir damals genauso. Und dann haben Lisa und ich beschlossen, dass wir Silvester zu Hause feiern. Mit dir, unseren gemütlichsten Klamotten, unseren dicksten und wärmsten Strümpfen, Alkohol und Spareribs. Dazu haben wir jede Menge DVD's mitgebracht. Die sind alle zum Totlachen und garantiert keine Liebesfilme!«

»Ich glaub's nicht. Ihr wolltet doch feiern gehen?«

»Machen wir ja!«, lacht Lisa und lässt ihre weissen Zähne strahlen.

Habe übrigens noch nie jemanden mit weisseren Zähnen gesehen. Lisa stand bei der Zähneverteilung garantiert in der vordersten Reihe und hat hundertmal HIER gerufen. Ich bin da eher in der hinteren Reihe gestanden.

Plötzlich reissen sich die beiden ihre Pyjamas vom Leib und stehen in knallroter Unterwäsche vor mir: Spitzenpanty und Spitzen-Push-Up! Jetzt kriege ich es mit der Angst zu tun. Ein flotter Dreier? Nur wir drei? Die Zahl würde ja stimmen. Aber wenn in der nächsten Sekunde nicht die Tür aufgestossen wird und drei knackige, halbnackte, oder auch ganz nackte Männer auftauchen, werde ICH die Türe aufreissen und in panischer Angst aus meiner eigenen Wohnung flüchten.

Die Türe geht nicht auf. Dafür öffnet Angie eine Tüte und schmeisst mir die genau gleiche, rote Unterwäsche zu.

»Lea, wir tun dir nichts. Wir tragen doch immer rote Unterwäsche. Wegen dem Glück im neuen Jahr! Vergessen? Wir waren uns nicht sicher, ob du noch welche hast und haben dir deswegen mitgebracht. Los, schlüpf rein und zieh dir etwas Bequemes darüber, dann kann der Abend losgehen!«

Während ich mich im Schlafzimmer von dem zum Glück nicht stattfindenden Dreier-Schreck erhole und meine bequeme Jogginghose und ein T-Shirt XXL überstreife, höre ich die beiden lachen. Die haben auf jeden Fall schon etwas eingenommen und genau das will ich auch. Ich liebe die beiden, auch wenn mich die Überraschung heute ein wenig stutzig gemacht hat.

»Ihr seid doch verrückt!«, gröle ich, als ich in der Küche die Spareribs in den Backofen schmeisse. Die beiden haben ihre Pyjamas übrigens wieder übergestreift. Ein echt beruhigendes Gefühl.

»Ich finde es herrlich«, sagt Lisa und quetscht das Dessert in den Tiefkühler. Eistorte! Und nicht nur eine. Ich korrigiere mich. Es WAREN Eistorten. Der Tiefkühler war nämlich vor Lisas Attacke bereits vollgestopft. Wie sie die drei Torten da noch reingebracht hat, ist mir ein Rätsel.

»Ich finde es ebenfalls herrlich!«, ruft Angie aus dem Wohnzimmer. Sie ist gerade dabei, den Rotwein zu öffnen, damit dieser noch ein wenig atmen kann, bevor er unsere Kehlen hinunterfliesst.

Mit einem grossen Lachen im Gesicht lasse ich Popcorn in der Mikrowelle Hüpfspiele machen und giesse den süssen Moscato in die Sektgläser. Auch ich finde es herrlich. Ganz herrlich sogar.

Wir essen, trinken, lachen und schauen uns eine DVD nach der anderen an. Die Filme sind sehr lustig. Ob sie auch lustig wären, wenn wir den Alkoholkonsum eingeschränkt hätten, wage ich zu bezweifeln. Egal, oberste Priorität hat heute das Lachen.

Es ist weit über Mitternacht. Ich bin die Einzige, die noch wach ist. Meine beiden Freundinnen sind eingeschlafen. Angie auf dem Sofa und Lisa auf dem Boden. Ich schaue sie an, meine beiden Verrückten, decke sie mit meinen flauschigen Fernsehdecken zu und gebe beiden einen Kuss auf die Stirne. Wie ich die beiden liebe!

Ich lege mich zu Lisa auf den Boden und decke mich ebenfalls zu. Ich wünsche dir ein gutes neues Jahr, Mucki.

Die Wochen im neuen Jahr fliegen an uns vorbei. Für den Umzug haben wir extra ein Unternehmen beauftragt, welches sich auf Umzüge ins Ausland spezialisiert hat. Natürlich gibt es trotzdem noch jede Menge Arbeit, die gemacht werden muss. Bald schon heisst es: Auf Wiedersehen Schweiz! Buongiorno Italia!

Heute muss ich unbedingt die Poststelle aufsuchen, denn ich will die Adressänderungsanzeigen versenden. Gab extrem viel zu tun. Man muss ja alle berücksichtigen. Jedenfalls diejenigen, welche man ins neue Leben mitnehmen will. Freunde (wirklich gute Freunde), Verwandte, Menschen aus der Schule und der Berufsschule. Nette Leute aus dem Englisch-Aufenthalt, dem Stenografie-, Scherenschnitt- und Brotbackkurs. Dann Versicherungen, Bank, Gemeinde, Kosmetikerin, Pedicure und Manicure, Frisör, Masseur, etc.

Ex-Männer sind Ausnahmen. Sie erhalten keine Karte!

Ich gehe also auf die Poststelle und fluche schon bei der Parkplatzsuche. Vier Mal muss ich den Kreisverkehr passieren, um vor der Post endlich einen leeren Parkplatz zu erwischen. Und nein, mit den öffentlichen Verkehrsmitteln wäre ich auch nicht schneller.

Endlich in der Post angekommen, ziehe ich eine Nummer – und Freude herrscht! In vier Minuten werde ich bedient. Das steht gross oben auf der Anzeigetafel. Ein Kunde nach dem anderen stürmt die Bank, eh die Post. Da hat es ein paar nette Kerle darunter. Da ich vier Minuten freie Zeit habe, kann ich mir die Herren etwas genauer anschauen. Das muss man aber vorsichtig tun, denn auch sie haben diese freien Postminuten, also machen sie genau dasselbe. Vielleicht nicht so auffällig wie ich, aber das ist mir egal. Habe mit dem momentan tollsten Herrn bereits Blickkontakt aufgenommen. Hmm, scheint verheiratet oder unglaublich ängstlich zu sein. Denn ich konnte den Mehr-als-drei-Sekunden-Blick nicht knacken. Er hat vorher weggeschaut, zur Blondine. Scheisse!

Huch! Ich bin dran! Schnell, sonst schreit die Dame am Schalter genervt durch die ganze Menge: Vierhundertsiebenunddreissig – Sie sind dran! Echt peinlich, denn dann hat man wirklich alle Blicke auf sich gerichtet. Nicht, weil man hübsch, sondern ein Wartezeitverlängerer ist. Als Single darf man sich solche Fehler unter keinen Umständen leisten.

Lisa, Angie und ich treffen uns häufig und jeden dieser Abende geniessen wir in vollen Zügen. Das mulmige Gefühl im Bauch ist immer noch da und der Abschied von Lisa macht mir grosse Sorgen. Ich hasse Abschiede. Die sind immer so abschiedig. Nicht gerade endgültig, aber doch anders, als wenn man sich am nächsten Tag wieder sehen würde.

Dabei ist dieser Abschied der Beginn meines neuen Lebens! Und ich muss dankbar sein, dass ich diese Chance überhaupt erhalten habe. Nicht alle können etwas so Grossartiges erleben, und wahrscheinlich hätte ich dieses Abenteuer gar nicht anfangen können, wenn ich Mucki noch im Schlepptau gehabt hätte. Immer wieder sage ich mir, dass es gut ist, so wie es ist, und dass seine Entscheidung dazu beigetragen hat, dass ich mir meinen Lebenstraum erfüllen kann. Natürlich denke ich immer noch an ihn, aber eines Tages werden diese Gedanken verschwommen und dann endgültig weg sein. Auf diesen Tag freue ich mich sehr.

Angie und ich haben es tatsächlich geschafft! Das Umzugsunternehmen hat uns sehr unterstützt, was natürlich mit einigen Kosten verbunden war. Aber ohne sie hätten wir den Umzug nicht in dieser Geschwindigkeit über die Bühne bringen können.

Wir haben sehr viel vorbereitet und sind nun bereit für unser Projekt. In Angies Agentur haben auch alle mitgeholfen. Sie hat wirklich tolle Angestellte! Flexibel, hilfsbereit und sehr herzlich. Ich liebe Menschen, die ihre Arbeit mit vollem Engagement ausführen. Auch wenn ich oft daran zweifle, habe ich in den letzten Monaten doch festgestellt, dass noch sehr viele Leute das Herz am rechten Fleck haben. Diese Erkenntnis hat mich beruhigt.

Beide Wohnungsabgaben haben stattgefunden und Adam und Eva sind bereits im Besitz des Schlüssels für ihr Paradies. Fast hätte ich ihnen noch eine Schale mit Obst hingestellt mit dem Vermerk: Essen verboten! Habe es dann aber doch sein lassen.

Frau Meyer hat übrigens bei der Abnahme der Wohnung tatsächlich etwas gefunden, was nicht in Ordnung war: Im Wohnzimmer fand sie auf einer Steckdose ein paar Fliegendrecke und sie schaute mich mit grossen und fragenden Augen an. Ich nahm wortlos ein Taschentuch aus meiner Tasche, befeuchtete es mit Wasser aus dem Badezimmer und putzte die kleinen Scheisstüpfelchen weg. Die einzigen Worte, welche wir noch wechselten, waren: Leben Sie wohl.

Tja, und jetzt ist er da, der letzte Abend!

Wo Angie und ich unsere letzte Nacht verbringen?

Im Hotel.

Wirklich?

Natürlich nicht, denn Lisa hat uns eingeladen, diesen Abend bei ihr zu feiern. Sie ist goldig und wird mir sehr fehlen!

»Es lebe Italien«, begrüsst sie uns, »kommt herein!«

Wir umarmen uns und freuen uns auf einen gemütlichen und tollen Abend.

Lisa hat gekocht und kommt mit ihren Kochkünsten nah an diese von Mario heran. Ich glaube, dass ich sie später nach Italien holen werde. Mario und Lisa – zwei Kochprofis mit Flügeln.

»Der Apéro steht bereits im Wohnzimmer, ich hole noch schnell den Prosecco!«

»Keine Eile, Lisa!«, beruhige ich sie, »wir sind die ganze Nacht hier. Und übrigens kannst du mir zwei Gläser bringen. Angie muss morgen fahren und da muss sie nüchtern sein. Werde ihren Anteil auch noch trinken – und noch viel mehr!«

»Was ist denn los, Lea? Willst du dich besaufen?«

»Nein, aber.«

»Bitte, sag nicht, dass sich Mucki noch mal bei dir gemeldet hat. Bitte sag, dass es nicht so ist!«

Lisa kommt aus der Küche gestürmt. Ohne Gläser und ohne Sekt. Sie will nichts verpassen.

»Los«, drängt sie, »erzähl!«

Eigentlich will ich es den beiden gar nicht erzählen. Ich will es für mich behalten und den an-

240

deren nicht den letzten Abend mit einer Jammer-geschichte versauen. Aber ich muss es wahr-scheinlich doch mitteilen, ich kann das nicht in mich hineinfressen.

»Doch, er hat sich gemeldet, habe heute Mit-tag eine SMS gekriegt.«

»Arschloch!«, flucht Angie.

»Du sagst es«, antworte ich ein wenig traurig.

Ich suche in meiner Handtasche das verfluch-te Handy. Meine Hände zittern und ich stehe kurz davor, durchzudrehen. Dass Frauen in ihrem Le-ben circa zweiundneunzig Tage versäumen, bloss um etwas in der Handtasche zu suchen, ist bewie-sen. Bei mir sind es aber doppelt so viele Tage.

Angie reisst mir die Tasche aus der Hand, greift mit der rechten Hand hinein und zieht eine Sekunde später das Handy in die Luft. »Soll ich es wegwerfen?«

»Nein«, schreit Lisa, »ich will hören, was Muskelprotzi sich wieder hat einfallen lassen!«

»Also«, sage ich leise, »er schrieb Folgendes: Hey Lea. Ich habe doch bei unserer letzten Reise das Mietauto im Voraus bezahlt. Bitte überweise mir die Hälfte auf folgendes Konto. LG.«

Es ist still. Wir schauen uns an und sind sprachlos. Was wir ja sonst nie sind.

»Dieser Scheisskerl!«, wettert Lisa. »Das kann doch nicht wahr sein! Vor wie vielen Mona-ten war dieser Urlaub? Der spinnt doch! Das ist ja schon ewig her! Der ist ja noch dümmer als ich gedacht habe, ich fasse es nicht!«

Angie schaut uns an und hat komischerweise ein Lächeln auf ihren Lippen. Das gefällt mir gar nicht. Ich möchte von ihr auch hören, dass er ein Arsch ist. Sie aber geniesst es sichtlich, dass Lisa und ich sie anstarren und nicht den blassesten Schimmer haben, wieso sie dieses Lächeln zeigt.

»Angie? Ist was?«

»Hätte da noch etwas, mit dem ich diese SMS toppen kann.«

»Kaum möglich«, antworte ich und möchte weinen und mich ganz elend fühlen. Aber ich komme nicht dazu, denn Angie fängt an, uns etwas zu erzählen.

»Lea, es ist wirklich unglaublich, was sich dieser Depp erlaubt. Ich habe keine Worte für dieses Benehmen. Aber ich glaube, ich kann deine Geschichte übertreffen.«

»Wie meinst du das?«

»Ich habe es nie erzählt, weil es so peinlich ist.«

»Für wen?«

»Für meinen Ex-Verlobten. Der hat eine ganz ähnliche Show abgezogen. Aber eigentlich noch schlimmer.«

»Und wieso lachst du denn jetzt?« fragt Lisa.

»Weil es zwar peinlich, aber eigentlich zum Totlachen ist. Ihr wisst doch, dass ich mir immer Kinder gewünscht habe. Mein Ex aber wollte keine kleinen Bastarde. Schon für diese Aussage sollte man ihm in die Eier treten.«

»Zweimal sogar«, werfe ich ein.

»Gibt's noch keine Abos dafür?« lacht Lisa. »Mit solchen In-die-Eier-treten-Abos könnten wir sicher viel Kohle machen.«

»Würdest du dann diese Tritte verteilen?« frage ich.

»Nein, unsere Angestellten, welche zweiwöchige Schulung und einmal im Monat eine Weiterbildung besuchen würden.«

Ich muss lachen: »Weiterbildung? Wieso denn? Das zu tretende Objekt befindet sich ja immer am selben Ort und getreten wird entweder mit dem linken oder dem rechten Fuss. Eine Weiterbildung ist demzufolge nicht notwendig.«

»Schätzchen«, beruhigt uns Angie, welche ungläubig dieses unproduktive Gespräch verfolgt, sich aber nicht durchringen kann, auch daran teilzunehmen, «man könnte meinen, ihr beide habt den ganzen Sekt alleine getrunken.«

»Sorry!«, entschuldigt sich Lisa. »Vor lauter Mietauto und Eier-Abo habe ich ganz vergessen, dass wir ja immer noch auf dem Trockenen sitzen. Warte noch mit Erzählen, Angie, bin gleich wieder da!«

Wir kommen also um den Tod durch Verdursten herum, stossen auf das neue Leben an und auf alle Männer, welche noch zu haben und nicht ganz so bescheuert sind, wie wir uns gerade verhalten. Und Angie kann endlich erzählen.

»Wir haben damals diskutiert«, erzählt Angie, »welche Verhütungsmethode für uns, respektive für mich, am besten wäre. Die Pille war zu gefährlich aufgrund meiner Vergesslichkeit. Der Hormonring wurde ausprobiert, aber vertragen konnte ich ihn nicht. Ich bekam überall Ausschläge und hatte das Gefühl, dass ich depressiv werde. Von den nächtlichen Panikattacken wollen wir gar nicht reden. Schlussendlich haben wir uns für die Spirale entschieden.«

»Angie, komm auf den Punkt!«

»Genau, der Punkt! Ich liess mir also diese Spirale reinmontieren und freute mich meines Lebens. Die Freude hielt aber nicht sehr lange, da mein Ex sich nach zweimonatigem Spiralensex von mir trennte. Ich hätte mir diese Tortur also sparen können.«

»Und was hat nun deine Spirale mit dem Mietauto zu tun?«, frage ich.

»Du ungeduldiger Engel, das kommt ja gleich!«

»Vier Monate nach der Trennung erhielt ich, genau wie du, eine SMS. In der stand, ich weiss es noch genau, folgender Text: Hallo Angie, Du schuldest mir noch Geld. Habe dir vor sechs Monaten die Hälfte an die Spirale bezahlt. Da du jetzt mit anderen Männern in die Kiste hüpfst, bitte ich dich, mir meinen Anteil wieder zurückzugeben.«

Mein Kiefer landet auf dem Boden.

»Nein Angie, das glaube ich nicht, das hast du jetzt frei erfunden. Das ist ganz sicher nicht passiert!«

»Echt wahr, Lea!«

»Nein, nein und noch mal nein!«, sagt Lisa. Das glaube ich dir ganz sicher nicht!«

»Kannst du aber, es war erbärmlich und mein Heulkrampf hielt die ganze Nacht an!«

»Wieso hast du es mir nie gesagt?«, frage ich erstaunt.

»Keine Ahnung, ich war so von der Rolle, dass ich es nicht weitererzählen konnte.«

»Was hast du dann getan?«

»Ich? Ich habe, nachdem alle zur Verfügung stehenden Tages- und Nachttränen geweint waren, einfach den Kontakt gelöscht. Genau wie du, Lea. Und nie mehr habe ich etwas von ihm gehört oder gesehen!«

»Angie, in was für einer Welt leben wir eigentlich?«

»In einer sehr witzigen«, lacht Lisa. Sie sitzt am Boden und kann ihren Lachanfall nicht mehr zurückhalten.

Ich schaue Angie an, dann wieder Lisa. Und plötzlich finde ich diese beiden Geschichten auch zum Grinsen. Und auch Angie kann sich das Lachen nicht mehr verkneifen.

Es ist so toll, wenn man sein Leid teilen kann. Es wird dann nämlich weniger. Und noch besser ist, wenn man solche Lachanfälle teilen kann. Die sind mit keinem Geld zu kaufen und beweisen mir in diesem Moment, dass wir alle im selben Boot sitzen und alle ein paar unangenehme Geschichten mit uns herumtragen.

Die neue Geschichte beginnt

Soeben ist der Umzugswagen weggefahren. Ich schaue ihm nachdenklich nach.

Aber da sind immer noch die nicht enden wollenden Gedanken. Mucki.

Angie tippt mich auf die Schulter und sagt: »Hey Lea, komm, die anderen warten mit einem Willkommens-Apéro!«

Ich drehe mich mit Tränen in den Augen zu ihr um. Sie nimmt mich fest in ihre Arme.

Ein Traumstart in das neue Leben, oder?

»Alles ist gut so, wie es ist«, sagt sie, »ich verspreche es dir. Alles ist gut!«

Ich kann vor lauter Weinen nicht sprechen.

»Lea, genau hier und genau jetzt beginnt eine neue Geschichte. Es ist DEINE Geschichte und er gehört nicht mehr dazu. Es tut weh, aber lass ihn endlich los, lass ihn seine eigene Geschichte leben! Wir beide sind jetzt hier, weil für uns nicht nur ein neues Kapitel anfängt. Nein, wir sind hier, weil wir eine neue Geschichte schreiben. Die wahrscheinlich beste Geschichte unseres Lebens! Komm, lass uns starten!«

Sie wischt mir die Tränen aus dem Gesicht, wuschelt mir durch die Haare, hakt sich bei mir ein und zusammen beginnen wir unsere neue Lebensgeschichte. Sie muss einfach gut werden. Sie muss! Und ganz tief in mir spüre ich, dass ich auf dem einzig richtigen Weg bin.

»Ah, da kommt ihr ja!«, ruft Mario, es ist schon alles bereit. Der Umzug ging ja ruckizucki. Ihr habt wirklich alles bestens organisiert. Richtige Organisationstalente, ihr beiden!«

»Gelernt ist gelernt!«, gibt Angie zur Antwort.

Alessandro schenkt Moscato in die hohen Sektgläser ein und Nonno verteilt kleine Häppchen. Sie haben sich mächtig ins Zeug gelegt und nach dem ersten Glas Moscato und der wärmenden Italien-Sonne geht es mir schon besser.

Es ist zwar erst April, aber der Garten ist bereits in voller Blüte. Genau so stelle ich mir die Landschaften in den Märchen vor. So viele Pflanzen und so viele Farben. Man möchte dieses Gefühl aufsaugen und immer wieder ins Gedächtnis zurückrufen, wenn es einem schlecht geht. Habe schon oft probiert, mir solche Bilder zu merken und sie in schweren Zeiten abzurufen. Leider hat aber mein Oberstübchen keinen Speicherplatz mehr übrig, weil dort bereits meine ganze Vergangenheit den Platz eingenommen hat. Muss aufräumen und neuen Platz schaffen! Ich hoffe, dass es mir hier gelingt, sonst verderbe ich mir mit meinen Gedanken an die Vergangenheit meine eigene Zukunft! Und das darf nicht passieren!

Die drei Herren strahlen um die Wette und sind glücklich, dass wir endlich hier sind. Wie Angie und ich hatten auch sie eine Menge zu tun.

»War der Umzug sehr stressig?«, fragt Alessandro.

»Wir hatten schon das eine oder andere zu erledigen«, lache ich. »Aber zusammen haben wir es geschafft!«

»Ihr habt hier ja bereits eine Riesenarbeit geleistet!«, lobt Angie voller Bewunderung.

»Das haben wir sehr gerne getan. Wir hoffen, dass wir alles so vorbereitet haben wie ihr es euch gewünscht habt. Die Sehenswürdigkeiten für die Zimmer, welche ihr uns gemailt habt, konnten wir bereits vorbereiten. Die werden aber erst montiert, wenn euer okay vorliegt. Unsere Handwerker haben wirklich Grandioses geleistet. Ich denke, dass es euch gefallen wird.«

»Danke Nonno!«, strahlt Angie, »und übrigens hat der Gärtner erneut sensationelle Arbeit geleistet. Es ist so wunderschön hier!«

»Claudio kommt morgen vorbei«, teilt uns Nonno mit.

»Wer ist Claudio?« frage ich.

»Claudio ist der Gärtner«, antwortet Nonno. Bis jetzt hat Mario mir geholfen, den Garten zu pflegen, aber er kann nicht überall sein und ist nun damit beschäftigt, Menus zu kreieren, neue Gerichte auszuprobieren und irgendwo muss er auch noch einen guten Koch finden. Ein nicht ganz einfaches Unterfangen, aber Mario schafft das!«

»Da habe ich keine Zweifel«, sage ich und bin immer noch ein wenig enttäuscht, dass er fünf Schwestern hat. Das wäre so praktisch gewesen!

»Lea?«, fragt Angie mich plötzlich, »hattest du nicht mal einen Freund, der Claudio hiess?«

»Das gehört erstens nicht an diesen Tisch und zweitens war es kein Freund, sondern ein Betthupferl.«

»Betthupferl?", lacht Nonno, »wie müssen wir das verstehen?«

»Das muss gar niemand verstehen«, lache ich zurück, »es war einfach ein Betthupferl.«

Schön, dass sich jetzt jeder etwas anderes darunter vorstellen kann. Im Leben hat man ja den einen oder anderen Ausrutscher. Und bei Angie und mir erhalten all diese Typen dann einen Namen. Den richtigen kann man ja in der Öffentlichkeit nicht preisgeben, aber diese Pseudo-Namen helfen bei der alltäglichen Kommunikation unglaublich. Das Beste: Sie sind prägnant und nur Insider wissen, von wem die Rede ist!

»Morgen um 10.00 Uhr«, teilt Nonno mit, »kommen die Handwerker. Wenn es euch recht ist, übernehme ich die Bauleitung.«

»Das ist wunderbar!«, jubelt Angie. »Wer wird denn alles dabei sein?«

»Alle!«, ist seine Antwort und lacht dazu von ganzem Herzen.

»Danke, Nonno, das ist echt lieb von dir. Ich habe die letzten Wochen ebenfalls am Bauprogramm gearbeitet, oder besser gesagt gewurstelt. Habe mir dann etwas Hilfe geholt. Wenn alles klappt, können wir am 1. Oktober eröffnen.«

»Da müssen sich unsere Handwerker aber

sputen«, sagt Nonno. »Meinst du wirklich, dass wir das Hotel in sechs Monaten umbauen können? Es gibt wahnsinnig viel zu tun!«

Angie lächelt: »Ja, Grossvater, das schaffen wir. Und weisst du wieso?«

»Nein«.

»Weil ihr schon so viel vorbereitet habt und ich noch Verstärkung angefordert habe. Ich habe verschiedene Handwerker eingeladen, hier Urlaub zu machen. Urlaub kann man es nicht wirklich nennen, denn sie werden uns tagsüber unterstützen und unseren Handwerkern zur Hand gehen. Im Gegenzug gibt es Kost und Logis.«

»Wow!«, murmle ich erstaunt, »wie hast du das geschafft?«

»War nicht sehr schwer. Habe viele Handwerker als Kunden. Sie waren sofort einverstanden, gibt es ihnen doch auch wieder neue Impulse und Erfahrungen.«

»Du bist einfach toll!«

Und alle anderen nicken.

Angie und ich setzen uns, nach Aufforderung von Mario, auf zwei bequeme Sessel, wo alles liebevoll bereitgestellt wurde, damit wir uns von der Fahrt noch etwas erholen können. Wir werden hier wirklich verwöhnt und ich glaube, dass alle sehr grosse Freude daran haben, das Hotel »wiederzubeleben.«

Ich schaue mir eine Modezeitschrift an und bin begeistert von der italienischen Mode. Natürlich kann man die abgebildeten Outfits nicht in der Öffentlichkeit tragen, und manchmal frage ich mich, wieso denn überhaupt solche Kleider designt werden. Man kann ja nicht mit Fahrradketten um den Arsch durch die Gegend laufen. Die Person, welche dieses Fahrradketten-Kleid entworfen hat, muss wahrscheinlich all das Öl von der Kette geleckt oder sonst eine Droge gefunden, inhaliert, gegessen oder gespritzt haben. Wie sonst kommt man auf eine so doofe Idee! Na ja, hat wahrscheinlich Geld damit verdient, ist ja die Hauptsache!

Es bleibt mir aber trotzdem ein Rätsel, wie man mit solchen Klamotten Geld verdienen kann. Vielleicht sollte ich Luftballons in BHs und Strings verwandeln. Oder Tannzapfenkleider inklusive Harz entwerfen. Eierschalen könnte ich auch noch verdrücken und mit diesen einen Schal kreieren. Gibt zwar nicht warm, aber die Veloketten ja auch nicht. Strings aus Süssigkeiten gibt's ja schon. Nein, habe ich noch nie getragen, wäre aber mal etwas anderes. Da würde sich mein Schatz aber sicher Karies holen und das wollen wir ja auch nicht.

Schatz?

Ach ja, ich habe ja gar keinen! Danke, dass Sie mich darauf aufmerksam gemacht haben.

Ich blättere weiter und finde einen Artikel über Frauen, die in Mailand Karriere gemacht haben. Ich staune über die vielen tollen Kleider (ohne Fahrradketten), welche die Damen tragen. Zum Teil, könnten sogar wir Normalsterblichen diese Kleider anziehen. Dann kommt mir plötzlich eine Blitz-Idee.

»Angie, ich hab's«, kreische ich, »ein neues Zimmer!«

»Meine Güte, hast du mich erschreckt. Ich war gerade so schön am Träumen!«

»Sorry, es tut mir leid, aber ich habe wirklich eine fantastische Idee!«

»Na, dann schiess mal los!«

Ich bin ganz aufgeregt und merke, wie Enthusiasmus in mir aufsteigt. Hoffentlich hält er an, bis ich meinen Vorschlag vorgetragen habe.

»Wir sind hier ja relativ abgelegen. Das heisst, dass man hier nicht shoppen gehen kann, ohne zwei Stunden im Auto unterwegs zu sein. Unter Umständen könnte das für unsere Gäste ein Nachteil sein!«

»Soll ich hier nun ein Warenhaus bauen?«

»Nein, es ist viel einfacher. Wir machen ein Mailand-Zimmer.«

»Davon haben wir ja schon gesprochen, ist also nichts Neues.«

»Ja, wir haben davon gesprochen, hatten aber noch keine passende Einrichtung – BIS JETZT!«

»Ich höre.«

»Die Wände streichen wir mit einer warmen Farbe und kleben anschliessend alle tollen Online-Shops mittels Wand-Tattoos an die Wand. In einer gemütlichen Ecke befinden sich dann zwei Laptops, mit welchen man sich in das Shoppingvergnügen stürzen kann. Die bestellte Ware wird den Gästen nach ihrem Urlaub kostenlos nach Hause geliefert. An den Wänden können wir noch Papiertüten von verschiedenen Markenshops anbringen. In diesen Tüten findet man dann Zeitschriften und Bücher über Mode, Frisuren etc.«

»Tönt sehr gut, Lea, aber wie können denn die anderen Gäste, welche nicht im Mailand-Zimmer sind, ebenfalls shoppen gehen?«

»Ganz einfach, wir stellen in der Bibliothek ebenfalls einen Platz für das Mode-Shopping bereit und somit haben sie die gleichen Vorteile wie die Gäste aus dem Mailand-Zimmer.

»Einfach genial!«, rühmt Angie und steuert eine weitere Idee zum Zimmer bei: »Wir könnten doch das Opernhaus Teatro alla Scala an die Wand projizieren und davor eine uralte, grosse Badewanne auf goldenen Füssen hinstellen. Sitzt man dann im heissen Bad, wird eine Oper an die Wand projiziert, welche man selber auswählen kann.«

»Super Idee. Das wird einfach perfekt!«, sage ich und umarme meine beste Freundin.

Später erscheinen Mario und Nonno mit dem Abendessen. Ich glaube, Mario trägt heute sogar Flügel. Die beiden lachen, füllen unsere Teller mit der Engelsmahlzeit und giessen Rotwein in die Gläser.

»Auf das Hotel!«, sagt Nonno, und alle Gläser klirren. Ich nehme es als Zeichen, dass genau hier und genau jetzt mein neues Leben anfängt. Wie schon gesagt, die Geschichte meines Lebens!

Nach dem ausgiebigen und hervorragenden Abendessen haben die beiden Herren für Angie und mich eine Überraschung bereit. Sie führen uns in das erste von zwei nebeneinander liegenden Zimmern.

Sie müssen sich während unseres letzten Aufenthaltes alle möglichen Notizen gemacht haben was unseren Einrichtungsgeschmack betrifft. Die Zimmer, welche wir nun zu Gesicht bekommen, sind nämlich so modernisiert worden, dass keine Wünsche offen bleiben.

In meinem Zimmer hat es einen wunderschönen dunkelbraunen Parkettboden und ein grosses Holzbett, welches aus alten Balken hergestellt wurde. Das muss der junge Schreiner gemacht haben. Wow! Der kann mit seinen wenigen Jahren auf dem Buckel ja schon einiges! Ob er genausogut im Bett ist wie bei der Herstellung eines Bettes? Die Bettwäsche ist aus weissem, weichfliessenden Satin. Unglaublich, sogar ein neuer PC und Drucker stehen im Zimmer bereit! Natürlich mit WLAN. Werde gar nicht nach der Geheimzahl fragen und erst mal 1, 2, 3, 4 ausprobieren! Und wenn das nicht klappt, dann probiere ich es sofort mit 4, 3, 2, 1.

Die Sitzecke ist grasgrün und so flauschig, dass man sich am liebsten darin eingraben möchte. Ich fühle mich sofort pudelwohl in meinen neuen vier Wänden.

Nun sind wir in Angies Zimmer. Da stehen ein grosses Himmelbett und ein alter, hellbrauner Schreibtisch. Ob dieser Schreibtisch mal Nonno gehört hat? Eine sehr gemütliche Sitzecke rundet das Ganze ab. Auch Angie ist überglücklich über ihr neues Zuhause.

Auf beiden Betten liegt ein goldfarbenes Geschenk mit roter Schleife. Darum herum sind Glückskäfer und Kleeblätter aus Schokolade gestreut. Eine mit wunderschöner Schrift verzierte Karte heisst uns herzlich willkommen und wünscht uns alles Glück der Erde.

Alles Glück der Erde! Es gab eine Zeit, in der ich nicht mehr an Glück glauben wollte. Dabei hatte ich es nur falsch angestellt. Ich fokussierte meine Gedanken auf die zerbrochene Partnerschaft und sah lange Zeit das kleine Glück nicht, welches mir entgegenkam oder lange Zeit an meiner Seite lief. Wahrscheinlich habe ich durch mein doofes Verhalten viele glückliche Momente verpasst. Aber ich weiss, dass ich jetzt auf dem richtigen Weg bin, und das ist schon mal ein guter Anfang!

»Was ist denn aus unserem alten Zimmer geworden?«, fragt Angie.

»Das zeigen wir euch gerne, kommt mit!«, antwortet Nonno.

Zusammen mit Mario gehen wir in unser altes Zimmer, und schon wieder staunen wir.

»Meine Güte, das ist ja wundervoll!«, juble ich.

»Dem kann ich mich nur anschliessen«, flüstert Angie.

Wieso sie flüstert, weiss ich nicht, es ist aber nicht wichtig.

Während unserer Abwesenheit haben Nonno und Mario auch das alte Zimmer renoviert. Ein topmodernes Büro für Angie und mich ist daraus geworden. Ich kann es nicht glauben und kneife mich selber in den Arm.

»Nonno, soll das wirklich unser Büro sein?«, fragt Angie.

»So ist es. Wir hoffen, es gefällt euch!«

»Es ist wundervoll!«, schwärmt Angie. »Aber wir haben ja bereits in unserem Zimmer ein tipptopp eingerichtetes Büro.«

»Ja«, antwortet Mario, »das wissen wir, und das soll auch so sein. Dadurch könnt ihr viele Dinge im gemeinsamen Büro erledigen, eure Arbeit aber auch in den eigenen vier Wänden weiterführen. Je nach Lust und Laune!«

Gemeinsam umarmen wir Nonno und Mario. Manchmal braucht es keine Worte. Und ja, manchmal können auch Frauen ihren Mund halten!

Das ganze Wochenende verbringen wir damit, unsere Sachen einzurichten. Koffer werden ausgepackt und Schränke eingeräumt. Ich liebe mein Zimmer und schaue mich immer wieder um. So wohl habe ich mich schon lange nicht mehr gefühlt.

Ich war meinem Ziel und wahrscheinlich mir selber noch nie näher als jetzt. Noch nie. Und in meinem Herzen weiss ich genau, dass alles gut kommen wird und wir hier etwas Fantastisches aufbauen. Ich spüre es und weiss, dass ich in ein paar Monaten mein Ziel erreichen werde. Es gibt viel zu tun, aber ich freue mich sehr auf die Vorbereitungen.

»Danke«, flüstere ich Angie zu, als wir gemeinsam das neue Büro einrichten.«

»Wofür denn?«

»Danke, dass es dich gibt und danke, dass du mich meinem Traum so nahe bringst. Ich mag dich so sehr, Angie!«

»Komm, kleine Heulsuse«, flüstert sie und nimmt mich in den Arm. »Ich danke dir, dass du dich auf dieses Abenteuer mit mir einlässt. Und wenn du jetzt nicht aufhörst zu weinen, ruinierst du mein neues T-Shirt.«

Sie hält mich immer noch fest und flüstert mir ins Ohr: »Auch ich hab dich sehr lieb und danke, dass ich dich kennen darf. Du bist eine sehr wichtige Person in meinem Leben und ich hoffe, dass dies immer so bleiben wird.«

Wir räumen die Kartons aus und füllen mit deren Inhalt sämtliche Regale, Schränke und Korpusse, welche Nonno und Mario uns zur Verfügung gestellt haben. Das Büro ist sehr geräumig und wir finden für alle Akten einen Platz.

Einige Stunden später gehen wir in den Garten um eine Pause zu machen. Auch wenn ich mich wiederhole: es ist ein Traumgarten. So muss ein Garten aussehen!

Nonno und Mario setzen sich mit einer Flasche Rotwein zu uns. Es ist Sonntagabend und wir sind alle gespannt auf den morgigen Tag, an dem wir die Handwerker kennenlernen werden.

»So, meine Damen. Alles in Ordnung bei euch? Habt ihr auch genug Platz im Büro?« fragt Nonno.

»Alles perfekt«, antwortet Angie und schaut mir dann tief in die Augen.

Ich schaue zurück, kann aber ihren Gesichtsausdruck nicht verstehen.

Sie reisst ihre Augen auf und deutet immer auf Nonno. Wieso macht sie das? Ich hebe meine Schultern und zeige ihr damit, dass ich nicht verstehe, was sie möchte.

Nonno und Mario beobachten unser komisches Verhalten und schauen uns abwechselnd fragend an.

Nach einigem Hin und Her frage ich sie: »Was ist los?«

Sie atmet tief durch und will mir mit dieser Atmung mitteilen, dass ich eine sehr lange Leitung habe.

»Lea, du möchtest doch Nonno und Mario etwas mitteilen.«

»Ich?«

»Ja, du.«

»Angie, komm zur Sache, was soll ich erzählen?«

»Shopping.«

»Shopping?«

»Mailand.«

»Ach so, jetzt verstehe ich!«

»Endlich! Lea, pennst du schon?«

Wir lachen und ich erzähle Nonno und Mario von unserem geplanten Mailandzimmer.

Die beiden sind sofort begeistert und Nonno sieht in Gedanken wahrscheinlich bereits das wunderschöne Mailandzimmer vor sich. Ich freue mich sehr, dass Nonno und Mario einverstanden sind.

Mit einem wohligen Gefühl, ausgelöst durch ein köstliches Essen und den herrlichen Rotwein, gehen wir schlafen. Morgen müssen alle fit sein, denn es ist Handwerkertag. Da lernen wir die fleissigen Helfer endlich kennen. Ich freue mich.

Mit Lärm aus dem Badezimmer, werde ich geweckt. Angie ist bereits angezogen und ihre Haare sehen aus wie frisch vom Frisör. Sie trägt ein tolles grünes Minikleid und ihre langen, gebräunten Beine stecken in hohen schwarzen Pumps. Eine kurze Strickjacke in der passenden Farbe rundet das Outfit ab.

»Wo willst DU denn hin?« frage ich. »Gehen wir auf eine Party?«

»Nein, aber die Handwerker kommen doch heute und da dachte ich ...«

»Da dachtest du, dass du sie ein wenig verrückt machen kannst. Das wird dir sicher gelingen!«

»Overdressed?«

»Ein bisschen vielleicht.«

»Okay, ich ziehe mir schnell das andere grüne Kleid an, das ist länger und reicht bis zu den Knien.«

»Besser?«

»Viel besser!«, lobe ich Angie, als sie in einem passenderen Look zurückkehrt. Dann verlasse auch ich mein Bett, um noch schnell unter die Dusche zu hüpfen.

Nach einem ausgiebigen Frühstück sitzen wir im kleinen Speisesaal und warten auf die Handwerker. Entgegen aller Vorurteile kommen die Herren sehr pünktlich. Ihr Lachen bringt die Sonne mitten in den Saal und das Glück steht ihnen ins Gesicht geschrieben.

Von den drei Männern kommt mir keiner bekannt vor. Welcher wohl der Maler ist? Ich habe keine Ahnung mehr und mein Blick zu Angie beweist mir, dass auch sie nicht mehr weiss, wer von denen der Farbkleckser ist.

Der zuletzt Eintretende weckt meine Aufmerksamkeit. Er könnte glatt ein Bruder von Alessandro sein. Etwas grösser vielleicht – Wow!

Sie begrüssen uns, wie man alte Bekannte begrüsst. Küsschen hier, Küsschen da, und das alles mit einem Lachen im Gesicht. Diese Italiener, ich liebe sie!

Nonno stellt uns die Handwerker vor und es stellt sich heraus, dass der Traumtyp der Gärtner ist. Wow, der Gärtner! Ich stelle mir gerade vor, wie er oben ohne ganz behutsam einen Strauch oder einen Baum pflanzt. Sein Schweiss fliesst seinen braungebrannten Körper hinunter, die schwarzen Haare kleben an seinem Gesicht und - STOPP! Ich muss sofort aufhören, habe ich mir doch geschworen, dass ich keinen Typen mehr an mich heranlasse. Jedenfalls nicht jetzt und später auch nicht. Muss zuerst Mucki aus meinen Gedanken streichen, und dieser sitzt ja immer noch hartnäckig im Hinterkopf. Aber warte nur, eines Tages werde ich ihn los! Eines Tages kehre ich ihn mit dem Besen in die Kanalisation. Oder ich schreibe seinen Namen auf ein Blatt Papier, schmeisse dieses in die Toilette und spüle diesen Typen weg. Natürlich mit passender Musik wie zum Beispiel ‚Your love was a lie' oder so. Und ob ich dabei schwarz trage, weiss ich noch nicht. Eher rot oder noch besser ein Tussi-Pink und dazu ein paar unglaublich hohe High Heels. Das wäre ein scharfer Abschied!

Der Mann, den uns Nonno als Maler vorstellt, hat sich sehr verändert, hatte er vor drei Jahren doch noch lange, gekrauste, eher ungepflegte Haare und sehr viele Piercings, welche im ganzen Gesicht verteilt waren. Bei seinem Anblick hätte man meinen können, dass er eine ganze Werkzeugkiste im Gesicht trägt. Die Werkzeugkiste eines Schreiners. Jetzt steht uns aber ein Mann ohne Piercing und mit einem freuchen, kurzen Haarschnitt gegenüber. Seine Frau hat grosse Arbeit geleistet und ihn toll hergerichtet. Kompliment! Ob er das von Angie noch weiss? Auf jeden Fall kommt dieses Thema nicht über seine Lippen. Gut so.

Als Letztes inspiziere ich den Schreiner. Jung, hübsch und ein richtiges Arbeitstier. Ich bin mal gespannt, ob er wirklich so gut ist wie Nonno uns mitgeteilt hat.

Die Besprechung läuft ganz prima und alle sind im Fieber. Im Hotel-Fieber.

»Habt ihr eigentlich schon einen Namen für das Hotel? Oder bleibt der alte?«, fragt plötzlich der Gärtner.

Genau, wieso hat noch niemand über den Namen gesprochen? Der jetzige Name lautet ja ganz simpel: Albergo Girasole. Ist zwar ein schöner Name, schon deswegen, weil Sonnenblumen zu meinen Lieblingsblumen gehören.

Rosen?

Mag ich nicht. Habe mir schon oft in die Finger gestochen beim Einstellen der Rosen. Da kann ich mich so etwas von aufregen und den Rosen jegliche Schimpfwörter an ihre Blätter werfen. Sonnenblumen sind da viel praktischer. Ein wenig heisses Wasser et finito.

Alle schauen zu Nonno, denn er hat dieses Hotel ja unter dem bereits erwähnten Namen geführt. Ob er den Namen von seinem Vater übernommen hat? Dieser war ja der Gründer des Hotels.

Nonno lächelt: »Ich finde, ein neuer Name kann nicht schaden. Im Leben muss man fast täglich Dinge loslassen. Es wird sicher ungewohnt sein, aber zu einem neuen Hotel gehört auch ein neuer Name, und Angie wird sicher einen finden!«

»Danke, Nonno, ich werde mir Gedanken darüber machen.«

Am Dienstagmorgen ist im Hotel sehr viel los. Die Handwerker treffen ein und jeder hat einen Plan mit dem genauen Ablauf des Umbaus erhalten. Die von Angie engagierten Leute kommen erst im Mai und zwar gestaffelt. Alles ist picobello vorbereitet und ich hoffe, dass wir keine zu grossen Überraschungen erleben werden.

Ich staune, denn alle gehen ihrer Arbeit nach, wie wenn ein solcher Umbau für sie an der Tagesordnung wäre. Es ist toll, was für gute Leute Nonno gefunden hat.

Fabio, der Maler, beginnt im grossen Speisesaal. Es ist unglaublich, welche Arbeit diese Maler leisten. Ich drehe schon durch, wenn ich eine klitzekleine Wand streichen muss. Zuerst muss alles mit Klebeband und Karton abgedeckt werden, was nicht mit Farbe in Berührung kommen darf. Das ist eine so doofe Arbeit, dass ich nach dieser Abkleberei bereits so hundemüde bin, dass ich die Farbe mittels einer grossen Farbkessel-Explosion an die Wände klatschen möchte. Nein, die Malerei ist wirklich nichts für mich! Fabio lacht über meine kleine Geschichte und will mir zeigen, wie man schnell und sauber die notwendigen Stellen abkleben und abdecken kann. Zum

Glück ruft Angie nach mir, Malunterricht mag ich nämlich gar nicht.

Angie ist mit Luca, dem Schreiner und Alessandro im Venedig-Zimmer. Sie diskutieren gerade über die Brücke. Die beiden Herren werden die Brücke zusammen bauen, denn Alessandro hat bereits Erfahrung als Maurer, da er mal temporär in diesem Beruf gearbeitet hat.

»Lea, wo genau wollten wir die Brücke haben?« fragt sie mich.

»Ehm, hier drüben, hast du den Plan nicht mehr?«

»Doch, hier ist er, aber irgendwie passt da etwas nicht ganz zusammen!«

Wir schauen uns den Plan an und – richtig, der vorgesehene Platz reicht nicht aus, da haben wir uns wohl verrechnet. Wahrscheinlich liegt der Fehler zu hundert Prozent bei mir, aber das kriegen wir schon hin! Zusammen mit Alessandro und Luca finden wir bald die passende Lösung.

Die Wochen vergehen sehr schnell und bis jetzt haben wir noch keine grösseren Vorkommnisse zu beklagen. Die Handwerkerfreunde von Angie sind auch eingetroffen und das ist eine riesige Hilfe. Jeder Abend wird zu einem richtigen Fest und alle sind glücklich, hier zu sein.

Mucki? Ab und zu kommt mir dieser Muskelprotz noch in den Sinn. Ich weiss aber, dass es die beste Entscheidung war, die mir jemals aufgezwungen wurde. Ich musste von einem Tag auf den anderen einen neuen Weg gehen, ob ich wollte oder nicht. Na ja, zuerst mussten mir ein paar liebe Menschen wieder den Boden unter die Füsse ziehen. Aber jetzt weiss ich, aus welchem Grund ich diesen neuen Weg gehen musste. Ich wäre nämlich nie da, wo ich jetzt bin, wenn dieser Absturz nicht gewesen wäre. Und ich weiss, dass dies hier das Beste ist, was mir je passieren konnte.

Wieso merkt man eigentlich erst später, dass alles, was passiert, einen Sinn hat? Wieso vertraut man dem Leben nicht einfach? All die Menschen, die eines Tages der Vergangenheit angehören, haben es einfach nicht in meine Zukunft geschafft. So ist es und so muss es auch sein! Und wenn man dann auf dem neuen Weg auf neue Menschen trifft, wird einem vieles klar.

Heute sind wir dabei, die Bibliothek einzurichten. Alessandro und Nonno verstehen sich prächtig und immer wieder staunt Nonno, was für Bücher Alessandro auspackt.

»Alessandro?« frage ich, nachdem ich einen weiteren Karton mit Büchern geleert habe, »haben wir eigentlich auch Bücher in deutscher, englischer und französischer Sprache?«

»Natürlich«, antwortet er, »diese sind aber noch im Geschäft. Wir werden sie in die Regale dort drüben stellen, dort hat es noch reichlich Platz. Wie wäre es, wenn wir bei dem grossen Fenster noch ein oder zwei Laptops hinstellen? Wir könnten jedes Buch registrieren und einem

Thema zuordnen. Wenn also der Gast ein Wort eingibt, über das er mehr erfahren möchte, erscheinen alle Bücher auf dem Bildschirm, welche vom gewünschten Thema handeln. Die Bücher können anschliessend ganz einfach anhand der Regalnummer gefunden und gelesen werden.«

»Hast du das bisher auch angeboten?«, frage ich nach.

»Nein, aber ich habe gestern die Software erhalten, mit der wir arbeiten können. Es wird fantastisch. Ich brauche aber sicher noch Unterstützung beim Eingeben der Bücher.«

»Ich bin dabei!« sage ich fröhlich. Denn ich liebe es, am Computer zu arbeiten und diesen mit Buchstaben oder Zahlen zu füttern! Da bin ich voll in meinem Element!

Später macht Nonno Feuer im Kamin und nun sitzen wir auf den gemütlichen, alten Stühlen und trinken Prosecco.

»Habt ihr eigentlich auch ein typisches Männerzimmer?«, fragt Alessandro in die Runde.

»Hmm«, überlegt Angie, »da habe ich mir noch gar keine Gedanken darüber gemacht.«

»Ich hätte da einen Vorschlag«, spricht Alessandro weiter, »soll ich mal erzählen?«

Sicher, dann kann ich ihn die ganze Zeit anstarren ohne dass es auffällt. Wie ist es nur möglich, dass ein einziger Mensch so schön sein kann? Schön, intelligent, spannend, witzig und charmant. Wieso schnappt sich Angie diesen Typen nicht einfach. Sie würden perfekt zueinander passen. Passen würde ich vielleicht auch, aber eben, dieser vom Himmel gefallene Engel hat nur Augen für Angie. Und überhaupt gibt es ja noch den Gärtner.

»Ihr kennt sicher Turin, oder?« fragt der Beau.

Wir nicken und Nonno lächelt zufrieden vor sich hin.

»Turin«, fährt Alessandro fort, »ist die Heimat der Fussballklubs Juventus Turin und des FC Turin. Es sind die zwei erfolgreichsten Teams, welche diese Stadt vorzeigen kann. Ausserdem war Turin im Jahre 2006 Austragungsort der XX. Olympischen Winterspiele.«

Er macht eine kleine Pause, schaut zufrieden in die Runde und erzählt weiter.

»Dieses Männerzimmer könnte folgendermassen gestaltet werden. Ein Fussballstadion wird an die Wand gemalt und mit den Namen erfolgreicher Fussballer verziert. Auch könnten wir eine tolle Sitzgruppe hinstellen und dort halbierte Fussbälle platzieren. In denen sind dann Zeitschriften mit sehr interessanten Artikeln über Fussball zu finden.«

»Das ist wirklich etwas Tolles für uns Männer!«, strahlt Nonno. Mario nickt ebenfalls.

Wir klatschen und sind von diesem Vorschlag begeistert.

»So eine tolle Idee!«, ruft Angie, und Alessandro ist überglücklich.

In seinen Augen sehe ich Liebe. Doch, das kann man sehen. Die Blicke, die er Angie zuwirft, sind voller Sehnsucht. In Angies Augen sehe ich es auch, aber sehr zurückhaltend. Sie hat immer noch Angst, ich weiss es. Angst vor einer neuen Beziehung und Angst vor einer erneuten Zurückweisung. Sie weiss, dass ich sie durchschaue, aber auch sie ist eine Meisterin in Sachen vorgaukeln. Ich würde ihn auf der Stelle heiraten, aber ich werde ja nicht mal beachtet! Und überhaupt, der Gärtner ist ja auch noch da. Ach, ich bin ganz durcheinander!

Toll! Alessandro ist verliebt, Angie sträubt sich und ich spüre, wie eine kleine Krise in mir hochsteigt. Was soll das denn jetzt! Ich bin in Italien, das Wetter könnte nicht schöner sein, wir haben ein unglaublich cooles Projekt und ich bin von lieben Menschen umgeben.

Ich habe also absolut keinen Grund, eine Depression zu schieben. Doch heute ist mein Herz, wie Alessandros Augen, voller Sehnsucht. Es ist nicht die Sehnsucht nach einer bestimmten Person, es ist eher diese Sehnsucht nach Geborgenheit, die mir fehlt. Mit den lieben Menschen hier fühle ich mich sehr geborgen, aber tief in meinem Herzen wünsche ich mir doch hin und wieder einen Partner, dem ich meine Liebe schenken kann. Und wenn ich mich manchmal im Spiegel betrachte, fehlt es einfach.

Sie möchten wissen, was fehlt?

Das Glück. Ich sehe oft kein Glück mehr in meinem Gesicht. Ich bin hier zwar glücklich. Aber den Gesichtsausdruck, den ich früher hatte, fehlt einfach. Wann wird dieses Glück wieder da sein und wann werde ich es in meinem Gesicht wieder sehen können? Und wieso habe ich immer das Gefühl, dass ich handeln, etwas machen muss? Wieso kann ich nicht einfach alles loslassen und alles auf mich zukommen lassen?

Wieso? Wieso? Wieso?

Wieso ist ein doofes Wort, oder? Müsste man auch aus dem Duden streichen! Denn dieses Wort wird keinen einzigen Glücksausdruck auf mein Gesicht zaubern. Das Wort WIESO macht einen nämlich eher nachdenklich, traurig oder unsicher.

»Lea?«, fragt Angie, und ich erwache aus meinen Taggedanken. »Was ist? Findest du den Vorschlag nicht gut?«

»Sicher, keine Frage! Er ist einfach genial und ich freue mich riesig, wenn all diese Zimmer bezugsbereit sind.«

Angie schleppt mich später nach draussen in den Garten und wir trinken einen weiteren eiskalten Prosecco, welchen uns Mario vor dem Verlassen der Bibliothek in unsere Gläser gefüllt hat. Mario bringt uns übrigens jeden Tag ins Staunen. Wir sind seine Versuchskaninchen und nach jedem Essen können wir einen kleinen Fragebogen ausfüllen. Mario und Nonno werten diese Bogen dann aus, um für die zukünftigen Gäste nur das

Allerbeste zu kochen. Um das leibliche Wohl müssen wir uns niemals Sorgen machen.

Wir haben eigentlich keine grossen Sorgen was den Umbau angeht. In diversen Räumen müssen zwar zusätzliche Arbeiten erledigt werden, aber immer sind unsere Handwerker für solche Vorhaben bereit und finden selber die passende Lösung. Eigentlich könnten wir hier auch noch einen Handwerkerverleih auf die Beine stellen, denn diese Männer sind einfach unschlagbar.

Wir sitzen im Garten und geniessen unser kühles Getränk. Claudio ist nicht im Garten. Heute ist er in geheimer Mission unterwegs. Quatsch, er ist mit seinem Lastwagen in eine grosse Gärtnerei gefahren, um dort allerlei Grünzeug zu kaufen. Er hat für die Eingangshalle eine tolle Idee und muss auch für den Garten Boboli noch ein paar spezielle Pflanzen finden. Jedes Zimmer wird in einer einheitlichen Farbe gestaltet und dazu gehören natürlich auch Pflanzen und Blumen. Claudio liebt seine Arbeit, man sieht es ganz deutlich.

»Hast du gesehen, Angie, was Claudio alles gemacht hat? Ist der Garten nicht traumhaft schön?«

»Ja, Lea, ich habe es gesehen. Wie ich auch gesehen habe, dass dir Claudio den Himmel auf Erden holen würde.«

»Du spinnst!«, antworte ich empört. »Gar nichts holen wird er!«

»Doch, ich hab ja Augen im Kopf!«

»Ja, und wahrscheinlich zweijährige Linsen drin!«

»Jetzt werde doch nicht sarkastisch, ich meine es ja nicht böse. ABER ich habe seinen Blick durchschaut!«

»Themawechsel, sonst fange ich mit dir und Alessandro an. Eure Blicke sagen mehr als tausend Worte. Und du solltest langsam anfangen, Alessandro eine Chance zu geben, oder willst du, dass alles so endet wie bei Romeo und Julia?«

»Romeo, wie kommst du jetzt auf den? Hat doch gar keinen Zusammenhang. Du kennst meine Meinung, liebe Freundin. Ohne Beziehung zu sein ist nichts Schlimmes und überhaupt haben wir eh keine Zeit für private Dinge. In sieben Wochen wird das Hotel eröffnet und die ganze Werbung muss nächste Woche raus. Das gibt allerhand zu tun, obwohl mir meine Mitarbeiter schon unzählige Vorschläge geschickt haben. Es wird toll!«

»Auf jeden Fall! Ich bin überzeugt, dass die Eröffnung ein Hit wird. Wo sonst gibt es ein so tolles Hotel zu diesen erschwinglichen Preisen?«

»Nirgends.«

»Kann ich die Marketingideen eigentlich schon sehen?« frage ich Angie.

»Sicher, warte, ich hole sie. Bin gleich wieder da!«

Ich schaue ihr nach, wie sie mit federleichten Schritten im Haus verschwindet. Sie leistet wirklich Grandioses und ich bin sicher, dass sie dieses

Hotel zu einem sehr bekannten Aufenthaltsort machen wird.

Mein Blick schweift durch den Garten. Plötzlich landet ein kleines Tier auf meiner Hand. Ich erschrecke mich zu Tode und will es gerade verscheuchen. Doch ich halte inne, es ist ein Marienkäfer. Ein echter Marienkäfer mit schwarzen Tupfen auf dem roten Kleid. Ich betrachte das kleine Tierchen und ein wohliger Schauer geht durch meinen Körper.

»Danke, du kleiner Glücksbringer. Du wirst mir Glück bringen, ich weiss es!«

»Mit wem redest du denn schon wieder?« fragt Angie. Sie ist eben mit ihren Vorschlägen zurückgekommen.

»Mit niemandem«, antworte ich. Kann ihr wohl kaum erklären, dass ich mit einem Marienkäfer ein Gespräch führe.

Ich schaue mir die Vorschläge an. Angie wartet gespannt auf ein Zeichen von mir, ein Zucken im Gesicht, ein Lächeln oder was auch immer.

Lange kann ich meinen ernsten Gesichtsausdruck nicht halten, denn ich finde die Vorschläge hervorragend und bin total begeistert.

»Du kannst sie alle nehmen! Sie sind perfekt. Ich glaube, das Hotel wird gestürmt. Wirklich Angie, die sind fabelhaft! Weisst du schon, welcher es sein wird?«

»Noch nicht ganz, welcher gefällt dir denn am besten?«

Ich blättere die Entwürfe noch einmal durch. Es ist schwierig, aber ein Vorschlag fasziniert mich doch am meisten.

»Ich glaube, ich würde dieses Konzept wählen. Die warmen Farben ziehen mich magisch an. Und was mir hier auch extrem gut gefällt, ist, dass nur das Nötigste geschrieben ist. Keine langen Floskeln, keine komplizierten Sätze. Das Inserat bringt das Wesentliche schon beim ersten Blick auf den Punkt. Es ist einmalig!«

»Danke«, sagt Angie ein wenig verlegen, »meine Crew und ich finden auch, dass wir es mit diesem versuchen sollten.«

»Es wird klappen, ganz bestimmt. Und damit wir jetzt nicht auf der faulen Haut sitzen bleiben, könnten wir doch noch das letzte Zimmer bestimmen.«

»Lea, das wollte ich auch gerade vorschlagen. Das reicht noch locker vor dem Essen!«

»Das letzte Zimmer!«, seufzt Angie mit fast wehmütiger Stimme, während wir die Treppe ins Obergeschoss hinaufgehen.

»Schade, dass wir nur sieben zu vermieten haben.«

»Ist das nicht genug?«

»Doch, natürlich. Wir wollen ja familiär bleiben und schliesslich belegen wir beide, Nonno und Mario ja auch noch ein Zimmer.«

»Und«, werfe ich ein, »das Büro ist auch noch in einem untergebracht.«

Wir stehen auf der Terrasse des letzten Zimmers und haben eine bezaubernde Aussicht auf die Olivenbäume.

»Angie, findest du diesen Ausblick nicht auch wunderbar? Ich glaube, jetzt kriege ich romantische Gefühle.«

»Hast du aus diesem Grund vorher den Romeo erwähnt, weil du gegenwärtig ein wenig romantisch bist?«

Kurze Stille.

»Verona!«, brüllen wir beide wie aus der Pistole geschossen.

»Genau, Lea, das ist es! Wie konnten wir das nur vergessen! Verona mit der wundervollen Geschichte von Romeo und Julia.«

»Na ja, so wundervoll ist diese Geschichte nun auch wieder nicht. Da könnte ich immer weinen. Das ist wirklich das Allerletzte, was die beiden Familien den beiden Verliebten angetan haben. Da rege ich mich jedes Mal fast zu Tode auf!«

»Hey«, beruhigt mich Angie, »jetzt bloss nicht durchdrehen!«

»Ja, du hast recht! Nur nicht durchdrehen! Aber denkst du nicht auch, dass diese Tragödie auch wieder einmal an die Öffentlichkeit gelangen darf? Vielleicht schreckt es ein paar Familien davon ab, sich in die Liebe ihrer Kinder einzumischen.«

»So ist es. Also ich finde es toll. Bist du dabei? Dann können wir uns jetzt mal schlau machen, was diese Stadt sonst noch zu bieten hat.«

Ich nehme meinen Laptop und wir schauen nach, welche Sehenswürdigkeit es verdient hat, in unserem Zimmer Einzug zu halten.

»Da gibt es ja wunderschöne Sachen in Verona.«

»Ich weiss«, antwortet Angie, »ich durfte als Kind einmal mit Nonna und Nonno dorthin reisen. Kann mich aber nicht mehr an alles erinnern.«

»Schau! Die Piazza dei Signori wäre doch wunderschön.«

»Lea, du hast ein gutes Händchen. Wie stellst du dir das Zimmer denn vor?«

»Hmm, wir erwecken Romeo und Julia einfach wieder zum Leben, wie wenn es die Tragödie nie gegeben hätte.«

»Wie meinst du das?«

»Wir können einen kleinen Teil der Piazza dei Signori nachbauen. Hinter dem Bett werden wir ein grosses Bild anbringen, auf welchem sich Romeo und Julia umarmen und innig küssen, als wenn sie das glücklichste Paar der ganzen Welt wären.«

»Toll«, staunt Angie, »aber ich will auch noch etwas zu diesem Zimmer beitragen!«

»Na dann los!« lache ich.

»Damals, als ich mit meinen Grosseltern dort war, sind wir auf einer Treppe gewesen. Leider weiss ich nicht mehr wie sie heisst, aber sie war wunderschön und ich sehe sie gerade vor mir. Kannst du Internet-Junky mal nachschauen, welche Treppe das gewesen sein könnte?«

»Sei froh, dass ich ein Internet-Freak bin, sonst hätten wir alle Bücher in der Bibliothek durchsuchen müssen und hätten wahrscheinlich noch kein einziges Zimmer designed.«

»Wow, designed! Lea, du drückst dich heute aber sehr hochgestochen aus.«

»Kuh!«.

Ich google nach Treppe in Verona und prompt erscheint sie auf dem Bildschirm.

»Genau«, ruft Angie, »das ist sie! Toll, nicht?«

»Sehr hübsch! Scala della ragione, Treppe der Vernunft. Sehr eindrücklich!«

»Was meinst du, Lea, könnten wir nicht ein paar dieser Treppenstufen nachbauen?«

»Ich denke schon, aber wohin führen dann diese Stufen?«

»An den Relax-Ort. Dieses Zimmer ist so hoch, dass man locker eine Art Galerie bauen kann, auf welcher dann ein gemütliches Sofa steht. Das haben wir noch in keinem Zimmer. Wäre doch toll, nicht?«

»Sehr gute Idee, das lässt sich sicher machen, aber unsere Handwerker müssen sich da mächtig ins Zeug legen, damit wir das schaffen!«

»Das klappt schon und du weisst, wir haben jeden Tag unsere Helfer!«

»Stimmt, deine freiwilligen Helfer sind wirklich genial!«

Wir stöbern weiter im Internet und finden tolle Sehenswürdigkeiten. Es ist unglaublich, wie Städte faszinieren können. Jede Stadt hat ihre eigene Geschichte. Oft sind es traurige Geschichten und doch findet man auch hoffnungsvolle Erzählungen. Am liebsten würde ich alle Städte besuchen und mir alle Informationen persönlich holen. Leider fehlt dazu die Zeit und ich gebe zu, auch das nötige Kleingeld.

»Schau, Lea, dieser Torre dei Lamberti, das wäre doch auch noch etwas. Könnte man diesen für Bad und Dusche nutzen?«

»Wie im Pisa-Zimmer?«

»Genau! Und da dieser Turm nicht ganz so berühmt ist wie der Schiefe Turm von Pisa, können wir die Toilette ja im Innern unterbringen.«

»Genial, Angie, das machen wir! Und der Turm wird nur so hoch, dass er als Dusche benutzt werden kann. Der braucht sich nicht bis zur Decke zu erstrecken. – Das wird ein geniales Zimmer!«

Nun ist das letzte Zimmer auch geboren. Ich habe alles aufgeschrieben und noch ein paar Skizzen gemacht. Meine Skizzen ähneln sicher denen der Psychologen. Niemand kann sie entziffern. Meine Fähigkeit zu zeichnen hat mir bei der Verteilung der Talente jemand weggeschnappt. Genau wie die Fähigkeit, rechnen zu können. Aber was soll's, es gibt ja viel Wichtigeres auf der Welt!

»Wo sind denn unsere hübschen Damen?« ruft es aus dem unteren Stock. »Das Essen ist fertig!«

»Wir kommen, Nonno!«, ruft Angie und schon rennt sie aus dem Zimmer. Sie muss mächtigen Hunger haben.

Ich laufe ihr nach, bleibe aber beim Treppenanfang stehen und traue meinen Augen nicht. Angie rutscht doch tatsächlich das Treppengeländer hinunter, direkt in die Arme von Nonno. Die ist doch nicht normal!

»Hey!«, schreit sie zu mir hoch, »das musst du auch machen, das macht riesigen Spass!«

Meine Vernunft will mir eine Sekunde lang einreden, dass man so etwas in meinem Alter nicht macht und dies sehr kindisch ist. Ich ignoriere diese Sekunde, hüpfe auf das Geländer und rutsche ebenfalls in die männlichen Arme.

»Wow, das habe ich ja schon ewig nicht mehr getan! Das macht ja wirklich Spass. Komm, Angie, wir gehen noch mal hoch!«

»Genau, das machen wir!«

Und ob Sie es nun glauben oder nicht. Wir rutschen tatsächlich noch einmal das Treppengeländer hinunter. Nonno steht lachend da. Ich weiss nicht, ob er diesen Spass am liebsten mitgemacht hätte. Er nimmt uns nach dem zweiten Rutschvergnügen in die Arme und lacht: »Gerne mache ich vom oberen Stock noch eine Rutsche in den Innenhof.«

»Das wäre wunderbar«, sagt Angie, »Spass hätten wir garantiert!«

»Das glaube ich sofort«, entgegnet Nonno,

»aber nun gibt's Essen, ihr seid nach dieser sportlichen Aktivität sicher sehr hungrig.«

Wir nicken und folgen Nonno in den Zaubergarten, in welchem Mario und die ganze Crew bereits mit der Vorspeise auf uns warten.

»Greift zu!«, lacht er, »ich liebe es, wenn Erwachsene sich die Freude und den Spass ihrer Kindheit hervorholen. Sollte man öfters machen. Ich werde die Rutschbahn nach dem Essen auch ausprobieren.«

Lachend und mit vielen lustigen Erzählungen aus der Kindheit essen wir die leckeren Zaubereien aus der Küche und trinken dazu einen Rotwein aus dem Weinkeller der beiden Herren. Es ist ein herrlicher Abend, danke Italien!

Nach dem Abendessen füllen wir wieder Marios Formular aus. Eigentlich könnte ich diese Dinger schon vor dem Essen ausfüllen. Wirklich, denn jede Mahlzeit ist ausgezeichnet!

Nonno hat in der Bibliothek erneut den Kamin eingefeuert. Nicht weil es kalt ist, sondern weil das Feuer eine so tolle Stimmung verbreitet. Die Handwerker sind nach Hause gegangen und wir sitzen gemütlich zusammen und trinken einen exquisiten Grappa. Die Bibliothek sieht toll aus, aber immer noch hat es sehr viele Bücher, welche eingeordnet werden müssen.

»Morgen geht's weiter «, teilt Alessandro mit, »und in zwei Tagen wird alles fertig sein. Dann können bereits die ersten Gäste eintrudeln.«

»Nicht so schnell!«, antwortet Nonno, die Zimmer sind noch nicht alle bezugsbereit. In Rom fehlt noch der Fontana di Trevi und in Venedig ist die Badewannen-Gondel noch nicht dicht. Venedig liegt zwar im Wasser, aber diesen Effekt möchte ich hier im Hotel nicht haben.«

Wir lachen und stellen uns vor, wie die Gäste im Venedig-Zimmer durchs Wasser waten müssen, um ins Bett zu gelangen. Ich glaube, das wäre den Gästen zu viel Realität.

»Mailand und Florenz sind fast fertig«, fährt Nonno fort. »In Mailand fehlen aber noch die Online-Shop-Adressen. Könnt ihr beiden Damen diese noch heraussuchen? Ich glaube, dass ihr für diese Aufgabe die ideale Besetzung seid.«

»Eigentlich kann Lea das alleine machen«, kichert Angie, »sie ist hier die Shopping-Queen und kennt wahrscheinlich alle Onlineshops der Welt.«

»Gar nicht wahr!«, gebe ich zurück, »aber ein paar kenne ich schon. Wollen wir das morgen erledigen?

»Ja, Lea, das machen wir. Und jetzt noch etwas.«

Wir schauen sie fragend an.

»Ich habe einen Vorschlag betreffend Hotelname.«

Nonnos Augen leuchten und alle schauen gespannt auf Angie. Das mit dem Hotelnamen habe ich völlig vergessen. Dabei wollte ich doch auch eine Idee beisteuern. Aber ich habe wirklich nicht mehr daran gedacht. Angie schon, sie ist die Beste!

»Wie wäre es mit Albergo dei sogni?«

»Hotel der Träume«, übersetzt Nonno und schaut in die Runde.

Alle sind gespannt und warten darauf, dass Nonno seinen Kommentar abgibt.

»Ich finde ihn traumhaft!«, schwärmt er, schaut Angie an und ich ahne, dass bereits wieder die Knuddelfalle zuschnappt. Diese Italiener - Berührungsängste sind diesen Menschen fremd.

Viele kleine Kleinigkeiten

Am nächsten Tag sitzen wir wie abgemacht im Garten und suchen in unseren Laptops nach Online-Shops. Es hat wirklich tausende von Adressen und die Wahl ist nicht ganz so einfach wie ich es mir vorgestellt habe. Die Shops, welche ich bereits kenne und mit denen ich vollkommen zufrieden bin, kommen zuoberst auf die Liste. Da mein Kaufverhalten aber eher zu günstigen Shops tendiert, muss jetzt noch nach Shops für die andere Kundschaft gesucht werden. Aber auch da finden wir welche und nach zwei Stunden haben wir alle Shops ausgewählt. Diese www-Adresen werden dann eben mittels Wandtatoos an die Wand geklebt.

»Angie, ich glaube wir haben für alle etwas Passendes dabei. Ich bin so gespannt, wie die Tatoos an der Wand aussehen!«

»Und ich bin gespannt, ob überhaupt jemand etwas via Internet bestellen wird.«

»Ich auf jeden Fall«, sage ich, »vielleicht sogar wöchentlich.«

»Pass bloss auf, dass du deine Sucht im Griff hast! In Italien sind psychologische Betreuungen teuer.«

»Keine Panik. Ich habe alles im Griff!«

»Ich werde dann mal ins Büro gehen und mich um die Werbung kümmern. Die zu verschickenden Briefe werde ich heute auch noch drucken, damit sie zum Versand bereit sind. Die

Gästezimmer müssen nach ihrer Fertigstellung noch fotografiert werden, damit wir die Homepage mit den Bildern aufschalten können. Ich denke, dass wir nächste Woche alles zusammenhaben. Ich bin ganz aufgeregt!«

Ich bin auch aufgeregt und zwar sichtbar, denn mein Deo hat versagt und mein T-Shirt weist unter den Achselhöhlen eine dunkle Stelle auf – ich schwitze wie ein Schwein (obwohl bewiesen ist, dass Schweine nicht schwitzen können, die haben gar keine Schweissdrüsen).

Wieso ich so schwitze, weiss ich nicht genau. Ob es wirklich die Aufregung ist? Oder hat vielleicht Claudio dies zu verantworten? Dieser ist nämlich heute tatsächlich oben ohne in den Garten gekommen, hat uns beiden zugezwinkert und setzt kleine Feigenbäumchen an die zuvor präparierten Stellen. Mann oh Mann, ich muss höllisch aufpassen, dass ich keine Löcher in seinen Oberkörper starre. Und wie gewünscht rinnen kleine Schweissperlen, welche sich zu einem kleinen Bächlein zusammengetan haben, den braunen Körper hinunter. Und jetzt ist nicht nur mein T-Shirt feucht.

»Kann ich etwas helfen?«, höre ich mich plötzlich fragen. Das gibt es doch gar nicht. Ich stelle eine Frage, welche ich gar nicht stellen wollte. Doch, eigentlich wollte ich ja fragen, aber meine Gedanken haben sich wahrscheinlich so schnell mit meinem Mund in Verbindung gesetzt, dass die Frage gestellt wurde, bevor ich sie stellen wollte.

Sorry, den eben geschriebenen Satz verstehe ich selber kaum, aber ich kann gerade nicht erklären was in mir vorgeht. Bin gerade sehr zappelig und kann mich nicht konzentrieren.

Claudio steht aufrecht hin und sein Sixpack steht zur Besichtigung frei. WOW – WOW – WOW! Es gibt keine Worte! Das was ich hier gerade mache, geht übrigens nicht mehr unter betrachten, das ist bereits glotzen. Und meine Gedanken sind momentan gerade alles andere als jugendfrei. Was ist nur mit mir los?

»Ist schon gut«, antwortet er mit seinem Ich-mach-dich-schwach-Lächeln, »bin fast fertig, aber danke trotzdem!«

»Gern geschehen«, stottere ich.

Ich muss den Garten verlassen, sonst packe ich Claudio noch vor dem Abendessen. Wäre ja einfach! Da er nur eine Hose trägt, könnte ich ihm diese ganz schnell vom Leib reissen und dann – Attacke!

»Angie, ich helfe dir im Büro«, sage ich fast ausser Atem und beeile mich, so rasch als möglich von diesem Ort zu verschwinden. Sonst kann ich für nichts mehr garantieren!

Drinnen bleibt Angie stehen und lacht. »Er ist wirklich schön«, flüstert sie.

»Ja, das ist er«, antworte ich, und trotzdem, mit der Schönheit alleine ist es nicht getan. Vielleicht sollten wir nur noch Sexbeziehungen eingehen, das wäre doch viel einfacher.«

»Ach Lea, das schaffen wir nicht!«

»Wieso nicht?«

Sie hält sich ihre rechte Hand auf ihr Herz: »Deshalb.«

»Stimmt«, flüstere ich und weiss gerade nicht, ob es im Leben von Vorteil ist, wenn man mit dem Herzen denkt und ein unverbesserlicher Gefühlsmensch ist. Wahrscheinlich ist es besser, dafür aber auch schwerer.

»Angie?«, frage ich nach ein paar Minuten. »Wieso müssen im Leben eigentlich immer wieder schwarze Wolken auftauchen? Diese Wolken, die sich auf die Seele legen und mich oft traurig machen?«

»Ach, meine liebe Freundin!«, antwortet sie ganz ruhig, »damit du später den blauen Himmel mit ganz anderen Augen ansehen kannst! Du weisst, dass der Wind die dunklen Wolken immer wieder vertreiben wird und der blaue Himmel wieder zum Vorschein kommt. Genauso wie der Wind die Wolken vertreibt, genauso werden deine Gedanken die dunklen Schatten aus deiner Seele verbannen. Du musst nur daran glauben!«

»Ich wünsche mir so sehr, dass es so wäre!«

»Es wird so sein, vertraue und glaube mir. Ich weiss wovon ich spreche.«

Sie drückt meine Hand und ihre Berührung tut mir gut.

Noch vor dem Abendessen sind die Inserate fertig kreiert, die Briefe mit dem bereits festgelegten Eröffnungsdatum gedruckt und die schon vorhandenen Bilder des Gartens und der Eingangshalle auf der Homepage eingefügt. Sieht schon jetzt grandios aus! Ich glaube, ich buche mir schon mal ein Zimmer.

Es ist wirklich toll hier und wir sind ein sehr gut eingespieltes Team. Die von Angie engagierten Handwerker machen ihre Sache sehr gut und sie geniessen es sichtlich, mithelfen zu dürfen. Sie reden sogar schon von einem zweiten Hotel, welches aber dann in Spanien errichtet werden soll. Quasi einer Filiale, einem spanischen Pendant. Ob es der Rotwein ist, der ihnen Flügel verleiht?

Alessandro ist meistens in der Nähe von Angie zu finden. Ich glaube, dass sich ihr Herz ein wenig geöffnet hat. Denn auch in ihrem Blick ist Liebe zu sehen, wenn auch noch verhalten. Ich bin aber zuversichtlich.

Heute gehen Angie und ich auf Shopping-Tour. Es müssen noch tausend Kleinigkeiten eingekauft werden. Dekomaterial, neue Bettwäsche, farblich auf die Zimmer abgestimmte Hand- und Badetücher und noch vieles mehr. Die Zimmer sollen liebevoll dekoriert werden. Nicht zu viel, aber dafür echte Hingucker. Und die findet man in Italien ganz sicher.

Seit einer Stunde befinden wir uns in einem riesigen Einkaufszentrum und ich merke, wie sich mein Kaufverhalten in eine mir nicht passende Richtung wendet. Dumme Situation, denn wenn diese Richtung einmal eingeschlagen ist, gibt es kein Entrinnen mehr. Angie und ich sind weit entfernt von dem, was wir eigentlich geplant hatten. Drogeriemärkte sind ja auch wesentlich interessanter als Geschäfte mit Hand- und Badetüchern.

Angie setzt sich plötzlich auf einen hohen Stuhl, lächelt mich an und will sich gerade ein Make-up auftragen lassen. Die Dame, die sie dazu aufgefordert hat, scheint die ganzen Kosmetikartikel gerade selber auf der Haut zu tragen, lässt meterlange Wimpern klimpern und ihre Lippen sind rot wie Tomatensauce. Auf ihren Wangen trägt sie ebenfalls ein sehr auffälliges Rouge. Meine Güte, hoffentlich wird man bei Angie noch etwas von ihrer Natürlichkeit sehen!

Ich zwinkere Angie zu und marschiere schnurstracks zum nächsten Regal mit unzähligen Schönheitsmitteln. Die Auswahl übersteigt all meine Vorstellungen. Ich zähle gerne auf, was mein Auge sieht. Hier eine kleine Auswahl an Gesichtsmasken: Antifalten, Antipickel, Antimüdigkeit, Antiaugenringe, Antiaging, Antischlaff, Antifahl, Antischlupfauge, Antiroteäderchen, Antisommersprossen und Antisojasprossen... gibt's gar nicht, ist mir aber gerade spontan eingefallen!

Mein Blick schweift zu weiteren tollen Artikeln. Cellulite-Cremen für Beine, Arsch und Bauch. Hier zum Beispiel eine sehr effektive – in drei Wochen Cellulite verschwinden lassen! Das habe ich schon mal ausprobiert und eine Menge Geld verloren. Nach drei Wochen sahen meine Oberschenkel noch genauso aus wie am Anfang. Dabei war ich sehr diszipliniert. Das Geld war ich jedenfalls los – die Cellulite aber nicht. Schade.

Meine Kosmetikerin hat mir vor langer Zeit eine sündhaft teure Antifalten-Creme verkauft – Zusatzverkauf nennt man das. Die Kosmetikbehandlung selber hat ja schon ein riesiges Loch in mein Budget gerissen, aber diese Zusatzverkäufe treiben einem fast in den Ruin.

Da meine Stirne mit deutlichen Sorgenfalten versehen ist, hat sie mir ein sogenanntes Zauberprodukt wärmstens empfohlen. ABER, dieses Produkt erschreckte sich dermassen vor meinen zentimeterdicken Falten, dass es den Kampf gar nicht erst aufgenommen hat. Meine Schönheitsberaterin hat mir nach zwei Wochen geschworen, dass es schon viel besser aussähe. Vor lauter Zusatzverkauf hat sie wohl vergessen, dass ich Augen im Kopf habe, welche gestochen scharf sehen. Und genau diese Augen haben gesehen, dass die Behandlung für die Katze, den Osterhasen oder den Weihnachtsmann war.

Mein Blick zu Angie zeigt, dass die Farbtante ihr Werk noch nicht beendet hat. Ich habe also noch Zeit, um mein Körbchen mit Dingen zu füllen, von welchen ich mir erhoffe, dass sie das halten, was auf der Verpackung steht.

Dieser Satz ist viel zu lang, ich weiss.

In meinem Einkaufskorb landen neben vielen Masken auch noch Rasierklingen, Haarspray Super Halt und Haarspray Super Glanz. Die Auswahl ist übrigens noch viel grösser und mich würden auch noch folgende Produkte interessieren: Haarspray Super Volumen, Haarspray Super Diamant Look, Antiaging-Schaum (echt wahr, gibt's auch für die Haare) und Farberhaltungsschaum. Diesen lege ich auch noch in meinen Korb und dazu noch Traubenzucker. Letztere sind aber zum Einnehmen und nicht zum Eincremen oder auf die Haare Schmieren gedacht.

In meinem Kaufrausch habe ich Angie nicht gehört und erschrecke, als Sie mich sanft an der Achsel berührt.

»WOW!«, staune ich mit einem »Ganzneidisch-Guck-Blick«.

Die Visagistin hat wirklich beste Arbeit geleistet.

»Angie, du siehst umwerfend aus, Alessandro wird ins Koma fallen!«

»Die Tausend-Wimpern-Tante hat's wirklich im Griff. Gefällt mir auch gut, aber dass jemand deswegen ins Koma fällt, glaube ich eher weniger!«

»Du wirst schon sehen!«, lache ich.

»Lea, soll ich dir noch ein weiteres Körbchen holen? Du hast ja wieder kein Mass, oder?«

»Bin gerade fertig geworden, aber könntest du mir vielleicht helfen, dieses zu tragen?«

»Du bist unmöglich!«, lacht Angie und zusammen tragen wir meine Beute zur nächsten Kasse.

Drei Stunden später sitzen wir in einem sehr gemütlichen Kaffee und trinken einen leckeren Cappuccino. Alle Einkäufe sind getätigt und im Auto verstaut.

Wir geniessen unser Getränk. Wegen unserem (oder besser meinem) Schoppingwahn kontrollieren wir zur Sicherheit aber noch einmal die Einkaufsliste mit den Sachen, die wir wirklich brauchen. FRAU vergisst beim Anblick von Geschäften schon mal den Überblick darüber, was sie ursprünglich einkaufen wollte.

»Ich glaube, wir haben alles«, sagt Angie.

»Hast du mit deinen Einkäufen eigentlich vor, unseren Gästen einen Beauty-Abend zu schenken?«

Wir schauen einander an, reissen die Augen weit auf und haben in diesem Moment denselben Einfall.

»Wellness!«, sagen wir beide im nächsten Augenblick.

Unsere Gedanken verselbständigen sich und einen kleinen Moment lang ist es an unserem Tisch ganz still.

»Lea, vielleicht hast du mit deinen Einkäufen unserem Hotel einen sehr guten Dienst erwiesen.

Meinst du, unser Projekt hätte noch Kapazitäten für ein neues Kleinprojekt?«

»Hatte denselben Gedanken, aber wieso kommt uns das erst jetzt in den Sinn? Die Zeit reicht niemals aus! Und überhaupt, wo könnten wir so eine Oase denn noch unterbringen?«

»Es gibt zwei Möglichkeiten. Entweder wir bringen das Ganze noch irgendwo im Hotel unter oder wir benutzen die Steinhäuser auf dem Olivenfeld für die Idee!«

»Angie, ist das nicht ein bisschen übertrieben?«

»Wieso? Claudio würde den bestehenden Kiesweg sicher erweitern. Und diese fünf bis zehn Minuten zu Fuss werden unsere Gäste ja noch machen können.«

»Wahrscheinlich schon, aber man könnte ja auch ein Taxi anbieten.«

»Taxi?«, fragt Angie mit hochgezogenen Augenbrauen.

»Genau, zum Beispiel eines dieser speziellen Fahrräder, wo man sich hinten hineinsetzen kann. Rischka heissen die, wenn ich mich nicht irre.«

»Und wer fährt dann mit den Gästen hinaus?«

»Ich könnte das machen. Oder die Masseure selber.«

»Das wäre toll und die Idee gefällt mir sehr gut! Und ein oder zwei Steinhäuser umbauen kann doch nicht so schwierig sein. Im Sommer sind die Häuser ja wirklich perfekt, aber im Winter friert man sich den Hintern ab. Da müssten wir uns noch Gedanken darüber machen.«

»Seit wann drückst du dich denn so gebildet aus?«, frage ich. »Das Hinterteil abfrieren tönt wirklich sehr edel. Früher hättest du Arsch gesagt.«

»Wir müssen langsam umdenken, meine Liebe. Können den Gästen ja kaum mit unserer Art zu reden den Garaus machen!«

»Angie, du kannst reden wie du willst, aber das mit dem Wellness ist total cool. Wir müssen unbedingt mit Nonno und den Handwerkern darüber reden. Vielleicht schaffen wir das in drei Wochen!«

»Spinnst du? Das schaffen wir niemals!«

»Spassbremse!«

»Nein, mal echt, Lea, das können wir nicht schaffen. Was wir aber tun können ist Folgendes: Wir besprechen die ganz Sache heute beim Abendessen. Dann können alle ihre Meinung dazu äussern.«

»Und was, wenn alle dagegen sind?« frage ich Angie.

»Dann machen wir es trotzdem.«

»Du bist Spitze, Angie, und doch keine Spassbremse!«

Während der Rückfahrt vom Shopping-Wahn schmieden wir schon wieder neue Pläne. Ich mache wie immer fleissig Notizen, dass uns ja keine Idee durch die Lappen geht. Wir wollen den Gästen viele Möglichkeiten bieten und es ist wichtig, dass für alle etwas dabei ist. Wellness ist wirklich eine tolle Idee. Und das alles nur, weil ich heute den halben Drogeriemarkt leergekauft habe. Meine Kauflust hat doch immer etwas Gutes!

Da wir ziemlich spät nach Hause kommen, müssen wir nicht lange auf das Abendessen warten. Es ist ein sehr angenehmer Abend und der Tisch unter dem Olivenbaum ist schon gedeckt. Da heute Samstag ist und die Handwerker ab Mittag frei hatten, sind wir wieder mal unter uns. Nonno und Mario sitzen gemütlich zusammen und haben bereits mit dem Apéro begonnen. Recht haben sie! Wir setzen uns zu ihnen und sofort füllt Mario unsere Gläser.

»Ihr seht aus, als könntet ihr etwas zu Trinken vertragen«, lacht er dabei.

Nonno findet das ebenfalls: »Ihr seht ein wenig müde aus. War die Shopping-Tour so anstrengend? Und wo habt ihr eigentlich eure Einkäufe? Liefert die ein Lastwagen direkt hierher?«

»Nein«, antwortet Angie lachend, »die sind noch im Auto. Hat alles perfekt hineingepasst. Gut, dass wir meinen Wagen genommen haben. Mit deinem schwarzen Schüttelbecher hätten wir die Hälfte der Taschen später abholen müssen!«

»Habt ihr auch alles gefunden?«, fragt Mario.

»Alles und noch viel, viel mehr«, teile ich geheimnisvoll mit.

»Wie, noch mehr?«, fragt Nonno.

»Erzählen wir beim Abendessen«, flüstere ich noch geheimnisvoller.

»In zwei Minuten gibt's Essen!«, lacht Mario.

Nonno und Mario verschwinden in der Küche. Angie und ich trinken unseren Prosecco und sind gespannt, ob den beiden Herren unser Vorschlag gefällt.

Ein leichter und warmer Wind lässt die Blätter an den Bäumen schaukeln. Wir hören das leise Rascheln, vermischt mit Vogelgesang. Die Zeit scheint wieder einmal still zu stehen und schenkt uns in diesem Moment ein tiefes Vertrauen in unser Leben und in die ganze Welt. Ich wünsche mir, dass ich noch tausend solcher Momente erleben und spüren darf.

Mario serviert Ravioli mit Pilzfüllung. Schon der Geruch lässt erahnen, dass dieses Essen wieder ausgezeichnet schmecken wird. Der Himmel auf Erden ist das hier. Ehrlich!

Angie und ich erzählen von der Wellness-Oasen-Idee und die beiden Herren finden es fantastisch.

»Das ist eine sehr gute Idee!«, lobt Nonno, »das wird perfekt. Aber leider haben wir vor der Eröffnung keine Zeit mehr für dieses Vorhaben. Ihr wisst, dass Romeo und Julia noch nicht 'angekommen sind' und wir müssen alle Hebel in Bewegung setzen, damit wir das Zimmer fertigkriegen!«

»Macht doch nichts!«, sage ich, »das können wir auch nächstes Jahr anbieten.«

»Genau!«, bestätigt Angie, »dann können wir nämlich alle Gäste anschreiben, die bereits bei uns zu Besuch waren, und ihnen einen Gutschein beilegen. Ach ja, und einen Newsletter möchte ich auch noch machen. Damit haben wir immer Kontakt mit unseren Gästen.«

»Da spricht die Marketing-Expertin«, schaltet sich Mario ein. »Ich finde es eine grandiose Idee und bin sicher, dass sie bei den Leuten ankommt.«

Das wird ganz bestimmt der Renner! Wellness ist eh in aller Munde und diese Mussestunden brauchen wir in der heutigen Zeit mehr denn je. Abschalten von der Hektik und dem ganzen Stress und Rummel. Abschalten und einfach mal nichts tun. Einfach geniessen.

Alle, welche in irgendeiner Art am Projekt mitarbeiten, sind gerade im Büro versammelt und warten gespannt darauf, dass Angie die Homepage aufschaltet. Wir sind viel zu spät, aber es gab noch einige Probleme mit den Texten. Wir haben uns völlig in der Zeit verkalkuliert, denn es gab doch mehr zu tun als angenommen.

»3, 2, 1. Wir sind drin!«, schreit Angie.

Ein riesiges Geschrei geht im Büro los. Korken knallen und Sekt wird ausgeschenkt. Es wird gejubelt, gelacht, getanzt, umarmt und geküsst. Meine Güte, ich bin den Tränen nahe. Wir haben es geschafft! Respektive fast geschafft! Es gibt im Hotel noch sehr viel zu tun, aber die Homepage ist aufgeschaltet. Wir sind alle aus dem Häuschen und sehr glücklich. So viele Augenpaare glänzen und heimlich haben sich wohl auch ein paar Männer die eine oder andere Träne aus dem Gesicht gewischt.

Nonno richtet sein Wort an uns: »Von ganzem Herzen möchte ich mich bei euch allen bedanken. Wir sind zwar noch nicht an dem Punkt an dem wir sein wollen, aber ich weiss, dass die Zeit ausreichen wird und wir in drei Wochen Eröffnung feiern können. Ohne euch hätten wir es nie geschafft und ich bin sehr stolz, ein solches Umbau-Team zu haben. Danke! Herzlichen Dank!«

Ein grosser Applaus bricht los und Angie muss fast schreien, damit die Menge ihr Gehör schenkt.

»Ich bin der gleichen Meinung wie mein Grossvater. Es hat so grossen Spass gemacht, dieses Projekt mit euch allen durchzuführen. Und den Endspurt werden wir mit noch grösserer Freude machen. Die Aufschaltung der Homepage war der Anfang des neuen Hotels und ich freue mich unglaublich, dass alles so gut geklappt hat. Auch ich danke euch von ganzem Herzen!«

Nachdem alle ihre Gläser leergetrunken haben, machen Angie, Mario, Nonno, Alessandro, alle Handwerker und ich einen Rundgang durch das ganze Hotel. Keine einzige Ecke wird ausgelassen und in jedem Raum wird peinlichst genau aufgeschrieben, was noch zu erledigen ist. Auch die Eingangshalle mit der Rezeption wird einem letzten grossen Check unterzogen. Da müssen noch alle Fenster und Türen auf ihre Gangbarkeit geprüft werden (ich gebe zu, dieses Wort habe ich von Luca erfahren, als wir uns vorhin unterhielten). Er ist wirklich toll.

Bitte? Was meinen Sie?

Nein, ich bin ihm nicht an die Wäsche gegangen. Diesen Fehler habe ich einmal gemacht und werde ihn sicher nicht wiederholen. Junges Gemüse soll unter seinesgleichen sein und älteres Gemüse, wie ich, unter meinesgleichen. Wo genau sich diese Meinesgleichen aufhalten, weiss ich immer noch nicht. Ach was soll's, wir haben ja hier wirklich noch sehr viel zu tun und ein Typ würde nur ablenken!

Der Rundgang wird durch ein sehr leckeres Mittagessen unterbrochen. Alle sitzen irgendwo im Garten, bedienen sich am Mittagsbuffet und machen anschliessend eine kleine Siesta. Angie und ich gehen die bisher aufgeschriebenen Punkte durch und uns wird ein wenig mulmig im Bauch. Die Listen sind bereits sehr lang, dabei haben wir noch gar nicht alles im Haus kontrolliert. Und der Garten und die Umgebung sind ja auch noch da. Wobei diese beiden Punkte durch Claudio so gut erledigt worden sind, dass wir uns darüber keine Sorgen machen müssen.

»Hey, ihr zwei!« Alessandro setzt sich neben Angie auf einen gemütlichen Korbstuhl, »alles okay? Sind wir im Plan?«

»Alles bestens!«, sagt Angie und schaut Alessandro tief in die Augen.

Ich habe es genau gesehen. Genau dieser Blick bedeutet, dass sie fast bereit ist, etwas mit unserem Schönling anzufangen. Kann sich also nur noch um einige Tage oder Wochen handeln, bis die Glut Feuer fängt.

Plötzlich hören wir ein hektisches Gerede und Gemurmel. Was hat das zu bedeuten? Es kommt aus einem der Zimmer im Erdgeschoss.

»Lass nur«, beruhige ich Angie, »ich kümmere mich darum!«

Eine Minute später stehe ich im Venedig-Zimmer, wo Nonno und Mario versuchen, das Leck in der Gondel zu beheben. Super, nun hat es doch noch die angedeutete Überschwemmung gegeben. Die Gondel will uns tatsächlich noch das Fürchten lehren. Scheisse, und das so kurz vor der Eröffnung!

Bald schon stehen alle im oder vor dem Zimmer und es wird in Windeseile versucht, das Wasser aufzuwischen. Luca hat das Leck gefunden, aber das Wasser hat seine Freiheit genutzt und es sich auf dem ganzen Fussboden gemütlich gemacht.

»Hey, Luca«, fragt Angie, »meinst du, wir können das Zimmer in drei Wochen wirklich vermieten?«

»Drei Wochen sollten ausreichen. Ist dieses Zimmer bereits gebucht?«

»Ja«, antworte ich. »Ich habe es für meine Eltern reservieren lassen. Sie waren noch nie in

Venedig und deshalb wollte ich ihnen eine Freude machen. Meinst du wirklich, dass es klappt?«

»Ich denke schon, da wir es ja relativ schnell bemerkt haben. Die Trocknung sollte nicht länger als zwei Wochen dauern. Wir haben gute Lüftungsgebläse und Lufttrockner, die wir hier aufstellen werden. Ich bin zuversichtlich, dass wir es schaffen. Und wenn nicht, kriegen deine Eltern das Zimmer umsonst.«

Er grinst und ich grinse zurück. Er ist wirklich süss, aber sooo jung!

Nach der Siesta geht es weiter. Luca, Alessandro und Mario sind ins Dorf gefahren, um die notwendigen Apparate für die Trocknung zu holen. Toll, wir sind hier am Arsch der Welt und doch sind die Handwerker technisch auf dem neusten Stand! Was habe ich denn erwartet? Dass sie mit einem Haartrockner stundenlang im Zimmer hin und her laufen, bis alles trocken ist?

Angie und ich sind immer noch im Venedig-Zimmer und meine Stirn zeigt meine bereits vorhandenen Sorgenfalten noch stärker als sonst.

»Das wird schon klappen!«, beruhigt mich Angie »und sonst legen wir deinen Eltern einfach Schwimmwesten aufs Bett oder schenken ihnen knallgelbe Gummistiefel.«

»Dich kann wirklich nichts aus der Ruhe bringen«, lache ich.

»Fast nichts!«, gibt sie neckisch zurück.

Was sie wohl damit meint? Ob Alessandro sie vielleicht ein wenig aus der Fassung gebracht hat? Alessandros Herz glüht wahrscheinlich vor lauter Liebe, und wenn Angie ihn nicht endlich an sich heranlässt, verbrennt uns der hübsche Kerl noch. Wäre jammerschade. Also ICH hätte da ja schon lange zugelangt – und das sehr kräftig.

Die Notfall-Gondel-Retter kommen aus dem Dorf zurück und installieren die mitgebrachten Geräte sofort im Zimmer. Luca hat nicht den geringsten Zweifel, dass wir das Zimmer trocken kriegen. Er muss es wissen, er ist der Fachmann und ich vertraue ihm.

Der Tag endet ohne weitere Überschwemmungen oder sonstige Überraschungen. Beim Abendessen wird bereits über den Vorfall gelacht. Ich muss mir unbedingt diese Leichtigkeit angewöhnen, denn wenn ich mein Leben mit ein bisschen mehr Humor nehmen würde, hätte ich sicher mehr davon. Aber ich Grübeltante muss da echt an mir arbeiten!

Plötzlich hören wir Nonno schreien. Er ist im Büro im oberen Stockwerk. Angie, Mario und ich springen wie von einer Wespe gestochen nach oben. Ich sehe Nonno schon am Boden liegen. Hoffentlich hat er vor lauter Aufregung keinen Herzinfarkt gekriegt! Ich bin in solchen Situationen völlig überfordert und habe keine Ahnung, was zu tun ist. Zum guten Glück bin ich nicht alleine und Mario rettet ihn ganz sicher.

Ausser Atem kommen wir oben an und sehen Nonno am PC sitzen.

»Was um Gottes Willen ist los?«, fragt Mario aufgeregt.

»Kommt her«, murmelt er, »und schaut euch das an!«

Wir stehen alle vor dem PC und glotzen auf den Bildschirm. Alle Zimmer sind bereits gebucht worden! Echt wahr und das Beste kommt noch. Weil ja nur sieben Zimmer zur Verfügung stehen, haben wir den Besuchern der Homepage eine Warteliste angeboten. Und diese Liste, das ist unglaublich, enthält bereits 15 Reservierungen! Und das nach nur ein paar Stunden! Ich drehe durch, ich flippe aus, ich schreie und immer wieder umarmen wir uns. Die Freude ist grenzenlos.

Soviel Glück! Kann man wirklich so viel Glück haben? Kann es sein, dass das Glück irgendwann wieder den Weg in unsere Herzen findet? Hmm, ich denke, dass das Glück immer in unseren Herzen ist, wir aber verlernt haben, es anzunehmen. Meine Güte, ich war schon lange nicht mehr so glücklich wie jetzt!

Noch eine Woche und wir werden immer aufgeregter. Mario, Nonno, Alessandro, Angie und ich machen täglich eine Sitzung, in welcher alle offenen Punkte diskutiert werden. Eigentlich könnte Alessandro seine Wohnung weitervermieten, denn er ist jeden Tag von früh bis spät im Hotel. Die Bibliothek ist wunderschön geworden und die Gäste und Menschen aus dem Dorf werden überglücklich sein. Das haben Nonno und Alessandro wirklich fantastisch hingekriegt.

Zwischen Angie und Alessandro hat sich noch nicht viel geändert. Aber Alessandro wird nicht aufgeben, bis er sie in seinen Armen halten kann. Ich weiss es. Ich sehe und spüre es.

»Das Zimmer wird übrigens trocken sein«, teilt uns Nonno mit. »Luca war heute da und hat eine Messung gemacht. Alles in bester Ordnung.«

»Das ist toll«, jubelt Angie, »Luca hat's wirklich drauf!«

Wieso blinzelt sie mir jetzt zu?

»Hey, was soll dieses Augenzwinkern?«

»Wollte nur schauen, ob du reagierst, du bist ja diejenige, welche sich so junge Lover aussucht. Und Luca wäre doch auch noch eine Sünde wert, genau dein Beuteschema.«

»Du lachst«, antworte ich, »wenn ich so einen Reinfall noch nicht erlebt hätte, würde ich glatt darauf eingehen. Aber auch ich kann lernen.«

»Wenn auch nur sehr langsam«, gibt Angie zurück.

»Egal, Hauptsache ich BIN noch lernfähig!«

»Ach, ihr Hübschen«, unterbricht Nonno unser belangloses Gespräch, »wir werden sicher für euch beide einen Prinzen aufstöbern. Ihr müsst einfach Augen und Ohren offenhalten. Manchmal hat man den Richtigen bereits vor seinen Augen, sieht ihn aber nicht.«

Ich schiele zu Angie rüber, lache und denke mir, dass Angies Prinz ja nur zehn Zentimeter weit entfernt sitzt. Alessandros Augen schauen auch in Richtung Angie. Meine Güte, ist dieser Mann verliebt! Ich muss etwas unternehmen, jetzt!

Mit meinem Fuss will ich Angie einen Denkanstoss geben und kicke ihn gegen ihr Schienbein. Das muss wirken, jetzt muss sie reagieren.

Tut sie aber nicht. Es ist Alessandro, der ein kleines »Aua« von sich gibt. Scheisse, ich habe das falsche Bein getroffen!

»Sorry, Alessandro!«, entschuldige ich mich und spüre, wie mir die Schamesröte ins Gesicht steigt. »Es tut mir leid, ich wollte nur schnell meine Beine strecken. Beim vielen Sitzen werden die ab und zu ganz steif.«

Und was unter dem Tisch sonst noch alles steif ist, will ich gar nicht wissen.

»Macht nichts!«, erwidert Alessandro und lächelt mich an. Ich glaube, er hat mir meine Lüge abgekauft.

Angie hat immer noch nichts geschnallt und trinkt genussvoll einen Schluck des köstlichen Oliven-Ernte-Weins. Diesen Wein gibt es ja eigentlich nur während der Ernte. Doch manchmal macht Nonno eine Ausnahme. Und diese ist heute, eine Woche vor der Eröffnung.

»Dieser Wein ist wirklich köstlich. Werden unsere Gäste diesen auch kosten dürfen? Während ihres Aufenthalts gehören sie ja auch ein wenig zur grossen Familie.«

Alessandro hat sich vom Schmerz erholt und hat folgende Idee: »Nonno, könnte man in den Wintermonaten, sprich von November bis März, den Gästen nicht ein besonderes Angebot machen?«

»Was meinst du damit?«

»Ein Pauschalangebot zum Beispiel und bei dessen Buchung würden sie dann eine Reduktion des Preises erhalten.«

»Und das Angebot wäre? Und wieso eine Reduktion?«

»Sie könnten bei der Olivenernte mithelfen. Die Gäste hätten sicher grossen Spass und wir hätten ein paar neue Helfer.«

Wir schaucn Alessandro an und sind von dieser Idee sofort begeistert. Vielleicht sollte ich ihm noch ein weiteres Mal an sein Schienbein treten, Schmerzen scheinen ihn zu beflügeln.

»Das ist sensationell!« ruft Angie, macht aber keine Anstalten, ihn zu umarmen. Die schnallt jetzt wirklich gar nichts! Ob ich selber aufstehen und ihm um den Hals fallen soll? Vielleicht würde er nach meiner Umarmung feststellen, dass ich auch ganz toll bin!

Zu spät, Angie macht es doch und umarmt ihn mit Leidenschaft. Wenn sie ihn jetzt nicht küsst, werde ich wahnsinnig und zeige ihr direkt am Objekt wie das geht.

Es kommt zu keinem Kuss, denn sie haben sich wieder voneinander gelöst und ihre Gesichter weisen eine rötliche Farbe auf. Habe ich es doch gewusst! Jetzt ist es offensichtlich, dass auch Angie bemerkt hat, dass da ein Feuer lodert. Das von Alessandro gleicht ja bereits einem Steppenbrand und sollte unbedingt beachtet und besänftigt werden.

Schnell ergreift Alessandro das Wort, um von der Umarmung abzulenken: »Natürlich werden die Gäste später dann Olivenöl zugesandt bekommen. So haben sie eine Erinnerung an ihre Mithilfe und ihren Aufenthalt hier. Aus werbetechnischen Gründen ist so eine Erinnerung an etwas Schönes doch auch gut, was meinst du, Angie?«

»Logisch, das ist das Beste. Den Kontakt zu den Gästen nicht zu verlieren ist sehr gut. Ich schwöre schon heute, dass die meisten Gäste uns nicht nur einmal besuchen werden. Ich denke sogar, dass viele so lange kommen, bis sie alle sieben Zimmer mindestens einmal gebucht haben.«

»Das denke ich auch«, bestätigt Alessandro Angies Meinung.

Wow, er hat sogar noch Ahnung betreffend Marketing. Ein echt guter Fang, dieser Bibliothekar!

Am Abend vor der Eröffnung ist Claudio damit beschäftigt, dem Zaubergarten den allerletzten Schliff zu geben. Ich persönlich finde, dass gar nichts mehr gemacht werden müsste, denn die ganze Anlage ist perfekt.

»Claudio«, lobt ihn Nonno, »du bist wirklich unglaublich! Es ist zauberhaft, grosses Kompliment!«

»Danke!«, ist seine Antwort und dann setzt er sich zu uns an den Tisch.

»Für morgen ist nun alles bereit, oder?« fragt Nonno in die Runde.

Mit einem Nicken antworten wir auf seine Frage.

»Es wird ein traumhafter Tag werden. Das Wetter spielt mit und wir sind alle hoch motiviert, morgen den grossen Schritt zu wagen. Ich bedanke mich an dieser Stelle bei euch allen. Aus diesem Projekt ist etwas so Wundervolles entstanden und ich wünschte mir, dass meine Frau das alles sehen könnte.«

Nach einer unangenehmen Stille ergreife ich das Wort: »Nonno, weisst du was?«

»Nein, Lea, was denn?«

»Sie sieht es. Sie sieht es ganz bestimmt! Und sie ist stolz auf dich, auch wenn sie es dir nicht zeigen kann. Sie war und ist mit ihrer Seele immer hier gewesen und wird es auch in Zukunft sein. Nonno, ich verspreche dir, sie sieht es!«

»Lea«, fragt Angie ungläubig, »du versprichst etwas? Das tust du doch nie!«

»Ich weiss«, antworte ich ruhig. »Ich habe es versprochen, weil es so ist. Sie wird immer hier sein.«

Nonno kommt mit Tränen in den Augen auf mich zu. Er sagt nichts. Muss er auch nicht. Und ich auch nicht. Wir halten uns ganz fest und sind beide überzeugt, dass ich die Wahrheit gesagt habe. Ihre Seele wird immer hier sein.

Die Eröffnung

Heute ist der grosse Tag. Für mich wahrscheinlich der grösste überhaupt. Man sagt ja immer, dass im Leben eines Menschen die Hochzeit der grösste Tag im Leben sei. Da ich aber das Vergnügen noch nie hatte, bestimme ich den heutigen Tag zum grössten und besten Tag meines Lebens.

Ist ja nicht verwunderlich. Denn heute geht mein grösster Wunsch in Erfüllung und ich darf dieses Hotel führen. Angst habe ich keine. Und falls doch mal etwas nicht ganz klar ist, kann ich Nonno fragen. Er wird mir mit Rat und Tat zur Seite stehen. Er ist ein alter Fuchs in diesem Geschäft und kennt da sicher noch den einen oder anderen Trick.

Wir stehen bereits um 04.00 Uhr auf, was in Italien nicht üblich ist, obwohl ein Sprichwort anderes behauptet: Morgenstund hat Gold im Mund. Mir wäre die Zunge von Claudio lieber! Aber ich habe jetzt keine Zeit für solche Spässe. Jetzt muss alles hopp hopp gehen.

Mario ist seit Mitternacht in der Küche beschäftigt. Er hat für die Eröffnung vier Köche engagiert, die ihm unter die Arme greifen. Ist auch nötig, denn sehr viele Personen haben sich per E-Mail angemeldet. Und dann kommen sicher noch welche, die den Besuch spontan planen. Mario ist in seinem Element und koordiniert die

Kochcrew ganz wunderbar. Man sieht es, dieser Mann hat jahrzehntelange Erfahrung.

Für ein ausgiebiges Frühstück bleibt keine Zeit. Die Zimmer sind zwar alle hergerichtet, aber eine nochmalige Kontrolle kann nicht schaden. In der Eingangshalle hat Claudio wundervolle Blumenarrangements aufgestellt, welche in den Farben weiss, gelb und grün eine fast märchenhafte Stimmung zaubern. Er ist aber noch nicht ganz zufrieden und schnippelt hier noch ein Blättchen und da noch ein Ästchen weg, damit wirklich alles perfekt aussieht. Tut es ja eh, denn wenn Pflanzen durch die Hände von Claudio wandern, ist es um sie geschehen. Sie machen, was er will und ich denke, dass er sogar toten Blumen wieder Leben einhauchen könnte. Ich stelle mir gerade vor, was er sonst noch mit seinen Händen anstellen kann. Das muss der Wahnsinn sein!

»Hey Lea, was träumst du denn schon wieder?«, fragt Angie beim Vorübergehen. »Komm, wir müssen im Garten die Tische bereitstellen. Kannst du noch die grünen Tischtücher aus dem Speisezimmer holen? Die Servietten sollten auch dort sein, im grossen Holzschrank. Das Geschirr bringt dann Nonno. Alles okay?«

»Mache ich sofort, Sir.«

»Dumpfbacke!«

Mit einem Grinsen im Gesicht hole ich die benötigten Sachen. Im Eingang kommt mir Nonno mit einer Ladung Geschirr entgegen.

»Soll ich fallen lassen?«, fragt er, »das würde Glück bringen.«

»Nonno, wir haben bereits Glück.«

»Stimmt, Lea, das haben wir! Und übrigens...«

»Was denn?«

»Ich sehe es jetzt.«

»Was siehst du?«

»Es ist in deinem Gesicht«, gibt er zur Antwort und läuft weiter.

Scheisse, habe ich Pickel? Ist mein Kajal verschmiert? Sieht man graue Haaransätze? Herpes kann es nicht sein. Ach, ich mache mich später eh noch eröffnungsfertig. Habe jetzt gerade keine Zeit nachzusehen, was mit meinem Gesicht nicht in Ordnung ist. Nonno will mich sicher bloss veräppeln.

Wir haben zwar alles sehr gut vorbereitet, und doch müssen wir uns sputen. Ich denke, dass dies bei allen Eröffnungen der Fall ist. Kurz vor Beginn bricht Hektik, manchmal sogar Panik aus. Bei uns hält sich die Panik noch in Grenzen, denn jeder weiss, was er zu tun hat. Schliesslich kommen um 13.00 Uhr die ersten Gäste. Nichts von Siesta heute!

Angie und ich decken im Garten die Tische und Claudio bringt die Tischdekorationen. Es sind richtige Kunstwerke. Traumhafte Gestecke in den Farben grün und weiss. Jedes Blumenarrangement ist ein Prunkstück und mit den verschiedenen Grüntönen hat Claudio wieder einmal bewiesen, dass er ein Genie ist und er den richtigen Beruf gewählt hat. Man denke an Frau Allgau, die dieses Glück leider nicht hat und auch nie haben wird!

Für jedes Gesteck hat Claudio Miniaturen aus unseren Themen-Zimmern ausgewählt und hineingesteckt.

»Schau, Angie«, »sage ich mit Begeisterung, »hast du gesehen? Zwischen diesen Blüten hat Claudio ein kleines Colosseum platziert.«

»Ja, und hier steckt ein kleiner, weisser Lancia, das ist so süss!«

Wir bewundern die wunderschönen Kreationen und finden noch weitere Miniaturen. Einen Fontana di Trevi mit richtigen Geldstückchen. Eine kleine Puppe, welche ein langes, schwarzes Kleid trägt, symbolisiert die Oper und sogar eine Gondel mit zwei verliebten Menschen hat Claudio aufgetrieben.

»Claudio, das ist wunderschön! Wo hast du alle diese Teile her?« frage ich erstaunt.

»In der Nähe von Mailand gibt es ein Geschäft, das solche Miniaturen verkauft. Nicht gerade günstig, aber dort findet man alles, was man sucht. Man findet sogar alles, was man nicht sucht«, lacht er und sein Weisszahn-Lachen lässt meine Knie zittern, dabei habe ich gerade keine Zeit, zappelig zu sein - Lea, reiss dich zusammen!

Es ist kurz vor halb ein Uhr und wir sind bereit.

Mario und die Küchenmannschaft sind in Startposition. Nonno, Alessandro und Angie sind bereits draussen vor dem Hotel und wollen die bald eintreffenden Gäste ganz herzlich begrüssen. Ich stehe noch im Garten, schaue mich um und bin sprachlos, was hier in den letzten Monaten geschaffen wurde. Es ist, als wäre alles Glück der Erde an diesem Platz zusammengekommen. Mit einer Idee und ein paar schnellen Entscheidungen haben wir dieses Projekt gestartet. Und nun ist es fertig. Wir haben ein Hotel der Superklasse erschaffen! Wir wollen das Hotel so vielen Menschen wie nur möglich zugänglich machen und hoffen, dass sie genauso begeistert und verzaubert sind wie wir es bereits sind.

Ist das Leben nicht schön?

Plötzlich steht Claudio neben mir.

»Kommst du?«, fragt er »die anderen sind schon draussen.«

»Ja, wir sollten bereit sein, wenn die Meute kommt!«, lache ich.

Kaum sind wir draussen, sehen wir den ersten Wagen. Ich weiss genau, wer es ist, denn dieses Auto gibt es nur einmal auf der ganzen Welt. Es ist Lisa. Denn wer sonst würde in einem schwarzen Auto umherfahren, das mit über dreihundert gelben Smileys verziert ist?

Sie steigt aus dem Auto und ihre stürmische Umarmung bringt uns fast zu Fall.

»Lisa, ich bin so froh, dass du da bist! Herzlich willkommen im Hotel der Träume!«

»Lea, ich freue mich so sehr. Das ist ja ein traumhafter Platz. Ich bin so aufgeregt!«

Ich stelle Lisa den anderen vor. Bei Alessandro muss ich sie stützen, damit sie nicht in Ohnmacht fällt. Meine Güte, sind wir Frauen peinlich. Da steht ein sehr gut aussehender Mann vor unseren Augen und unser Kopfkino lässt die Puppen tanzen. Um es mit verständlicheren Worten zu beschreiben: Man dreht fast durch und möchte, dass seine Hände und sein Mund unseren ganzen Körper erforschen und man - Ach, ich sag's kurz und bündig, man will SEX!

Es läuft rund auf dem Vorplatz. Ein Auto nach dem anderen fährt vor und jetzt ist sie da. Jetzt ist die lang ersehnte Eröffnung da.

Plötzlich sehe ich in dem ganzen Durcheinander meine Eltern. Ich springe ihnen in die Arme und jetzt kann ich es nicht mehr zurückhalten. Ich weine. Ich weine, weil ich meine Eltern wieder sehe. Ich weine, weil ich mit so viel Glück gerade nicht umgehen kann. Ich weine, weil sich heute mein grosser Traum erfüllt. Und ich weine, weil sich die ganze Anspannung nun gelöst hat.

»Kommt!«, juble ich mit Tränen in den Augen, »ich muss euch unbedingt Nonno vorstellen. Er freut sich schon sehr auf euch.«

Nonno umarmt zuerst meine Mutter und nimmt sogar meinen Vater in die Arme. Obwohl mein Vater so eine Begrüssung nicht erwartet hat, hält er tapfer durch, bis Nonno ihn wieder loslässt.

»Ihr seid also die Eltern von Lea!«, lacht Nonno fröhlich. »Ich darf euch ein sehr grosses Kompliment machen. Lea ist eine zauberhafte, liebenswürdige und fröhliche Frau. Ich habe sehr grosses Glück, sie kennengelernt zu haben. Und noch mehr Glück habe ich, dass sie hier arbeiten wird. Sie ist einfach fantastisch!«

»Tausend Dank«, flüstert meine Mutter, und auf ihren Wangen hat sich die Farbe Rot ausgebreitet. Mit Komplimenten kann meine Mutter nicht so viel anfangen. Es ist ihr immer ein wenig peinlich.

Alessandro führt die Gäste in den Innenhof, während wir draussen immer noch unseren Auftritt als Empfangskomitee wahrnehmen. Alle, aber auch wirklich alle aus dem Dorf sind gekommen!

Ich habe nicht genau gezählt, aber nach meiner Schätzung sind etwa 150 Besucher da, die sich nun das ganze Hotel ansehen. Alle Menschen sind glücklich und es herrscht eine unglaublich tolle und entspannte Atmosphäre. Ob es an der Sonne, dem Hotel oder an den Gästen selber liegt? Ich weiss es nicht. Es stimmt einfach alles und Mario begeistert mit seinen fantasievollen und unglaublich gut schmeckenden Speisen.

»Kommt!«, dränge ich meine Eltern und Lisa, »ich zeige euch unser kleines Wunder.«

Ich führe meine kleine Neugier-Truppe durch das ganze Hotel. Sie sind begeistert.

»Lea«, rühmt mein Vater, »das ist ja unglaublich, was ihr da auf die Beine gestellt habt. Es ist zauberhaft und wundervoll!«

»Wartet mal ab, bis ihr euer Zimmer seht«, flüstere ich schelmisch.

Lisa flüstert mir ins Ohr: »Hey, dieser Alessandro!«

»Vergiss ihn! Das ist Angies Fang!«

»Schade, er ist ein Juwel!«

»Ich weiss. Leider sind solche Glanzstücke rar, aber du wirst schon noch jemanden finden. Du musst mich halt öfters besuchen kommen, dann kann ich dir eventuell einmal einen heissblütigen Italiener vermitteln.«

Wir lachen und sind glücklich. Es ist ein wunderbarer Tag.

»So, wir sind da! Mam und Dad, hier ist euer Zimmer.«

Ich öffne die Türe und lasse Mam und Dad als Erste das Zimmer betreten.

»Oh, meiiiin Goooott!« ruft mein Vater.

Auch Lisa und meine Mam sind sprachlos.

»Und?« lautet meine Frage. Ich werde gerade sehr ungeduldig, weil niemand etwas sagt.

»Mein Traum«, murmelt meine Mutter. »Du hast nicht vergessen, dass es immer mein Traum war, nach Venedig zu reisen. Und jetzt stehe ich mittendrin. Es ist umwerfend! Ich kann es kaum glauben. Hast du gesehen, Schatz?«

»Ich sehe es, bin aber nicht sicher ob ich gerade träume.«

»Tauben hat es leider keine«, kichere ich, »sonst würdest du sofort merken, dass es kein Traum ist. Und die Gondel ist übrigens auch dicht.«

Natürlich erzähle ich ihnen das kleine Malheur mit der Gondel und dem Wasser, aber Luca hatte recht. Es ist alles trocken.

Lisa und meine Eltern inspizieren das ganze Zimmer und finden kaum Worte, um ihre Gefühle zu beschreiben. Mit diesem Zimmer kann ich meinen Eltern Venedig in Kleinformat bieten. Es macht mich glücklich, sie so zu sehen.

»Lisa und ich lassen euch kurz alleine. Treffen wir uns dann im Innenhof?«

»Ja«, antworten meine Eltern, »und Lea?«

»Was?«

»Danke, vielen Dank!«

»Gern geschehen.«

»Komm, Lisa, jetzt zeige ich dir deinen Schlafplatz!«

»Kann ich wirklich bei dir übernachten?«

»Sicher, wir haben schon alles vorbereitet. Ich weiss, dass du lieber mit Alessandro in einem Zimmer hausen möchtest, aber diesen Wunsch kann ich dir nicht erfüllen.«

»Kein Problem!«

Obwohl mein Zimmer keiner Stadt zugeordnet ist, gefällt es Lisa sehr gut.

»Lea, kann ich dich etwas fragen?«

»Sicher, immer!«

»Geht es dir gut? Ich meine, geht es dir richtig gut? Oder denkst du immer noch über deine gescheiterte Beziehung nach?«

»Ach, Lisa, die letzten Monate haben mir immer wieder gezeigt, dass ich das Richtige, das einzig Richtige gemacht habe! Und weisst du, obwohl ich damals mit meinen Tränen ein riesiges Wasserrad hätte antreiben können, bin ich heute sicher, dass mir nichts Besseres hätte passieren können. Wieso ich so lange gebraucht habe, um das zu begreifen, weiss ich nicht. Wahrscheinlich bin ich als Kind einmal zu viel auf den Kopf gefallen.«

»Bist du nicht, Lea, du hast einfach ein zu grosses Herz.«

»Nein, das glaube ich nicht. Ich bin einfach zu blöd.«

»Blöd ist ein blödes Wort«, gibt sie lachend zur Antwort.

»Komm, Lisa, wir machen uns noch schnell frisch. Es hat heute viele dunkeläugige Kandidaten, mit welchen wir flirten können. Aber lass die Finger von Alessandro, der ist bereits vergeben!«

»Ich weiss, er gehört Angie. Will sie ihn überhaupt?«

»Ja, das will sie, sie hat aber ihr Herz noch nicht ganz geöffnet.«

»Und das alles nur wegen eines doofen Ex-Nichtsnutzes!«, schimpft sie.

»Genau. Aber keine Angst, sie wird es wagen!«

Wir untersuchen im Bad unsere Gesichter nach Unreinheiten, verschmiertem Kajal und blassen Lippen. Alles wird in Ordnung gebracht. Ich frage mich gerade, was Nonno vorhin gemeint hat. Ich sehe jedenfalls nichts Auffälliges in meinem Gesicht. Unser Nonno – immer für einen Spass zu haben!

Da ich den Spiegel in Beschlag genommen habe, schmiert sich Lisa ohne Spiegelhilfe Lipgloss auf die Lippen. Sie schaut mich an und ich kriege einen Lachanfall.

»Was ist?«, fragt sie überrascht.

»Ehm, dein Lipgloss. Ist das eine neue Sorte?«

»Nein, wieso?«

»Er ist so matt.«

Sie schiebt mich vom Spiegel weg und betrachtet zuerst ihre Lippen und dann den in den Händen haltenden Lipgloss.

»Scheisse, ich habe noch gedacht, wieso der heute so harzig ist! Habe den Pickel-Abdeckstift erwischt.«

Wir grölen uns halb zu Tode und Lisa probiert, den hartnäckigen Abdeckstift wieder von den Lippen zu entfernen. Er sträubt sich, aber am Schluss gewinnt Lisa den Kampf.

»So ist es besser«, sage ich, »du weisst ja, Italiener lieben zarte Lippen.«

»Man könnte meinen, du hättest bereits einmal einen Italiener vernascht«, haucht sie.

»Habe ich noch nicht, möchte ich aber gerne. Komm, lass uns gehen, sonst entwischen uns die Kerle noch!«

Im Garten sehen wir Claudio inmitten einer Horde Menschen. Er kann sich kaum retten und wird in den höchsten Tönen gelobt. Er ist völlig in seinem Element und ich schaue ihn an. Er hat die Fähigkeit, andere Menschen zu begeistern und wahrscheinlich auch um den Verstand zu bringen. Wenn er etwas erzählt, spürt man seine Leidenschaft und man fühlt sich in seiner Gegenwart einfach wohl. Und ja, da möchte man mehr von diesem Menschen haben, viel mehr!

Er schaut schnell zu mir herüber und lächelt. Ich lächle zurück, fühle mich aber gerade ertappt. Ich wollte ihn ja gar nicht anstarren, aber ich habe es doch wieder getan. Schnell wegdrehen, damit er meine roten Wangen nicht sieht! Ich sehe sie zwar auch nicht, aber ich spüre sie.

»Wieso bist du so rot? So heiss ist es nun auch wieder nicht!«, stichelt Lisa. »Ist er dein Flirt-Opfer?«

»Was du wieder alles siehst. Natürlich ist er NICHT mein Opfer. Und nun komm, jetzt muss ein Prosecco her. Wir haben noch gar nicht angestossen!«

»Genau, damit müssen wir unbedingt mal anfangen!«

Nonno und Angie prosten bereits mit den Gästen. Sie sehen so glücklich aus. Sie winken mich und Lisa zu sich. Wir schnappen uns noch schnell zwei Gläser und schliessen uns Nonno und Angie an. Die Stimmung ist herrlich und ich kann in sehr viele glückliche Augen blicken.

Viele Gäste kommen und keine gehen. Es sind immer mehr Menschen um uns herum und alle sind begeistert. Alessandro kommt aus der Bibliothek gar nicht mehr raus, beantwortet alle Fragen und zeigt den Gästen stolz seine und Nonnos Sammlung.

Am späteren Nachmittag halten Nonno und Angie eine Rede. Sie erzählen von ihrem Traum, von den ersten Ideen, vom Projekt, von dessen Umsetzung und den vielen schönen Stunden, welche wir während des Umbaus geniessen durften.

Sie reden auch über das Wellness-Projekt und in ihren Augen ist so viel Liebe und Enthusiasmus. Ich bin mir ganz sicher, dass auch dieses Vorhaben gelingen wird!

Nonno und Angie bedanken sich bei allen Handwerkern und auch bei uns. Ebenfalls richtet Nonno einen grossen Dank an Nonna, an seine geliebte Frau und wie froh er ist, dass sie ihn auf seinem Weg ein sehr grosses Stück begleitet hat.

Alessandro, Lisa, Mario, Claudio und ich stehen in der hintersten Reihe. Ich weiss, wieso ich hier stehe. Weil ich vom ersten bis zum letzten Wort der Rede weine. Ich werde mir diese doofen Tränenkanäle oder Drüsen oder was auch immer aus den Augen reissen. Das ist ja wirklich nicht mehr angenehm!

Wobei, sehe ich da in den Augen der anderen auch etwas glitzern? Diamanten werden es kaum sein.

Und Nonno und Angie?

Sie bitten Alessandro, Mario, Claudio und mich zu ihnen nach vorne. Wir werden den Gästen vorgestellt und der Beifall will nicht mehr enden. Dieser Applaus beweist, dass wir alles richtig gemacht haben. Und was immer auch geschehen mag: Wenn man einen Traum hat, muss man dafür kämpfen. Man muss alles Mögliche tun und auch das Unmögliche wagen.

Wir haben es geschafft!

Es ist still geworden. Die Uhr zeigt zwei Uhr nach Mitternacht. Die Besucher sind abgereist und diejenigen, welche ein Zimmer gebucht haben, wollen dieses jetzt geniessen. Dass sie für zwei Nächte nur eine bezahlen müssen, wird ihnen erst bei der Abreise bekanntgegeben. Die freudigen Augen will ich dann auf keinen Fall verpassen.

Ich bin auf dem Weg in mein Zimmer und bleibe bei der offenen Glastüre stehen, die zum Garten führt.

Alessandro und Angie stehen unter dem alten Olivenbaum. Die Entfernung zu ihnen ist nicht gross und ich kann ihre Augen sehen. Die warme Beleuchtung unter dem uralten Baum macht die folgende Szene zu einer der romantischsten die ich je gesehen habe. Da können Sissi, Aschenputtel und auch Pretty Women einpacken.

Was ich hier sehe ist zauberhaft und ich kriege Gänsehaut. Solche Augenblicke sind mit Gold nicht aufzuwiegen. Ich finde gerade keine Worte, die nur annähernd an dieses Gefühl herankommen könnten, das ich in diesem Moment verspüre.

Seine weichen Hände umfassen Angies Gesicht und sie blickt in die wahrscheinlich zärtlichsten Augen auf diesem Planeten. Seine Lippen berühren die ihren und sie befindet sich auf einer samtenen Wolke. Nie soll er aufhören sie so zu küssen, nie soll er aufhören sie so zu berühren, nie sollen seine Augen aufhören zu leuchten, wenn sie in die ihren schauen, nie soll diese Liebe erlöschen!

Dieses Mal ist es kein Traum. Dieses Mal ist es Wirklichkeit.

Der Traum, mit dem alles begann, ist wahr geworden. Nicht für mich, aber für Angie.

Aber nicht nur die beiden Turteltäubchen sind glücklich. Ich auch. Und jetzt weiss ich, was Nonno vorhin gemeint hat. Er hat es eher gesehen als ich.

Was?

Das Glück in meinem Gesicht.

Nonno hat es gesehen und genau jetzt kann ich es spüren. Es ist wieder da. Und in genau diesem Moment bin ich überglücklich.

Wieso?

Weil ich hier leben und arbeiten darf, weil mein grösster Wunsch in Erfüllung ging und vor allem, weil meine beste Freundin ihr Herz geöffnet und die Liebe endlich wieder willkommen geheissen hat.

Und Mucki?

Wer ist Mucki?

Und Claudio?

Er hat unglaublich dunkle, faszinierende Augen und schwarze Haare...